풀이 눕는다

풀이

눕는다

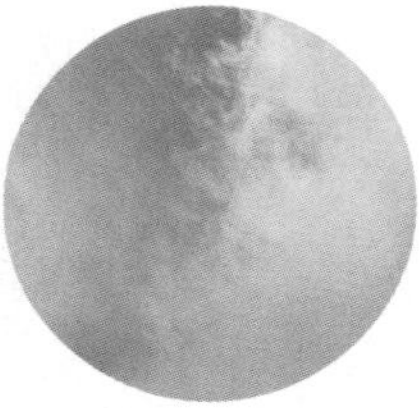

김사과

장편소설

문학동네

차례

PART ONE

1

그해 봄 나는 약간 정신이 나가 있었다. 그러니까, 정신이 나간 사람처럼 하루종일 걸어다녔다. 아침부터 밤까지 왜 어디로 가고 있는지도 모르는 채로 온 도시를 헤매고 다녔다. 내 모든 의지가 두 발로 빨려들어간 것만 같았다. 더이상 한 걸음도 움직일 수 없다는 생각이 드는 순간에도 다리는 멈추지 않았다. 가만히 앉아서 뭘 먹을 수도 없어서 식빵을 들고 다니면서 뜯어먹어야 했다. 늦은 밤 천천히 아파트 단지를 거슬러올라갈 땐 너무 힘들어서 울었다. 겨우 집에 도착해 불안한 마음으로 불 꺼진 거실을 가로지르다보면 그제야 잊고 있던 허기가 몰려왔다. 곧장 부엌으로 가 냉장고 문을 열고 손에 집히는 대로 아무거나 입에 집어넣은 뒤 침대에 누우면 잠이 지진같이 온몸을 덮쳤다. 나는 즉시 정신을 잃었다. 눈을 뜨면 날이 밝아 있었고, 가족들이 눈치채기 전에 나는 서둘러 집을 빠져나왔다. 이른 아침 텅 빈 아파트 단지를 가로지를 때면 뭔가 큰 잘못을 저지른 듯한 기분이 들었다. 아니 내 인생 전체가 완전히 잘못되었다는 확신에 죽고 싶을 정도였다. 하지만 아무리 생각해봐도 난 잘못한 것이 없었다.

벤치에 멍하니 앉아 있다보면 새벽의 푸른빛이 차츰 부드러운 황금빛으로 바뀌어가는 것을 느낄 수 있었다. 아침이 찾아오는 풍경은 언제나 근사했다. 하지만 그걸 보기 위해 거기 앉아 있었던 것은 아니었다. 그냥 너무 힘이 들었다. 걸을 힘이 없었다. 눈을 비비고, 하품을 하고, 기지개를 켜고, 고개를 떨구고, 다시 눈을 비비는 동안 공기는 계속해서 데워지고 또 환해지고 부풀어올라 결국 떠오르기 시작했다. 그러면 갑자기 몸속에서 알 수 없는 힘이 치솟았다. 그건 순식간에 커다랗게 되어 피곤한 나를 밀어내고 내 몸을 차지했다. 더이상 내 몸은 내 말을 듣지 않았다. 그렇게 나는 다시 걷기 시작했다. 이러다가 죽을지도 모르겠다고, 나는 생각했다.

단지 입구를 지나쳐 천천히 걷다보면 저멀리 먼지에 싸인 도시가 눈에 들어왔다. 도시가 아침햇살 아래에서 뿌옇게 번져가며 나를 향해 다가올 때면, 매번 겁에 질렸다. 아니, 내 눈앞에 있는 것을 믿을 수가 없었다. 엄청나게 커다랗고 고통스럽도록 빽빽하게 들어찬 그 회색 조각들이 정말로 내 눈앞에 있다는 걸 믿을 수가 없었다. 하지만 그게 내가 만들어낸 환각이 아니라는 것은 분명했다. 빨려들듯이 나는 그 안으로 걸어들어갔다.

도시는 거대했다. 아니 끝이 없었다. 아무리 걸어도 벗어날 수가 없었다. 내 눈을 가린 빌딩들 너머에 뭐가 있을지 상상조차 할 수 없었다. 아니 도시는 이렇게 말하는 듯했다. 이게 전부다. 네가 보는 것, 이게 전부다. 걸으면 걸을수록 나는 피곤해지고 무거워졌다. 그리고 정말로 그게 다였다. 코끝까지 먼지가 차올랐고 몸에서는 오래된 기름 냄새가 나기 시작했다. 사방은 회색 콘크리트 덩어리로 막혀 있었다. 거리는 사람들과 자동차로 차고 넘쳤고 반짝거리는 간판들이 번번이 지갑을 유혹했지만 나를 기억하거나 기다리는 곳은 어디에도 없었다. 바로 그곳이 내가 태어나 자랐고 또 살아가는 곳이었다. 절망적이었다. 나는 서서히 가라앉고 있었는데 거기는 수영장도 바다도 아니었다. 나는 분명히 익사하고 있었지만 아무도 그런 하찮은 일에는 관심이 없었다.

2

그게 내 다섯번째 휴학이었다. 나는 학교에 전혀 적응하지 못하고 있었다. 학교뿐만이 아니었다. 어디에도 무엇에도 누구에도 적응하지 못하고 있었다. 모두가 나를 한심하게 여겼다. 하지만 뭘 어떻게 해야 할지 알 수가 없었다. 나는 완전히 겁을 먹고 있었다. 가장 두려웠던 건 내 두려움의 원인을 찾을 수가 없다는 것이었다. 뭘 두려워하고 있는 거지? 그걸 찾는 데 난 젊음을 통째로 소모하고 있었다. 그러느라 제대로 학교를 다닐 수도, 친구를 사귈 수도, 가족들에게 애정을 쏟거나 연애를 하거나 돈을 벌 수도 없었던 거다. 하지만 여전히 알 수가 없었다. 다만 한 가지 가설을 세울 수 있었는데, 그건 내가 실패한 소설가라는 것이었다.

소설가가 된 것은 대학에 온 뒤 내가 얻은 유일한 성과였다. 아니 그렇게 거창한 것도 아니다. 짧은 소설을 하나 써서 아무도 읽지 않는 고루한 문학잡지에 싣고 약간의 돈을 받았다. 그게 벌써 삼 년 전의 일이다. 그러고 나선 아무것도 안 했다. 사실 나는 그 짧은 소설이 세상을 바꿀 거라고 확신했다. 그땐 내게도 야심이라는 게 있었던 것이다. 아니 바로 그렇기 때문에 사람들이 내 글을 마음에 들어한 거라고 생각했다. 그래서 내 손에 돈을 쥐여주며 격려의 박수를 쳐준 거라고 생각했다. 혁명을 일으키라고, 세상을 바꾸어놓으라고 말이다. 하지만 아무 일도 일어나지 않았다. 정말로 신기한 일이었다. 내가 쓴 글은 바닷속 플랑크톤 한 마리만큼의 영향력도 없었다. 나에게 돌아온 것은 몇 푼의 돈과 견고한 침묵뿐이었다.

대학에서 내 전공은 문학과는 아무런 관련도 없었고, 내 주변에도 그런 것에 관심이 있는 사람은 없었다. 그래서 내가 글을 써서 문학잡지에 싣고 돈을 받았다는 소식이 전해지자 주변 사람들은 충격에 휩싸였다. 특히 가족들이 그랬다. 그때도 나는 학교를 휴학한 채 우울증과 불면증 사이를 오락가락하며 정신과에 다니고 있었다. 가족들은 내 병을 이해하지 못했다. 그들은 근면하고 쾌활한 워킹 클래스였다. 그건 그들이 자신의 존재 이유나 가치에 아무런 회의도 갖지 않는다는 뜻이다. 그들은 인생을 바쳐 죽도록 일했고 그리하여 살아남은 자신들을 무척이나 자랑스럽게 생각했다. 나와는 완전히 달랐다. 일단 그들은 책을 읽지 않았다. 그리고 나는 책만 읽었다. 그들은 쾌활했다. 그리고 나는 우울했다. 그들은 아주 잘 잤다. 그리고 나는 불면증에 시달렸다. 그들은 사람들 만나는 걸 좋아했다. 그리고 나는 친구가 하나도 없었다. 그들은 하루하루가 즐겁기 짝이 없는 평범한 인간들이었다. 나를 둘러싼 모든 인간들이 그랬다. 나 혼자만 끊임없이 괴상한 문제에 시달렸다. 언제나 나만 달랐다. 항상 나 혼자 이상했다. 그래서 다들 나를 피했다. 난 혼자서 시들어가고 있었다. 바로 그때였다. 내가 소설상에 당선되었다는 소식이 전해졌고, 순식간에 모든 것이 이해되었다. 그래, 쟤가 **소설가**가 되려고 그랬던 거야. 그래, **소설** 말이야. 갑자기 모두가 내 괴상한 행동을 긍정적으로 해석하기 시작했다. 심지어 부모님은 나를 자랑스러워하는 것 같았다. 아무에게도 내 이야기를 하지 않아서 친구들에게 외동딸이라고 알려진 동생이 내 이름을 말하고 다니기 시작했다. 그러나 그것도 잠깐이었다. 한 달이 지나고 두 달이 지났다. 해가 갔다. 두번째 해, 그리고 세번째 해가 왔다. 아무 일도 일어나지 않았다. 그들은 다시 전처럼 나를 부끄러워하기 시작했다.

하지만 난 희망을 놓지 못했다. 새로운 세계, 날 인정하고 받아준 세계, 문학의 세계가 아직 남아 있었던 것이다. 물론 얼마 지나지 않아 내가 또 한번 세상을 과대평가했다는 사실을 깨닫게 되었지만 말이다.

'문학의 밤' 따위의 제목을 건 화려한 파티에서 검은 옷을 입은 공주들과 담배 냄새에 찌든 아저씨들이 모여 앉아 빈 술병을 쌓아 올리며 부동산 투자와 중국 펀드에 대해 토론하는 모습은 일대 장관이었다. 나는 내심 놀랐는데, 왜냐하면 부동산과 펀드에 누구보다도 깊숙이 관련된 나의 친척들은 모여 앉았을 때 절대로 그런 것들에 대해 말하지 않았기 때문이다. 그들은 보통 모여 앉아 〈무한도전〉을 시청하거나 귤을 까먹으며 우면산 등산코스에 대해 이야기했다. 나는 부동산과 펀드에 대해 이야기하는 것과 이야기하지 않는 것 둘 중 어느 것이 더 나은지 알 수 없었다. 어쨌거나 우리들의 삶은 부동산과 주식에 깊게 연결되어 있으니 말이다. 문학이 아니라. 삶의 정수는 돈이다. 숨기거나 숨기지 않거나 마찬가지다. 하지만 사실 아무래도 상관없는 일이었다. 모든 잘못은 나에게 있었다. 그들이 매일 밤 따뜻하고 풍요로운 식탁에 모여 앉아 문학의, 문학에 대한, 문학을 위한 이야기만을 끝도 없이 나눌 것이며 그 모습이 상상조차 할 수 없을 정도로 아름다울 것이라는 근거 없는 망상은 도대체 어디에서 나온 것일까? 그렇다. 나는 책을 너무 많이 읽었던 것이다.

결국 나는 당황했고, 상처를 받았고, 바보같이 울음을 터뜨렸다. 그 모든 걸 견디기에 나는 지나치게 낭만적인 인간이었다. 그래서 난 도망쳤고, 붙잡는 사람은 없었다. 나는 다시 혼자가 되었다.

3

순식간에 모든 게 제자리로 돌아왔다. 난 다시 아무것도 안 했고, 가족들은 날 다시 부끄러워하기 시작했고, 우울증이 재발했다. 어머니가 우는 것을 보았고, 아버지는 어머니에게 화를 냈고, 어느 날 아침 눈을 떠보니 난 아파트 입구에서 쓰레기통을 안고 누워 있었다. 누군가 날 내려다보고 있었다. 동생이었다.

내 동생은 나와는 완전히 다른, 그러니까 내 가족들과 완전히 같은 존재였다. 아니 그들의 희망, 하늘의 별, 이데아 같은 존재였다. 그녀는 일단 나보다 공부를 잘했다. 당연히 나보다 더 좋은 대학에 들어갔다. 그리고 그녀는 책을 읽지 않았다. 그리고 그녀는 친구가 많았다. 그녀는 누구에게나 친절했다. 그래서 남자들에게도 인기가 많았다. 특히 쌍꺼풀 수술을 하고 살을 좀 뺀 뒤로는 항상 괜찮은 남자 두셋이 그녀 주위를 서성거렸다. 게다가 그녀는 부자였다.

수능이 끝나고 쌍꺼풀 수술을 하고 살을 뺀 뒤로 그녀는 패션에 관심을 갖기 시작했다. 그 관심은 곧 집착으로 발전했고, 마침내 쇼핑중독으로 가는 문을 열려는 찰나, 그녀는 그렇다면 옷을 사느니 차라리 옷을 팔자는 결론에 도달했다. 정말 그녀다운 결론이었다. 물론 쇼핑몰이 처음부터 잘된 것은 아니었다. 처음에 동생은 파리와 런던의 스타일을 진지하게 참고했고, 그래서 마니아들 사이에서 소박하게 인기를 끌었지만, 매출은 그저 그랬다. 동생은 전략을 바꾸었다. 닥치는 대로 도쿄와 뉴욕의 패스트패션 트렌드를 카피하기 시작한 것이다. 그리고 기적이 일어났다. 대단했다. 여자들이 옷을 사들이는 데 얼마나 많은 돈을 쓰는지 난 그때 처음 알았다.

한 달에 한 번씩, 로스앤젤레스에 사는 동생의 친구가 보낸 커다란 박스가 도착했다. 박스 안에는 헌옷과 헌 신발이 가득했다. 동생은 그것들을 엄청나게 비싼 가격으로 쇼핑몰에 올려놓았으나, 물건들은 순식간에 팔려나갔다. 하지만 매출의 대부분을 차지하는 건 동대문에 가면 쉽게 살 수 있는 싸구려 옷들이었다. 동생은 그것들을 팔기 위해서, 그러니까 자신이 바로 그 옷을 입는다는 사실을 보여주기 위해서, 일주일에 한두 번씩 청담동의 카페나 호텔 수영장을 배경으로 잔뜩 사진을 찍어서 쇼핑몰에 링크된 블로그에 올려놓았다. 동생이 입은 옷은 대부분 매진되었다(하지만 사실 동생은 그 옷들을 절대 입지 않았다).

아무튼 그렇게 그녀는 아버지와 비슷하거나 더 많은 돈을 벌어들이기 시작했다. 그리고 그녀가 더 많은 돈을 벌수록 우리 가족은 그녀 앞에서 비굴해지기 시작했다. 물론 여전히 아버지가 생활비를 댔고, 동생은 여전히 우리집의 귀여운 막내딸이었다. 아버지가 벌어들이는 돈만으로도 우리는 충분히 생활할 수 있었다. 하지만 동생이 돈을 보태지 않았다면 입주할 수 없었을 고급 아파트 단지에 들어설 때, 혹은 동생이 명품 핸드백을 어머니에게 선물할 때, 혹은 아버지에게 오십만원짜리 구두를 맞춰주거나, 입다가 싫증난 십오만원짜리 티셔츠를 나에게 줄 때, 혹은 온 가족이 그녀의 늠름한 독일제 자동차를 타고 서래마을에 있는 프렌치 레스토랑에 가서 뭐가 뭔지 알 수 없는 풀코스 디너를 먹을 때면, 우리 가족은 영락없이 동생의 허벅지에 딱 달라붙은 거머리들이었다.

발음하기도 힘든 복잡한 이름의 음식들이 식도를 타고 넘어갈 때 부모님의 얼굴에는 너무나도 행복한 미소가 스쳐지나갔다. 그들은 진심으로 행복해 보였다. 나 역시 그 행복을 느꼈지만 그것은 절대 내 것이 될 수 없는 행복이었다. 나는 나 자신을 알았다. 어느 날인가 처음으로 동생이 내 책상 위에 십만원짜리 수표 한

장을 놓고 나갔을 때 나는 웃어야 하나 울어야 하나 혼란스러웠다. 결국 나는 웃기로 했다. 그녀 덕분에 나는 아무나 살 수 없는 곳에 살면서 아무나 입을 수 없는 티셔츠를 입고 매일 아침 칼슘과 마그네슘이 제거된 부드러운 물로 머리를 감을 수 있지 않은가. 내가 원한 것은 아니었지만 그렇다고 굳이 거절할 필요도 없을 것 같았다. 내가 가진 것은 결국 다 그녀의 것이니까. 결국 모두 그녀의 것이었다. 모두 그녀가 원해서 갖게 된 것이었다. 그리고 나는 그녀의 쓰레기통을 뒤지는 것만으로도 특별한 인간이 되어볼 수 있었다.

이런 삶이 나를 괴롭게 했나? 스스로를 멍청이나 패배자로 느끼게 했나? 비참했나? 동생에게 빌붙는 삶이 나를 잠 못 이루게 했나?

아니다. 아무리 생각해봐도 동생 때문에 비참한 적은 한 번도 없었다. 나는 그녀를 사랑했다. 그녀가 뭘 하건 간에. 그게 잘한 건지는 모르겠다. 나는 다만 그녀가 하고 싶은 것을 마음껏 누리고, 그래서 행복해졌으면 좋겠다고 생각했다. 그리고 나는 나만이 줄 수 있는 것을 동생에게 줬다. 동생이 술이 마시고 싶다 하면 나는 언제라도 달려나가 끝까지 마셔주었다. 심지어 수업을 빼먹고 달려간 적도 있다. 동생이 같이 점심을 먹자고 해서였다. 동생이 혼자 쇼핑을 하러 가야 할 때면 나는 동생이 심심하지 않도록 함께 가주었다. 한가한 날에는—거의 매일 한가했다—쇼핑몰의 옷을 포장하고 발송하는 일을 도왔다. 동생이 오렌지색 블라우스를 입을까 보라색 원피스를 입을까 고민할 때는 보라색 원피스가 더 낫다고 말해주었고, 쇼핑몰에 올릴 사진도 찍어줬다. 물론 그녀를 짝사랑하는, 사진을 전공하는 남학생이 시간이 나지 않을 때만 그랬다. 그리고 가끔 동생이 화가 나서 나를 때리거나 욕을 하고 내 노트와 티셔츠를 찢어놓으며 모욕적인 말들을 늘어놓아도 참거나 사과했다. 그런 다음날이면 동생은 나에게 몹시 미안해하면서 내가 절대로 입지 않을 미래적인 디자인의 원피스나 번쩍거리는 벨트를 주었다. 나는 거절하지 않고 그것들을 모두 받아 벽장 안에 차곡차곡 쌓아두었다. 그리고 돈이 필요해지면 그것들을 팔았다.

동생은 나에게 고통이 아니었다. 우린 단지 아주 다를 뿐이었다. 난 그렇게 생각했고, 그래서 아무 불평도 하지 않았다. 다만 가끔, 아주 가끔, 동생을 생각하면 몹시 외로웠다. 아주 가끔 말이다.

4

그날도 난 아침 일찍 집을 나와 거리를 헤매 다니고 있었다. 하지만 그날은 다른 날과 좀 달랐다. 그 시작은 전날 밤부터였다. 침대에 누워 눈을 감았는데 문득 소설을 써야겠다는 생각이 들었다. 생각은 순식간에 크게 부풀어올랐고, 이어 알 수 없는 흥분에 온몸이 찌릿찌릿해졌다. 아침에 깨어난 후에도 여전히 같은 흥분에 사로잡혀 있었다. 집을 나서자 부드러운 바람과 투명한 햇살이 그 흥분을 더 자극했다. 난 평소보다 빠른 속도로 걸으며 소설에 대한 생각에 온 정신을 집중했다. 물론 아무 생각도 떠오르지 않았다. 가끔 근사한 아이디어가 떠오르기도 했지만 매번 놀리듯이 내 머리를 툭 치고 잽싸게 도망칠 뿐이었다. 신호가 바뀌기를 기다리는 순간이나 문득 하늘을 올려다볼 때 또다른 아이디어가, 또다른 끝내주는 캐릭터가 머리를 치고 사라졌고, 다시는 돌아오지 않았다. 그렇게 반나절을 보낸 나는 드디어 완전히 지쳐버렸다. 정신을 차리고 보니 시내의 어느 대학 캠퍼스였다. 부드러운 파스텔 컬러의 꽃들이 잔디를 가득 채우고 있었다. 오가는 사람들은 모두 젊고 활기차고 즐거워 보였다. 이제 어디로 가야 할까. 아무 생각도 떠오르지 않았다. 나는 계획 없이 학교를 빠져나와 내키는 대로 걷기 시작했다. 얼마쯤 걸었을까, 사람들이 갑자기 불어나더니 지하철역이 나타났다. 혜화역이었다. 나는 잠시 망설이다가 근처의 극장으로 갔다. 물론 영화를 볼 생각은 없었다. 난 극장 입구에 놓인 팸플릿을 한 장 뽑아서 읽으며 다시 걷기 시작했다. 목이 마른 것 같았다. 고개를 들었다. 구름은 짙은 회색이었다. 나는 팸플릿에 고개를 박았다. *데릭 저먼은 영국이 낳은 탁월한 영화감독이자 화가이며, 뮤직비디오 연출가이자 설치예술가이며, 게이 커뮤니티의 전사이자 독창적인 정원사였습니다. 1942년생인 데릭 저*

먼은 대영제국의 몰락의 과정을 지켜본 증인이며 60년대 이래로 영국의 사회, 문화, 정치적인 문제를 영화에 담아내며 영국의 현재와 과거를 근심한 전후세대의 대변자이며, 16세기 르네상스에 관한 해박한 지식의 소유자이기도 했습니다. 조금씩 비가 내리기 시작했다. 나는 신경쓰지 않고 계속 걸었다. 빗방울이 점점 더 굵어졌다. 팸플릿이 물에 젖어 휘청거리다가 손바닥에 달라붙었다. 하늘을 보았다. 어두운 회색빛 소용돌이 한가운데에서 비가 쏟아져내리고 있었다. 곧 내 얼굴은 비로 흠뻑 젖었다. 빗줄기가 더 세졌다. 회색빛은 더 짙어졌고 사람들의 얼굴도 그랬다. 문득 한 생각이 떠올랐다.

나는 결국 아무것도 쓰지 못할 것이다.

그것이 진실이었다.

난 멈추었다.

그렇다. 난 결국 아무것도 쓰지 못할 것이다. 아니, 아무것도 하지 못할 것이다. 나는 실패자가 될 것이다.

나는 동생을 생각했다. 양파 같은 내 동생. 오직 껍질로만 이루어진 것 같은 내 동생. 생각은 오늘 입고 나온 옷도 모두 동생이 준 것이라는 데까지 이어졌다. 그래, 그거였다. 그래, 난 아무것도 되지 못할 것이다. 왜냐하면 난 동생의 쓰레기통에 불과하니까.

빗줄기는 점점 더 거세졌다. 난 울기 시작했다. 울면서 결심했다. 포기하겠다. 아니 포기할 것도 없었다. 처음부터 아무것도 없었으니까. 그게 내가 한 달 동안 걸어다닌 끝에 도달한 결론이었다. 비참했다. 세상이 끝장나고 있는 듯한 느낌이었다. 그러나 여전히 한낮이었다. 난 계속해서 결심했다. 이제 이런 멍청한 짓은 끝내겠다. 불가능한 야망 따위 버리겠다. 집으로 돌아가겠다. 그리고 동생처럼 살겠다. 학교에 다니겠다. 사람들을 만나겠다. 영어학원에 다니겠다. 졸업을 하겠다. 직장을 얻겠다. 어머니를 기쁘게 할 남자를 만나겠다. 그러겠다. 세상을 바꾸는 게 아니라 나를 바꾸겠다.

포기하는 건 의외로 그렇게 고통스럽지가 않았다. 포기할 만한 걸 별로 가지지 않았기 때문일지도 몰랐다. 아무튼 난 이상하게 평온한 기분을 느끼며 집을 향해 걷기 시작했다. 어쩌면 어른이 되어가는 중인지도 모르겠다. 난 그렇게 생각했다. 그러자 마음이 한결 가벼워졌다. 내 기분을 아는지 비도 조금씩 잦아들고 있었다. 난 고개를 들었다. 몰라보게 깨끗해진 하늘을 푸른 어둠이 빠른 속도로 메워가고 있었다. 아름다웠다. 아니 뭔가 달라진 느낌이었다. 비가 물러간 젖은 거리는 고요했고 좋은 냄새가 났다. 물기를 머금어 축 늘어진 나뭇잎들이 이리저리 흔들리는 것은 아름다웠다. 자동차들이 시원하게 물을 가르며 달려나가는 것도. 아아, 세상은 아름답다. 난 그렇게 생각했고, 멀리 횡단보도가 눈에 들어왔다. 난 조금 빠르게 걷기 시작했다. 신호가 바뀌었다. 차가 멈추고, 사람들이 길을 건너기 시작했다. 근데 뭔가 이상한 느낌이 들었다. 나는 길을 건너려다 말고 걸음을 멈추고, 건너편에 보이는 아메리칸 어패럴의 쇼윈도 안을 들여다보았다. 이상한 것은 아무것도 없었다. 신호가 바뀌었다. 차들이 출발했다. 그리고 나는 그를 발견했다.

그건 아주 이상한 느낌이었다. 마치 수영장 바닥에 가라앉은 것 같은. 아니 밤하늘 속으로 끝없이 떨어지고 있는 것 같은. 동시에 심장박동이 심벌즈처럼 온 거리에 울려퍼졌고, 다른 소리는 모두 사라졌다. 시야에선 그를 제외한 모든 것이 지워졌다. 그리고 그가 천천히 횡단보도를 지나가는 것이 보였다. 순간 시간은 영원했다. 그를 뺀 모든 것이 멈추었다. 놀라웠다.

곧 신호가 바뀌었다.

난 뛰기 시작했다.

온몸이 땀으로 흠뻑 젖어 있는 것이 느껴졌다. 손을 뻗어 움켜잡을 수 있는 거리에 그가 있었다. 그런데 왜 나는 그를 쫓아가고 있는 거지? 그의 왼손에 감긴 붕대 때문인가? 난 고개를 흔들었다. 그게 아니었다. 그렇다면 검게 그을린 목 때문인가? 아니 낡은 슬리퍼 때문인가? 난 이유를 찾을 수가 없었고 그래서 부끄러워졌다. 난 멈추었다. 그러자 그가 순식간에 멀어지기 시작했다. 난 멀어지는 그의 등을 물끄러미 쳐다보았다. 그러니까 그의 등을. 비로소 난 깨달았다. 등이었다. 그의 등. 그것 때문이었다. 약간 굽은 채 천천히 흔들리는 그의 등. 난 거기에 사로잡혔던 것이다. 그의 등은 슬픔으로 가득했는데 그건 아주 이상한 슬픔이었다. 문득 난 그를 이해할 수 있다는, 그의 온 생애를, 과거와 미래를 포함하여, 완벽하게 받아들일 수 있다는 생각에 사로잡혔다. 그건 내가 처음 느껴보는 감정이었다.

어느새 거리는 한산했다. 비에 젖은 커다란 나무들은 싱그러운 풀냄새를 내뿜었고, 주위는 밤처럼 조용했다. 오직 우리 둘뿐. 난 느꼈다. 우리가 같은 걸음을 걷고 있다는 것을 말이다. 그의 걸음은 끝까지 걷는 걸음이었다. 나는 그가 버스나 지하철을 타지 않을 거라고 확신했다. 우리의 걸음은 나란히 늘어선 담장 사이로 빨려들어갔다. 우리는 걸었다. 그리고 그게 다였다. 다른 것은 느낄 수 없었다. 내가 걷고 있다는 것도, 내가 숨쉬고 있다는 것도, 아니 살아 있다는 것조차 말이다. 난 내 생애 최고의 순간을 통과하고 있었다.

하지만 그것은 오래가지 못했다. 침묵이 쫓겨나듯 사라졌고, 그 자리를 콘크리트 빌딩들이 채우기 시작했다. 안국역이었다. 간판에 몸을 숨긴 건물들, 사람들, 자동차들, 지하철역, 초록과 빨강을 오가는 신호, 그리고 편의점과 술집들이 차례로 나타났다. 우리는 안국역을 지나 광화문에 도착했다. 그는 방향을 바꾸어 세종로를 거슬러내려가기 시작했고, 나도 그렇게 했다. 빌딩들은 더욱 높아졌다. 차와 사람들의 소음이 우리 사이를 채웠다. 모든 것이, 완벽하게 밀려가버렸다. 갑자기 모든 것이 과거가 되어 있었다. 모든 것이, 사라져버렸다. 남은 건 도시를 가득 채운 회색 소음들뿐이었다. 내 걸음은 자신감을 잃었다. 망설이고, 두려워하다 나는 결국 멈추어 섰다. 그가 멀어져가고 있었다. 난 멍하니 선 채 꿈의 한 조각이 사라지는 장면을 바라보았다. 뭔가 굉장한 게 일어날 수도 있었는데. 난 생각했다. 아니 그러기를 바랐는데. 그런데 아니었다. 결국 아무 일도 일어나지 않았다. 우리의 삶이 겹쳐졌던 유일한 조각이, 이렇게 쉽게 사라져버리다니. 그런 일은 흔히 벌어지는 일이 아니란 걸 나는 알고 있었다. 그렇다면? 난 그 조각을 움켜잡아야 한다는 걸 깨달았다. 완전히 사라지기 전에, 그 전에, 손을 뻗어야 한다. 그 조각에 찔려 상처를 입게 되더라도. 그건 나중의 일이었다. 중요한 건 지금이다. 이, 순간. 닿을 수 있는 거리에서 그가 나를 부르고 있다는 것. 그것뿐이었다. 난 내가 해야 할 일을 알았다.

5

꼭 잡은 그의 팔은 뜨거웠다. 그가 놀라 걸음을 멈추었다. 그리고 나를 향해 고개를 돌렸고, 마침내 우리의 시선이 만났다.

—얘기 좀 할 수 있을까요?

그는 대답이 없었다. 당황한 표정이었다.

—제가 아까부터 당신을 쫓아왔거든요? 근데…… 아, 근데 우리 인사했나요? 안 했죠? 안녕하세요. 저는 아까부터 당신을 따라왔어요. 하지만 무서워하지는 마세요. 저는 스토커가 아니에요. 물론 스토커가 나 스토커다 말하지는 않겠죠. 미친 사람들도 다 자기가 멀쩡하다고 주장하잖아요. 하지만 그건 멀쩡한 사람들도 마찬가지잖아요. 그럼 도대체 누가 미친 사람이고 누가 정상인가요? 모르겠어요. 하지만 적어도 저는 안 미쳤어요. 믿어주세요. 아니 믿지 않으셔도 상관없어요. 괜찮아요. 나는 나를 믿으니까요……

망했다. 난 생각했다. 하지만 그는 여전히 움직이지 않고 나를 보고 있었다. 그렇다면. 모르겠다. 다시 지껄이기 시작했다.

—당신을 아메리칸 어패럴 앞에서 봤어요. 기억하세요?

그는 고개를 저었다.

—저는 대학에 다녀요. 아, 지금은 휴학중이에요. 학생이세요?

그가 다시 한번 고개를 저었다.

—아, 그러면 직장인이신가요?

—아뇨.

—미안해요. 제가 이래요. 대학생 아니면 직장인. 세상엔 두 종류의 사람밖에 없다고 생각하는 거죠. 알아요. 저질이에요. 하지만 당신이 나쁜 사람이 아니라는 것 정도는 알아요. 그리고 저도

그렇게 나쁜 사람은……

그 순간 그가 발을 뻗었고, 나는 굳어버렸다. 겨우 고개를 돌렸을 때, 내 눈에 들어온 건 멀어지고 있는 그의 등이었다.

—걸었어요! 한 달 내내! 멈출 수가 없었어요. 난 내가 미친 거라고 생각했어요. 근데 아니었어요. 오늘 그 이유를 알았어요. 당신을 만나기 위해서였던 거예요.

사실 나도 지금 내가 뭐라고 말하는 건지 모르겠어요. 그렇지만 진짜예요. 당신을 보자 따라가지 않을 수가 없었어요. 아아, 미안해요. 하지만 모두 다 진짜예요. 아마도. 하고 싶은 말이 너무 많아요. 당신이랑 이야기하고 싶어요……

순간 눈앞이 하얗게 번지며 몸에서 힘이 빠졌다. 쓰러질 것만 같았다. 하지만 그럴 수 없었다. 여기까지 와서 끝낼 순 없었다. 나는 필사적으로 앞을 바라보았다. 거기 그가 있을 테니까. 아니 제발 그가 거기에 있길 바랐다. 그리고, 조금씩 풍경이 되돌아오기 시작했다. 먼저 하늘이, 그다음엔 거리가, 그리고 마지막으로 그의 모습이 돌아왔다.

거기 정말 그가 있었다. 그가 나를 보고 있었다. 난 아무 말도 하지 않았다. 대신 손을 뻗었다. 그가 손을 움츠렸다. 나는 그의 눈을 보았다. 그의 눈은 혼란으로 가득했다. 괜찮아. 난 마음속으로 중얼거렸다. 괜찮아. 내 손이 그의 손에 좀더 가까워졌다. 그는 움직이지 않았다. 마침내 내 손이 그의 손에 닿은 순간, 그의 얼굴에 뭔가가 떠올랐다가 가라앉았다.

그는 다시 걷기 시작했다. 나도 그를 따랐다.

—붕대는 왜 감은 거예요?

—네?

—거기 왼손에요. 붕대.

그가 망설였다.

—대답하기 싫으시면 안 하셔도 돼요.

—벽을 쳤어요.

—왜요?

—그냥, 좀. 짜증나는 일이 있어서요.

—근데 내가 따라오는 거 알았어요?

—네.

—진짜요? 근데 왜 모른 척했어요?

—같은 데로 가는 줄 알았죠.

—에이, 그건 말이 안 되죠. 하필이면, 오늘 하필이면 이 시간에 대학로에서 안국역을 거쳐 하필이면 서대문까지 걸어가는 사람이 둘이나 될 수가 있겠어요?

—왜요, 그럴 수도 있죠.

—어째서요?

—모르는 여자가 나를 한 시간이나 쫓아오는 것보다는 그게 더 말이 되는 것 같은데요.

침묵.

그리고 꽤 오랜 시간 우리는 말없이 걸었다. 그런데 놀랍게도 그가 먼저 말을 걸어왔다.

—문이 열려 있어야 하는지 닫혀 있어야 하는지 모르겠어요.

—네?

—문이요. 문을 그리고 있거든요.

—그림이요? 그림 그려요?

—네.

—화가예요?

그가 어깨를 으쓱했다.

—우와. 맞구나.

그의 얼굴이 약간 빨개졌다.

—근데 어떤 문이요?

—모르겠어요.

—집이 어디예요?

—서교동이요.

—거기까지 걸어갈 거예요?

—네.

—버스나 지하철 같은 거 타는 거 안 좋아해요?

—그런 건 아니에요.

—그럼 그냥 걷는 게 좋아요?

—네.

—그래서 지금 집까지 걸어갈 거예요?

—그렇다니까요.

—난 걷는 거 진짜 싫어하거든요.

—그럼 걷지 마세요.

—아까 말했잖아요. 멈출 수가 없다고.

—신기하네요.

—발이 제멋대로 움직여요. 이런 거, 느껴본 적 있어요?

그가 고개를 저었다.

—사실 나 너무 무서웠어요. 근데…… 당신을 만난 거예요. 당신도 걷고 있었어요. 나처럼요. 근데 달랐어요. 난 걷는 게 너무 힘들었거든요. 그런데…… 아까 창경궁 따라 걸을 때요, 기억나요? 그때 얼마나 근사했는지 알아요? 벌써 까마득하긴 한데, 그래도 그 느낌이 여기 남아 있어요. 거짓말하는 거 아니에요. 나는 걷는 게 그렇게 좋은 건지 몰랐어요. 단 한 번도 상상해본 적이 없어요. 근데 당신이 나한테 느끼게 해줬어요. 맞는 표현인지 모르겠는데요, 당신이 날 구해준 거 같아요.

나는 그를 보았다. 그도 날 보고 있었다. 가슴이 터질 것 같았다. 더이상 참을 수가 없었다.

—당신을 사랑해요.

그리고 우린 동시에 걸음을 멈추었다.

그렇다. 그게 내가 하고 싶던 말이었다. 그를 처음 본 순간, 그리고 걷는 내내, 내 머릿속을 가득 채운 단 하나의 단어였다. 그런데 막상 말하고 보니 상상했던 것보다 초라한 느낌이었다. 하지만 난 확신했다. 그 말이 바로 이런 순간을 위해 만들어진 것이라는 걸. 아니 그때 내가 느꼈던 그 감정을 표현할 단어는 이것뿐이라는 걸.

올려다본 그의 얼굴은 까맣게 굳어 있었다. 아니 그 이상이었다. 그는 나를 비웃고 있었다. 나는 당황했다. 순식간에 우리가 선 거리가, 하늘이, 젖은 나무들이, 스쳐지나가는 사람들이 일제히 나를 비웃기 시작했다. 도망치고 싶었다. 하지만 그러는 대신 그를 똑바로 쳐다보았다. 난 알았다. 그가 나를 쫓아버리려 하고 있다는 걸 말이다. 나에게는 확신이 있었다. 그 일그러진 입술 너머에 뭔가 다른 것이 있을 거라는 확신. 그 너머 뭔가 아름다운 것, 뭔가 반짝거리는 것, 뭔가 진짜가 나를 기다리고 있을 거라는 확신. 그게 나한테 있었다. 한바탕 더러운 바람이 휩쓸고 지나가면 진짜 풍경이 눈에 들어올 것이었다.

6

내 확신은 틀리지 않았다. 그는 나를 무시하고 비웃고 심지어 욕을 했지만 내가 그의 집까지 쫓아가는 걸 막지 않았다. 그의 집에 도착했을 땐 밤이 다 되어 있었다. 그는 말없이 열린 대문 사이로 미끄러지듯 사라졌다. 나는 계단을 오르는 그를 황홀하게 바라보며 외쳤다. 내일 아침 다시 만나요! 대답이 없었다.

7

다음날 아침 눈을 뜨자마자 그의 집으로 달려갔다. 세 시간 뒤 그가 나타났을 때, 나는 울음을 터뜨렸다.

8

그후 열흘은 그 봄의 가장 빛나던 순간이었다. 우리는 단 하루도 빠지지 않고 만났다. 우리는 온 도시를 헤매 다녔다. 어떤 날 우리는 빌딩숲 속에 있었고, 또다른 날은 기차역에 있었다. 어떤 날은 공원을 향해 걸었고, 어떤 날은 백화점과 마트를 구경했다. 매일매일 우리는 수많은 공원을 지나쳐, 횡단보도와 가로수와 자동차를 지나쳐, 거대한 강과, 그 곁에 늘어선 아파트 단지와 또 수많은 술집과 사무실과 식당을 지나쳤지만 사실 내게 그 모든 것은 환각과도 같았다. 풍경은 더이상 아무런 의미도 없었다. 그가 전부였다. 그리고 보름째가 되던 날, 그가 나에게 그의 방을 보여주었다.

9

한여름처럼 무더운 날이었다. 우리는 땀을 뻘뻘 흘리며 양화대교를 건너고 있었다. 다리를 건너자는 것은 내 생각이었고, 나는 내가 얼마나 바보 같은 생각을 해냈는지 깨닫고 있었다. 나는 그의 팔을 잡았다.

—왜?

—딱딱하다.

—뭐가?

—니 팔 말이야. 완전히 딱딱해. 한 대 맞으면 뭐든지 부서지겠지.

—아냐, 나 허약해.

—거짓말 마.

—생각해봤는데.

—무슨 생각.

—너는 항상 나를 좀 과대평가하는 것 같아.

—아냐, 니가 너를 과소평가하는 거야.

—그런가.

—그렇다니까. 넌 니가 생각하는 것보다 훨씬 더 훌륭해.

그의 얼굴이 빨개졌다.

다리를 건넌 뒤 그가 담배를 꺼냈다.

—나도.

그가 담배를 건네주었다.

—고마워.

난 한 모금 깊게 들이마셨고 곧바로 기침을 하기 시작했다.

켁.

—괜찮아?

나는 고개를 저었다.

켁 켁켁켁켁 켁켁.

—뭐라고?

—괜찮아.

난 간신히 대답했다. 그리고 다시 기침을 하기 시작했다.

—괜찮은 게 아닌 것 같은데? 혹시 너 담배 처음 피워보냐?

—아냐!

물론 그의 말이 맞았다.

—아니긴!

—아니라니까!

—정말이야?

—그렇다니까. 이것 봐.

—뭘?

—멈췄잖아.

—그러네.

하지만 그의 얼굴은 이미 의심으로 가득했다. 난 재빨리 화제를 돌렸다.

—배고파.

—나도.

—뭐 사먹자.

—돈 없어.

—나도.

우린 웃었다.

—어쩌지.

—그러게.

풀이 날 봤다.

—왜?

—우리집에 갈래?

그의 집은 오래된 삼층짜리 벽돌집의 옥상에 있는 작은 옥탑방이었다. 문을 열자 사람 하나가 겨우 설 수 있는 정도로 좁은 현관이 나왔다. 그는 신발도 벗지 않고 안으로 들어갔다. 나도 그를 따라 안으로 들어갔다. 양편으로 화장실과 벽장이 있었고, 정면에 방이 보였다. 방은 간단했다. 입구 옆에 작은 싱크대와 냉장고가 놓여 있고 정면에 난 커다란 창 아래에 책장이 누워 있었다. 바닥에 놓인 파란색 매트 위는 잔뜩 어질러져 있었다. 왼쪽 벽에는 커다란 캔버스가 기대어 서 있었고, 그 앞에 붓과 물감과 유리병 들이 어지럽게 널려 있었다. 풀은 매트 위에 앉아 담배에 불을 붙였다. 그의 옆에 방금 쓰레기장에서 주워온 것 같은 더러운 깡통이 있었는데 아마도 재떨이 같았다.

—배고프지? 근데 지금 밥이 없어. 지금 있는 건.

나는 캔버스 앞에 어색하게 서서 그를 바라보았다.

—왜 그래?

—뭐가.

—왜 그렇게 서 있냐고.

—아니……

나는 팔짱을 끼려다가 팔꿈치가 캔버스에 닿자 깜짝 놀라 도로 두 팔을 내려놓았다. 풀이 웃었다.

—정리를 안 해서 그렇지, 그렇게까지 더러운 건 아냐.

—그게 아니라……

풀이 찬장을 열었다. 거기서 박쥐가 튀어나온대도 난 놀라지 않았을 것이다.

—지금 있는 건, 만두랑 라면.

—만두가 왜 찬장에 있어?

—그건 냉동실에 있지.

—먹고 죽는 거 아니야?

—야.

—알았어. 믿어볼게. 만두. 바싹 튀겨줘.

난 풀을 남겨두고 옥상으로 나왔다. 순간 탄성을 질렀다. 와우. 한 조각도 남김없이 파란 하늘이 눈 안에 들어왔다. 그리고 그 아래엔 오래된 집들, 그것만큼 오래된 거리가 펼쳐져 있었다. 반쯤 열린 창, 구멍난 모기장, 하늘을 꽉 채운 전선들, 전봇대에 덕지덕지 붙은 전단지, 먼지를 잔뜩 뒤집어쓴 자동차들, 문 닫은 슈퍼마켓, 그리고 그 사이로 삐뚤삐뚤 난 골목길. 태어나서 아파트 단지를 한 번도 벗어나본 적이 없는 내게 그곳은 꽤 근사해 보였다. 아니, 난 그곳이 맘에 들었다.

—뭐 하냐.

풀이 만두가 담긴 접시를 내밀었다.

—니 생각.

나는 풀을 빤히 쳐다보았다. 그의 얼굴이 금세 빨개졌다.

—근데.

—근데?

—왜 이렇게 죽은 화분이 많아?

—키우려고 산 건데.

—근데.

—다 죽어버렸어.

—싸구려라 그래.

—싸구려 아닌데.

—꽃 같은 거 키우는 거 좋아해?

그가 고개를 끄덕였다.

—왜?

—풀이 좋아.

—왜?

—글쎄, 몰라. 초록색이라서?

그가 약간 부끄러운 표정을 하고 나를 봤다. 순간 머릿속에 뭔가가 떠올랐다.

—뭐라고?

—몰라. 초록색이라서 그런가.

—뭐가?

—풀이……

그건 풀이었다.

그렇다. 난 그를 풀이라고 부르기로 했다.

—풀!

나는 풀을 불렀다. 그러자 풀은 대답하는 대신 약간 이상한 표정을 지었다.

—풀!

—뭐?

—풀!

—무슨 풀?

—너 말이야! 풀! 풀!

—내가 왜 풀이야?

—그렇게 부르기로 했어.

—왜?

—너 풀 좋아한다며!

—근데 내가 왜 풀이야!

그가 인상을 썼다.

—풀 좋아한다며!

—근데 내가 왜 풀이 돼?

—몰라. 그냥 내가 정했어. 넌 이제부터 풀이야.

—그런 게 어딨어!

—내 맘이야.

—왜 니 마음대로 내 이름을 이상하게 바꿔!

난 그의 어깨에 손을 얹었다.

—진정해봐. 너는 네가 마음에 드는 이름으로 너를 부르면 되잖아. 나는 풀이 맘에 드니까 풀이라고 부를게.

—그런 게 어딨어!

—여기 있다.

여전히 그는 뭔가 마음에 들지 않는 표정이었다.

—풀.

그는 대답하지 않았다.

—대답해, 풀.

나는 그의 다리를 살짝 걷어찼다.

—아파!

—그러게 대답하면 되잖아.

—쳇.

—풀, 나 샤워해도 돼?

—뭐?

—샤—워.

그의 표정이 미묘해졌다.

—안 돼?

—아냐, 해.

—고마워.

—맞다, 나 비누밖에 없어.

—상관없어.

샤워를 끝내고 방으로 돌아오니 풀이 앉아 있었다. 그는 나를 보더니 벌떡 일어났다.

—왜?

—옷 안 입을 거야?

—어차피 벗을 거 아냐?

내가 그렇게 말하자 그는 바보처럼 웃었다. 그러나 나는 웃지 않았다. 분위기가 어색해졌다.

—이게 무슨 노래야?

—밥 말리.*

—그렇군.

—싫어? 딴 거 틀을까?

—글쎄.

분위기가 좀더 어색해졌다. 나는 그를 빤히 쳐다보았다. 그의 얼굴이 새빨개졌다. 가만두면 머리카락까지 빨개질 것 같았다. 나는 웃음을 터뜨렸다.

—왜 웃어?

—웃기잖아.

—뭐가.

—바보새끼.

—내가 왜 바보새끼야.

—음악 뭐 있는데?

—어떤 거 듣고 싶은데?

---

* Bob Marley & The Wailers, 〈Is This Love〉, 'Kaya', 1978.

—음.

난 풀의 옆에 앉았다.

—어떤 거가 듣고 싶냐면.

나는 천장을 봤다. 거긴 형광등이 없었다. 난 잠깐 몇 가지 쓸데없는 생각을 했다. 그리고 다시 고개를 숙이자 거기 풀이 있었다. 그가 내게 키스했다.

나는 그의 목에 팔을 둘렀고, 그의 손이 내 허리를 감았다. 나는 바닥에 누웠다.

우리는 아주 근사한 것을 하기 시작했다.

우리는 밥 말리의 노래에 맞춰 나른하게 흔들렸다. 그건 정말 근사했다. 문득 우리가 섹스를 하는 게 아니라 춤을 추고 있는 게 아닌가 하는 생각이 들었다. 그렇다. 우리는 춤추고 있었다. 풀의 그림도 춤추고 있었다. 싱크대와 침대와 냉장고와, 그리고 밥 말리도 모두 함께 춤추고 있었다. 난 고개를 숙여 그에게 키스했다. 그건 가장 긴 키스였다. 그리고 절정.

나는 몸을 구부렸다. 내 몸안에서 그의 페니스가 쪼그라드는 것이 느껴졌다. 나는 눈을 감고, 속삭였다.

풀이 눕고 있어.

나는 아주 천천히 그에게서 내려와 바닥에 누웠다. 내 손에 그의 손이 닿았다. 나는 그것을 잡았다. 아주 뜨거웠다. 그가 자리에서 일어났다. 나는 눈을 떴다. 그가 타월을 들고 방에서 나가는 게 보였다. 이상하게도 슬퍼졌다. 나는 얼른 양손으로 얼굴을 가렸다. 그가 내 이름을 불렀다.

손을 떼자 풀이 나를 내려다보고 있었다.

—왜 울어?

—안 울어.

나는 다시 손으로 얼굴을 덮었다.

—우는 거 맞는데?

—아니라니까.

손을 떼자 그가 여전히 거기 서 있었다. 나는 몸을 일으켰다. 풀이 담배를 입에 물었다.

—담배 나가서 피워.

—너 울보구나?

—아냐.

—맞는데?

—다른 노래 들을래.

—뭐 듣고 싶어?

—모르겠어.

나는 노트북 쪽으로 기어가 모니터를 들여다보았다. 그는 아주 많은 노래를 가지고 있었다.

—신나는 거 듣고 싶은데……

—어떤?

—됐어. 그냥 둬.

나는 다시 바닥에 누웠다. 계속해서 밥 말리가 노래했다. 풀이 밖으로 나가려고 했다. 나는 일어나 그의 손을 잡았다.

—나가지 마.

—나가서 피우라며?

—싫어. 나가지 마. 여기 있어.

—그래, 그럼.

그가 자리에 앉았다. 담배 연기가 투명한 햇살 속으로 사라졌다. 예쁘다. 난 그렇게 말했다. 풀이 웃었다. 나는 그를 껴안았다. 그러자 그가 내 팔 안에서 웅크렸다. 우리는 아주 오랫동안 그렇게 있었다. 아주 오랫동안. 해가 지고 있었다. 마침내 방이 어둠으로 가득찼을 때, 나는 손을 더듬어 풀의 얼굴을 만졌다.

—우리 같이 살자.

나는 말했다. 풀이 고개를 끄덕였다.

10

다음날 아침 나는 집을 나가겠다고 선언했다. 아주 오랜만에 다 함께 모인 아침식사 시간이었다. 잠깐의 침묵, 그리고 아버지가 소리를 지르기 시작했다. 어머니가 식탁이 무너져라 한숨을 쉬더니 자리에서 일어났다. 동생은 가만히 있었다. 나는 여전히 소리를 지르는 아버지를 내버려두고 방으로 돌아와 짐을 싸기 시작했다. 문이 열렸다. 동생이었다.

—언니처럼 대책 없는 인간은 본 적이 없어.

—고마워.

—돈도 없잖아.

—벌면 되지.

—언니가 돈을 번다고?

—야, 니가 일단 좀 빌려주라.

—내가 언니 지갑이야?

—내가 너 많이 도와줬잖아.

—언니가 언제?

—됐어, 그럼.

—뭐가 돼?

—다 말해버릴 거야.

—뭘?

나는 싱긋 웃었다.

—뭘 말할 건데?

—기억 안 나? 있잖아…… 작년에……

동생이 날 노려보기 시작했다.

—기억 안 나? 작년에 엘에이 간다고 하고 너……

동생이 잽싸게 내 입을 막았다. 난 동생의 난처해하는 표정을 즐기며 좀더 낄낄거렸다. 작년 겨울 동생은 엘에이로 어학연수를 간다고 말하고는 신사동에 오피스텔을 얻어 유부남이랑 살림을 차렸었다. 우연히 그걸 알아내어 찾아갔을 때 동생은 앞치마를 두르고 매운탕을 끓이고 있었다. 매운탕이라니! 나는 아무 말도 하지 않고 한참을 웃다가 그대로 집으로 돌아왔다. 나는 부모님에게 말하지 않았다. 삼 주 뒤 동생이 퉁퉁 부은 얼굴로 집으로 돌아왔을 때도 나는 아무것도 묻지 않았다. 바로 오늘 같은 날을 위해서.

—알았어.

—뭘 알았는데?

—얼마면 돼?

—지금 당장 달라는 거 아냐. 그냥 필요할 때가 생기면…… 만약 그런 경우가 생겼을 때를 대비해서 내가……

—언니, 진짜 그렇게 살지 마.

—내가 어떻게 사는데?

—후회할 거야.

동생이 나갔다.

—아니, 후회 안 해.

난 닫힌 문에 대고 그렇게 말했다.

그날 오후 부모님이 집을 비운 사이 집을 나왔다. 동생이 차로 데려다주었다. 그녀는 살짝 맥이 빠져 보였다.

—미안해, 내가 없으면 많이 심심해질 거야.

—웃기네.

—그래도 울지는 마.

—내가 왜 우냐.

—내가 보고 싶어서.

—지랄하네. 근데 이쪽으로 가는 거 맞아?

—어?

—맞냐고 이 길이.

—몰라.

—와봤다며!

—와봤지!

—그니까 맞냐고!

난 창밖을 보았다.

—모르겠는데.

—아우, 병신.

—야, 언니한테 말버릇이 그게 뭐냐.

—병신 맞잖아.

—씨발.

—뭐?

—못 들었냐. 씨발이라고.

—언니!

흥분한 동생이 팔을 휘두르다가 실수로 클랙슨을 눌렀고 그 소리에 놀라 반사적으로 브레이크를 밟았다. 악! 동생이 비명을 질렀다. 이어 뒤쪽에서 클랙슨 소리가 들려왔다.

—뭐냐. 새로 나온 슬랩스틱 코미디냐.

난 낄낄거렸다. 동생이 날 노려봤다.

—전화해.

—어디다가?

—걔한테 전화하라고!

—아—

—얼른!

—알았어.

난 핸드폰을 꺼냈다.

—나야, 풀. 어, 다 와가. 어. 근데 길을 좀 잃었어. 어. 여기가 어디냐면……

나는 주위를 둘러보았다.

—어딘지 모르겠어. 왼쪽에 아니 오른쪽에 은행이 하나 있어. 건너편에 그러니까 길을 가로질러서 이탈리안 레스토랑이 하나 있어. 그리고 이탈리안 레스토랑 옆에…… 몰라? 나도 몰라. 그리고 모텔이 하나 있는데 매우 크다. 오후 세시까지 파니니 샌드위치랑 아메리카노 세트가 오천원이래. 어, 아니 아까 그 레스토랑

입구에 쓰여 있어. 이탈리안 말야. 그리고 은행 건너편에서 다시 건너편에, 그러니까 나한테서 대각선 가로질러 반대편으로 약국이 있어. 약국 이층에는 뭐라고 써 있는데 모르겠네. 아니 약국 건너편에. 우리는 약국 건너편에 있어. 그래 대각선 가로질러 건너편. 아, 모텔 이름이 뭐냐 하면,

거기서 동생이 내 핸드폰을 빼앗았다.

—여기 서교 사거리. 우리은행 맞은편.

그리고 핸드폰을 닫아 나에게 돌려주었다.

—내가 방향감각이 조금 떨어지잖아.

나는 웃었다.

—조금이냐, 이게? 이건 그냥 아예 없는 거야.

—이리로 온대?

—어. 집에 올 거지?

—왜?

—집에 안 올 거야? 앞으로? 영원히?

—쫓겨난 거냐, 뭐.

—그래, 설마 아빠가 언닐 죽이진 않겠지.

잠시 뒤 풀이 나타났다. 그는 언제나처럼 어깨를 살짝 구부린 채 땅을 보며 느릿느릿 걷고 있었다. 그런 그는 언제나처럼 몹시 근사해 보였고, 난 참지 못하고 차에서 뛰어나가 그를 덥석 껴안았다. 내가 가장 좋아하는 순간. 풀의 몸에서는 물감과 담배와 비

누 냄새가 났고, 그건 한데 섞여 아주 근사했다. 나는 개처럼 킁킁거리며 그의 가슴을 더듬었다. 풀이 뭐라고 웅얼거리며 날 떼어내었다. 동생이 차에서 내려 우리를 향해 다가왔다.

—여기 내 동생. 야, 얘가 풀이야. 인사해!

—안녕하세요.

동생은 예의바르게 인사했다.

—안녕하세요.

풀도 그렇게 했다.

동생이 웃었다. 풀도 그렇게 했다.

그리고 침묵.

나는 동생의 팔을 잡았다.

—고마워.

동생이 조금 웃었다.

—이제 어디로 가?

—글쎄.

동생이 손목을 들어 그녀의 백이십만원짜리 시계를 바라보았다. 나는 그녀의 오십오만원짜리 하이힐을 바라보았다. 그리고 그녀의…… 그만두자. 나는 고개를 흔들었다. 동생이 차에 탔다. 나는 손을 흔들었다. 차가 움직이기 시작했다. 풀이 담배에 불을 붙였다. 동생이 멀어지고 있었다.

11

다음날 아침 옥상을 둘러보다가 풀의 방 옆에 있는 잠겨진 문을 발견했다.

—저게 뭐야?

—몰라. 그냥 창고 같던데.

—들어가본 적 없어?

—주인집 건데 내가 어떻게 들어가.

—우리가 쓴다고 하자.

—뭐 하려고?

—니 작업실로 쓰면 되잖아. 어때?

풀은 아무 말도 하지 않고 묵묵히 내가 만들어준 감자볶음밥을 먹었다. 그건 정말 맛이 없었고, 그래서 아무 말도 하고 싶지 않은 기분이었을 것이다.

밥을 다 먹고 나서 나는 주인집으로 내려가 창고를 빌리고 싶다고 말했다. 주인 여자는 잠깐 고민하더니 연락을 주겠다고 했다. 오후 늦게 연락이 왔다. 여자는 십오만원을 요구했다. 나는 삼만원을 주장했고, 우리는 팔만원에 합의를 봤다. 다음날 아침 주인 여자가 올라와 창고 문을 열었다. 참혹하다면 참혹했고 양호하다면 양호했다. 나와 주인 여자는 양호하다는 편이었고 풀은 약간 겁에 질려 보였다. 주인 남자가 물건들을 하나씩 끌어냈다. 정체

불명의 물건들이 쏟아져나왔다. 여자는 그게 다 필요한 거라고 생각했고 남자는 다 필요 없다고 생각해서 둘은 좀 다투었다. 결국 반이 남고 반이 버려졌다. 몇 개는 풀이 갖게 되었다. 낡은 나무의자 하나와 더럽게 무겁고 번거로운 조명과 철제 선반이었다. 남은 것들은 커다란 종이박스 두 개에 담겨 주인집으로 갔다.

우리는 창고를 청소하기 시작했다. 처음에는 대충 먼지만 털어낼 생각이었다. 하지만 결국 이틀 내내 거기에 매달려야 했다. 풀이 페인트를 사왔기 때문이었다. 우리는 한 벽은 아름다운 오렌지색으로 나머지는 흰색으로 칠했다. 칠은 열한시가 넘어서야 끝났고, 우리는 술을 조금 마신 다음 곧장 곯아떨어졌다.

다음날 아침, 캔버스를 창고로 옮겼다. 그리고 의자와 조명을 가져다놓았다. 물감은 잘 정리해서 종이박스에 담아 창 아래 쌓아놓았다. 붓은 하나하나 빨랫비누로 깨끗이 빤 다음 햇빛에 잘 말려 빈 페인트 통에 꽂아놓았다. 그런 다음 샤워를 하고 밥을 먹고 나니 금세 또 밤이었다. 우리는 창고 바닥에 모포를 깔고 술을 마시기 시작했다. 맥주에서도 담배에서도 풀에게서도 나에게서도 온통 페인트 냄새가 났다. 우리는 불을 끄고 초에 불을 붙였다. 그러자 타오르는 초가 창밖의 불빛을 받아 벽에 커다란 그림자를 만들어내었다. 풀은 골똘히 그걸 바라보았다.

—왜?

—나 저거 본 적 있어.

—그래? 근데 여기 좀 춥지 않아? 이불……

—아!

풀이 벌떡 일어나 달려나갔다. 뭐지? 난 새 맥주 캔을 땄다. 돌아온 풀의 손에는 소닉 유스의 시디*가 들려 있었다.

—이것 봐!

시디 커버엔 불 켜진 초가 인쇄되어 있었다.

—에, 별로.

—아니 그거 말고.

풀이 부클릿을 꺼내 펼쳤다. 그러자 정말로 거기 똑같은 초가 그려져 있었다.

—진짜네!

—그치?

우리는 한참 동안 그 부클릿과 그림자를 번갈아 들여다보며 즐거워했다. 곧 술이 떨어졌다. 우리는 빈 술병과 잔을 밀어놓고 슬슬 옷을 벗기 시작했다. 새 작업실이 어때? 난 물었다. 좋아. 풀이 속삭였다. 좀더 크게 말해봐. 좋아. 그가 말했다. 좀더 크게! 좋아! 풀이 외쳤다. 더 크게! 존나 좋아! 그래 존나 좋아! 존나 존나 좋아! 그렇지? 내 말을 듣길 잘했지? 어! 넌 나한테 진짜 고마워…… 그리고 풀의 입술이 내 입술을 덮었다. 풀의 손이 내 가슴

* Sonic Youth, 'Daydream Nation', 1988.

을 움켜잡았다. 나는 아주 큰 소리를 냈다. 풀의 혀에서는 페인트 맛이 났다. 그건 아주 근사했다.

12

풀은 매일 아침 합정역에서 무가지를 배포하는 아르바이트를, 그리고 일주일에 두 번씩 성남에 있는 베어링 공장에 나갔다. 풀의 작은아버지가 하는 공장이었다. 거기서 풀은 하는 일에 비해 터무니없이 많은 돈을 받았다. 작은아버지가 정해진 일당 말고도 꼬박꼬박 두세 배 되는 돈을 용돈으로 얹어주었기 때문이다. 하지만 그걸 다 합쳐봐야 겨우 먹고살 수 있는 돈이었다. 물론 풀은 잘 해나가고 있었다. 혼자서 말이다. 문제는 나였다. 풀은 나를 만난 뒤로 아무 일도 못하고 있었다. 공장 일은 일찌감치 그만두었고, 간신히 이어나가던 신문 배포 아르바이트마저 내가 들어온 지 일주일 만에 그만두어야 했다. 내가 아무데도 가지 못하게 했기 때문이다.

물론 나는 풀의 책임감 있는 태도를 높이 샀고 그게 내가 풀을 좋아하는 이유 중 하나였지만, 나는 돈보다 우리가 함께하는 시간이 훨씬 더 중요하다고 생각했다. 나는 돈을 하찮게 여겼다. 돈은 살아가는 데 있어서 전혀 중요한 것이 아니라고 생각했기 때문이다. 일단 우리의 만남부터가 그랬다. 그건 돈으로 얻을 수 없는 것이었다. 우리의 사랑은 돈과 아무런 관계도 없었다. 우리는 돈을 버는 것 따위보다 훨씬 중요한 일을 하고 있었다. 그러니까, 우리는 서로를 사랑했다. 더이상 뭐가 필요해? 물론 풀도 내 생각에 동의했다. **하지만**. 그렇다, 거기에는 꼭 **하지만**이 따라붙었다. 단순했다. 돈을 벌지 못하면 굶어야 하고 굶으면 죽는다는 것이다.

—하지만 돈은 어디에서든지 구할 수 있는 거잖아. 돈은 내 동생한테도 많아. 엄마 아빠한테도 있어. 네 작은아버지한테도 많겠지. 하지만 사랑은 여기밖에 없어(난 내 가슴을 가리켰다). 돈은 똑같지. 누구한테나 완전히. 하지만 사랑은 유일해. 우리는 돈보다 훨씬 더 굉장한 걸 가지고 있어. 돈은 아무한테서나 뜯어내면 돼. 죄책감 가질 필요 없어. 돈이라는 건 사실 은행에서 아무렇게나 찍어내는 종이 쪼가리일 뿐이잖아? 왜 그딴 것을 얻으려고 힘들게 일하고 시간을 빼앗겨야 해? 어차피 돈이란 건 있는 사람에겐 영원히 있고 없는 사람에겐 영원히 없는 거야. 그러니까 있는 사람들한테 뜯어내면 되는 거야. 어차피 너무 많아서 다 쓰고 죽지도 못할 텐데.

하지만 풀의 생각은 달랐다. 그는 고등학교를 졸업한 뒤 누구한테도 손을 벌린 적이 없었다. 스스로 번 돈으로 자신의 생활을 책임졌다. 그림을 그리기 시작한 뒤로도 마찬가지였다. 그게 지금까지 그가 살아온, 그가 배운 삶이었다.

그리고 그것과 정확히 반대되는 삶이 내가 그때까지 알아온 삶이었다. 나는 반짝거리는 것들, 화려한 포장지, 영화 같은 깜짝 성공, 오직 숫자로만 존재하는 재산과 친했다. 처음에는 텔레비전에서, 그다음엔 패션잡지에서, 그리고 동생에게서 그런 삶을 배웠다. 학교에서, 영화에서, 특히 소설에서 그랬다. 그게 내가 배운, 내게 익숙한, 내가 사랑한 삶이었다.

나는 발자크가 호기심 어린 눈으로 묘사했던 파리 상류층 대저택의 어두운 거실을, 인상파 화가들이 경쾌하게 그려냈던 부르주아의 세계를, 대공황 직전 정점에 달했던 믿을 수 없는 사치를, 날마다 계속되던 개츠비의 파티를, 앤디 워홀의 반짝거리는 창고를, 고급 호텔의 나른한 조명 아래 늘어진 모피코트를 입은 아가씨들을 사랑했다.

물론 나는 알고 있었다. 나는 결코 데이지가 될 수 없다는 걸 말이다. 그래서 나는 데이지에게 빌붙는 삶을 택했다. 그리고 그게 대부분의 사람들이 사는 삶이라고 생각했다. 왜냐하면 세상엔 데이지의 삶과 그것에 빌붙는 삶, 그 두 가지밖에 존재하지 않는다고 생각했기 때문이다. 아니, 내 눈에는 그 두 가지밖에 보이지 않았기 때문이다. 그게 바로 삶이었다. 난 그렇게 믿었다. 그런데 풀을 만난 뒤로 뭔가 이상해졌다. 자꾸만 뭔가 어긋났다. 풀은 나와 너무 달랐다. 아니 내가 아는 어떤 사람들과도 달랐다. 그는 내가 사랑하는 것들에 아무런 관심도 없어 보였다. 그리고 나는 그걸 받아들일 수가 없었다. 그건 내 세계였다. 그러니까 풀을 받아들인다는 것은 지금까지 내가 살아왔던 세계를 포기해야 한다는 뜻이었다. 내가 그 세계에서 살아남기 위해 세웠던 모든 규칙들을 무너뜨려야 한다는 뜻이었다.

하지만 난 그럴 수가 없었다. 받아들일 수가, 아니 이해할 수 없었다. 어쩌면 풀이 여유로운 어린 시절을 보냈기 때문에 그럴 수 있는 것이라고 생각해보기도 했다. 역사책에 나오는 그런 굶주림을 겪은 적은 없으니까. 하지만 그건 나도 마찬가지였다. 그런데 왜 나는 이런 인간이 되었고 풀은 그렇지 않은가. 그러니까 그에게는 자동차 타이어의 무늬가 그 자동차의 가격이나 브랜드보다 중요한 것 같아 보였다. 하지만 그건 불가능했다. 온 세계가 돈에 짓눌리고 있었다. 우리는 그런 세계에 살고 있었다. 예외는 없었다. 모두가 그 흐름에 휩쓸려야 했다. 화가건 회사원이건 택시기사건 예외가 없었다. 아니 화가라면 더욱더 그래야 했다. 왜냐하면 예술가란 가장 예민한 영혼을 가진 자들이기 때문이다. 그들은 누구보다 먼저 세상이 쏟아내는 말을 듣는 자들이었다. 아니 그게 그들의 임무였다. 그들이 어리고 섬세할수록 더욱더 그랬다. 누구보다도 더 멋진 포즈로 돈에 짓눌릴 것. 그게 그들이 맡은 역할이었다. 즉 자칭 예술가로서 내가 맡은 역할이었다. 그리고 나는 그 역할을 아주 잘 떠맡았다. 그러기에 꼭 알맞은 동생이 있었던 것이다. 사실 나는 풀에게도 꼭 알맞은 근사한 연인이 되어줄 자신이 있었다. 그가 원한다면 동생의 옷과 신발과 가방을 훔쳐내어 주렁주렁 걸치고 번화가를 어슬렁거려줄 수 있었다. 동생의 차를 훔쳐내어 7번 국도를 따라 신나게 달릴 수도 있었다. 나는 풀에게 그런 것들을 줄 수 있었다. 그런데 풀은 그런 데 관심이 없었다. 나는 당황했다. 내가 아는 한 그런 것을 거절해낼 인간은 존재하지 않았다. 그런 인간은 이미 영화나 소설 속에서도 더이상 찾아볼 수가 없었다. 직접 만나기 전까지 나는 풀과 같은 인간을 상상조차 할 수 없었다. 아니 만나고 나서도 그랬다. 그리고 난 내 믿음을 바꾸는 대신 그를 믿지 않는 것을 택했다. 그게 훨씬 쉬웠기 때문이다. 그래서 나는 더욱더 집요하게 그가 일을 하는 것을, 돈을 버는 것을 방해했다. 돈이 없으면 달라질지도 모른다고 생각했기 때문이다. 아니 분명히 그럴 거라고, 본모습을 드러내게 될 거라고, 그도 결국 나와 같은 저열한 인간이라는 것이 온 세상에 드러나게 될 것이라고 난 생각했다. 하지만 결국 아무것도 드러나지 않았다. 그래도 난 끝내 의심을 버리지 못했다.

13

아침에 눈을 뜨면 보통 나 혼자였다. 풀은 창고에 있었다. 난 느릿느릿 일어나 하품을 하고 물을 마신 다음 창을 열고 아침밥을 만들었다. 난 항상 볶음밥을 만들었다(볶음밥은 쉽고, 재료를 가리지 않고, 그릇이 적게 드는, 한마디로 최고의 음식이다). 밥이 다 되면 풀을 불렀다. 그러면 풀은 좀 긴장한 표정으로 느릿느릿 방으로 들어왔다. 나는 접시를 내밀었고, 그는 어색하게 의자에 앉아 내가 내미는 접시를 받아들었다. 그리고 우린 조용히 접시를 비웠다.

밥을 다 먹으면 풀이 음악을 틀었다. 풀은 언제나 바로 그때 필요한 소리가 뭔지 알았다. 그건 정말 근사한 재능이었다. 예를 들어, 흐린 날 아침 열시 반의 안녕* 같은 거. 조용히 비가 내리는 오후 한시의 인섹트 아이즈**나 안개가 잔뜩 낀 날 밤의 디 이터널*** 같은 거.

음악을 틀어놓고, 풀은 설거지를 시작했다. 설거지를 하는 그의 어깨는 음악에 맞춰 가만가만 흔들렸고, 난 그런 그를 반쯤 넋이 나간 채 바라보았다. 물론 내가 풀을 볼 땐 항상 넋이 나가 있었지만 특히 그가 설거지를 할 때 그랬다고 말하겠다.

그런 순간이 있다. 흘러가는 시간이 잠깐 멈추어 나를 향해 얼굴을 돌리는 순간. 손을 뻗으면 그 시간을 움켜잡을 수 있을 것만 같은 순간. 풀이 설거지를 하는 모습을 바라볼 때 그런 순간이 내

---

* 황보령, 〈안녕 Hello n Bye〉, 'Shines in the Dark', 2009.

** Devendra Banhart, 〈Insect Eyes〉, 'Rejoicing in the Hands', 2004.

*** Joy Division, 〈The Eternal〉, 'Preston 28 February 1980', 1999.

앞에 펼쳐졌다. 자기한테 그런 놀라운 재능이 있다는 걸 풀은 알고 있었을까?

설거지를 끝내고 풀은 다시 창고로 갔다. 난 바닥에 누워 음악을 듣거나 책을 읽거나 낙서를 하거나 아니면 그냥 음악을 들었다. 그러다가 다시 지루해지면 노트북을 열고 메일을 확인하거나 포털사이트에 뜬 연예인들의 스캔들이나 다가오는 선거에 대한 기사를 읽다가 스파이더 게임을 하기도 하고, 풀이 숨겨놓은 포르노 동영상을 찾아내어 그것을 틀어놓고 멍하니 바라보며 귤을 까면서 풀이 이런 걸 본다는 것에 대해서 어떻게 생각해야 하는지 잘 모르겠지만 아무튼 그런 걸 보며 흥분하는 풀을 상상하다가 약간 기분이 나빠져서는 화를 내다가 문득 바닥에 떨어져 있는 핸드폰을 보면 배터리가 나가 있고 충전기에 꽂아 전원을 켜면 아무런 메시지도 없었다. 난 일어나 창고로 갔다.

풀은 캔버스를 들여다보고 있었다.

풀,

우리 밖으로 나가자.

풀이 내 손을 잡았다.

한낮, 홍대 앞 거리는 언제나 시끄럽고, 쉴새없이 장면이 바뀌었고, 사람들로 넘쳐흘렀다. 그것이 싫어서 우리는 외곽으로 빙글빙글 돌았다. 그렇게 한 바퀴, 두 바퀴, 풀의 팔에 매달려 텅 빈 좁은 골목길을 걷다보면 이유 없이 웃음이 터져나왔다. 그러면 나는 풀을 간지럽히기 시작했다. 마침내 그가 빨개진 얼굴로 전봇대를 끌어안고 낄낄거리게 될 때까지.

우리는 웃었다.

아주 많이 웃었다.

한바탕 웃고 나면 우리는 언제나 신이 나서 신촌까지 걸어가기로 결심을 했다. 우리는 순식간에 신촌 한복판에 도착했고, 곧바로 엄청난 인파와 자동차들과 매연과 소음과 간판들과 여기저기 솟아나온 빌딩들에 맞닥뜨렸다. 사방에서 수십 명의 사람들이 우리를 향해 돌진해왔고 그럴 때 우리는 막대기처럼 굳어버렸다. 우리는 그런 상황에 몹시 취약했다. 그래서 잔뜩 겁을 집어먹고 근처의 식당으로 도망쳐 들어가곤 했다. 하지만 식당 안도 밖과 마찬가지였다. 아무리 불러도 나타나지 않던 점원은 우리가 한눈을 파는 사이 번개같이 나타나 메뉴판을 내려놓고 사라졌다. 메뉴판에 적힌 가격은 언제나 우리가 가진 돈보다 비쌌고, 우리는 우울해져서 가게에서 나왔다. 밖은 여전히 엉망진창이었다. 결국 우리는 편의점에 가서 김밥이나 라면 따위를 먹는 것으로 만족해야 했다. 배를 채우고 나면 근처의 서점과 레코드 가게를 돌며 시간을 때우다가 그래도 할 게 없으면 백화점 뒤쪽의 놀이터로 갔다. 거기는 언제나 우리처럼 할 일이 없어 보이는 애들로 가득했다. 우리는 담배를 나누어 피우며 그애들을 바라보았다. 그들의 놀이는 하나같이 무의미하고 황폐하고 파괴적이어서 우리를 지루하고 슬프게 만들었다. 가끔 용감한 애들이 우리에게 다가와 담배나 술을 구걸했고 우리가 거절하면 침을 뱉고 욕을 하면서 떠나갔다.

그리고 어느덧 해가 지기 시작했다.

우리는 서둘러 집으로 향했다. 노을을 보기 위해서였다. 간혹 많은 비가 내린 다음날, 노을은 라파엘로가 그린 천국처럼 아름다웠다. 물론 그런 날은 드물었다. 번번이 잔뜩 먼지를 뒤집어쓴 채 멀어지는 해와 오래된 잉크처럼 탁하게 번져가는 밤의 끈적끈적한 자리바꿈을 목격하는 것으로 만족해야 했다. 하지만 흔하지 않은 것은 그렇기 때문에 더 아름다웠다. 라파엘로의 노을이 찾아오는 날 우리는 잔뜩 취할 때까지 술을 마시고 시간 가는 줄 모르도록 춤을 췄다. 그러는 동안 천천히 붉은 노을이 밀려가고 밤이 드리운 커튼이 두터워졌다. 나는 시간이 멈추기를 바라지 않았다. 시간이 사라지기를 바랐다.

14

사실 그해 봄 우리에게 가장 중요했던 것은 섹스였다. 우리는 매일 했다. 하루종일 했다. 매일, 하루종일 했다. 사실 폴과 나는 둘 다 섹스를 엄청 좋아하거나 섹스에 엄청 재능이 있는 것도 아니었다. 우리는 말 그대로 평범했다. 취향도 테크닉도 말이다. 그런데 그런 우리 둘이 만나자 상황은 완전히 달라졌다. 정말 굉장했다. 매일 밤 머리를 내려놓던 베개 밑에서 웡카의 초콜릿 공장으로 가는 문을 발견한 느낌이었다.

슬라이 앤드 더 패밀리 스톤*이 흘러나오는 가운데 풀을 꼭 껴안고 흔들릴 때면 내 영혼은 천장까지 말려올라갔다. 방이 떠오르고, 시간은 미끄러지고, 내 몸은 녹아내렸다. 음악은, 아니 시간은 흩어졌다가, 다시 합쳐져 내 온몸을 훑고 지나갔다. 우리는, 음악 속에서, 흔들리고, 가라앉고, 다시 떠올랐다. 그러는 동안 오렌지색 어둠이 우리의 허벅지를 쓰다듬고, 손목을 낚아채어, 강하게, 부드럽게, 다시 약하게 네 개의 다리 사이를 헤엄치다가, 작은 한숨을 쉬듯 사라졌다. 풀이 내 가랑이를 핥을 때 나는 두 눈을 크게 뜬 채, 뭔…… 가…… 쉴새없이 내 머릿속을 스치고 지나가는 걸 느꼈다. 나는 풀이 이것을 그려야 한다고 생각했다. 나는 내가 이것을 써야 한다고 생각했다. 그리고 풀이 내 몸속으로 들어왔다. 그 순간은 언제나, 최고였다. 나는 언제나 한번 더, 라고 생각했다.

60년대 캘리포니아산 사이키델릭 록이 흘러나올 때면 우리는 평소보다 광적으로 변했다. 정신을 차려보면 매트는 구석에 짓뭉개져 있었고 의자는 넘어져 있었고 싱크대 문짝 하나가 이유 없

* Sly & The Family Stone, 〈In Time〉, 'Fresh', 1973.

이 열려 있었고 우리는 화장실 앞에서 뒹굴고 있었다. 다음날 아침 몸을 씻다보면 여기저기 까지고 멍든 상처가 보였다. 특히 풀이 도어즈의 라이브 앨범을 틀어놓고 덤벼들었을 때가 최고였다. 나는 진짜 완전히 겁에 질렸었다. 나를 거의 깔아뭉갠 채 헐떡이는 풀은 짐승 같았다. 이제 와서 이렇게 말하는 건 좀 미안하지만 솔직히 그땐 싫다고 하면 맞을까봐 무서워서 가만히 있었다. 물론 그가 나를 때릴 리 없었지만 말이다.

그런데, 앞에서도 자주 말했던 것처럼, 나는 기본적으로 구제불능의 머저리였다. 그러니까, 나는 섹스가 저급하다고 생각했다—그러니까 내가 진짜 사랑하는 것은 그의 몸이 아니라 그의 영혼이라고 생각했다는 말이다. 볼 수도 냄새를 맡을 수도 핥고 빨 수도 없는 바로 그것 말이다. 나는 우리가 영혼을 통해 연결되어 있다고 생각했다. 몸은 한 레벨 아래였다. 나는 언제나 세상을 반으로 딱 잘라 좀더 커 보이는 것을 가졌다. 그게 내 방식이었다. 하지만 사실 인생이라는 게 그렇게 단순한 게 아니잖아? 그런데 그때 난 그걸 몰랐다. 그래서인지 몰라도 나는 주기적으로 혼란에 빠졌다. 나는 중세의 수도자처럼 유치하게 육체와 영혼 사이에서 방황중이었다. 아무리 애를 써도 그 둘을 연결시킬 수가 없었다. 물론 가끔, 그 둘이 살며시 손을 잡는 그런 멋진 순간이 있었지만 그건 정말 찰나에 불과했다. 나는 살아 움직이는, 결국 냄새나고 썩어버릴 게 분명한 '몸'이라는 것을 진심으로 사랑할 수가 없었다. 아니 그런 사랑을 상상할 수가 없었다. 그렇다. 나는 상상력이 부족한 인간이었던 것이다.

상상력이 부족한 내 머릿속에서 세상은 아주 단조롭고 무엇이든 예측 가능한 것이었다. 하지만 진짜 세상은 번번이 내 단순한 예상을 가볍게 뛰어넘어 무지갯빛으로 펼쳐졌다. 그래서 나는 온갖 것들에 쉽게 매혹되고 쉽게 감동했던 것이다. 자신의 마음에 이미 천국이 있는 인간이라면, 천국의 모든 색깔과 지옥의 모든 냄새를 자신의 마음속에 가지고 있는 그런 인간이라면, 결코 나처럼 온 세상에 쉽게 매혹되지는 않았을 것이다. 모든 것에 쉽게 뛰어들고 어디든지 쫓아가지 않았을 것이다. 풀은 아마도 그런 사람이었다. 그러나 나는 그렇지 못했기에 모든 것에 쉽게 매혹되고 길 잃은 강아지처럼 아무나 쫓아갔다. 그러나 그것은 결코 사려 깊은 애정에 이르지 못했다.

15

금요일 오후 한시, 점심을 먹고 나서 빈둥대고 있는데 동생에게서 전화가 왔다. 내게 편지가 왔다는 것이었다.

―뭔데.

—귀하를 초대한대.

—어디에?

—문학상 시상식이래. 언니 아직도 소설가야?

동생이 전화 너머로 낄낄거렸다.

—닥쳐.

하지만 솔직히 기분이 좋았다. 아직 나를 잊지 않은 사람들이 있었던 것이다. 물론 실수로 아직 지워지지 못했다는 것이 정확한 표현이겠지만. 세상은 나를 잊었지만 출판사의 주소록은 아직 나를 잊지 못한 것이다. 이 얼마나 고마운 일인가.

전화를 끊고 나서 풀에게 시상식에 가자고 말했다.

—그게 뭐야?

—시상식 말이야. 상 주는 거.

—오, 너 상 받아?

—아니. 딴 사람이 받지.

—근데?

—그거 구경하러 가는 거지.

—누가 받는데? 아는 사람이야?

—아니.

—그럼 뭐하러 가.

—왜, 너 할 일도 없잖아.

—나 할 일 존나 많아.

풀이 인상을 썼다.

—나 혼자 가면 어색해서 죽어버릴 거야.

—그럼 가지 마라.

—어떻게 그래. 초대를 받았는데. 맛있는 것도 많이 준대.

—가든가 그럼.

—그래, 갈 거야. 꼭 가서……

—가서?

—시인이 되었다고 말해줘야지.

—너 이제 시 쓰는 거야?

—이제부터 쓰려고.

풀이 날 비웃었다.

—넌 그림이나 그려.

—그리고 있어.

—같이 가자.

—싫어.

—니가 해달라는 거 다 해줄게.

—진짜?

—응. 뭐 해줄까?

—음……

—빨리 말해.

—기다려봐.

—안 돼. 시간이 없어. 오, 사,

—잠깐만!

—삼, 이, 일,

—안 돼!

—땡.

난 미소 지었다.

—끝났어.

—말도 안 돼!

—안 돼. 기회는 지나갔어. 끝. 내가 정하겠어.

—그런 게 어딨……

—나는 너에게 고등어김치찜을 만들어줄 것이다.

난 그렇게 말한 뒤 풀을 살폈다. 약간 어리둥절해하던 그의 얼굴에 살며시 미소가 번졌다. 고등어김치찜은 그가 가장 좋아하는 음식이었다.

—진짜?

—어때?

—너 그거 만들 줄 알아?

—당연하지!

물론 나는 그딴 거 만들 줄 몰랐다.

—음.

—어때?

—알았어.

—오케이!

난 풀의 어깨를 툭 쳤다.

—근데 뭐 입고 가지?

—대충 입고 가.

—너는?

—난 뭐?

—그거 입고 갈 거야?

—이 옷이 어때서.

풀이 가슴을 폈다. 벨벳 언더그라운드 티셔츠에 청바지. 뭐 나쁘지 않다.

—그럼 난 저거.

나는 벽에 걸린 풀의 서클에이 티셔츠를 가리켰다.

—너한테 클 텐데.

—원피스로 입을 거야.

—그럼 너무 짧을 텐데.

확실히 풀이 말한 대로였다. 원피스로 입기엔 너무 짧았다. 난 레깅스를 받쳐 입기로 했다. 그리고 풀이 얼마 전 사온 더럽게 무겁고 촌스러운 남색 장화를 신었다. 인터넷에서 그날 오후 늦게부터 비가 내릴 거라는 일기예보를 봤기 때문이다.

—어때?

—그건 좀 아니지 않냐.

—괜찮아. 문학상 시상식 따위 좆도 아냐.

—내가 봤을 때 넌 문학계를 너무 미워하는 것 같아.

풀이 말했다. 그건 맞는 말이었다. 나도 알아. 인정해. 하지만 그건 내 마음이야. 내가 하고 싶으면 하는 거야. 그리고 나는 뭐든지 할 수 있단 말이야. 그러니까 내가 미워하고 싶으면 하는 거야. 내 자유란 말이야. 인간은 자유의지를 가지고 있어. 그리고 나는 자유의지 그 자체란 말이야……

나는 소리를 지르기 시작했고, 풀이 담배를 들고 밖으로 나갔다.

준비를 끝낸 뒤 난 동생에게 전화를 걸었다.

—뭔데 또.

—나 좀 태워다줘.

—싫다. 근데 어디?

—거기 시상식 말야.

—아.

—데려다줄 거지?

—싫은데.

—거기 차 없으면 찾아가기 힘들단 말이야.

—글쎄.

—응? 응? 응?

—시끄러.

—응? 응?

—그럼 나도 부탁이 있어.

—뭔데.

—언니 남자친구 그림 그린다며?

—어.

—내 친구가 그림 배우고 싶대. 걔한테 그림 좀 가르쳐줘.

나는 밖에 있는 풀을 향해 그대로 전했다. 풀이 웃음을 터뜨렸다.

—뭐래?

—웃는데?

—싫대?

—아니, 그냥 웃기만 해.

—됐어, 싫으면 관두라고 해.

—풀, 싫으면 관두래.

—아냐, 아냐.

—아니래, 안 관둔대.

—정말? 가르쳐준대?

—모르겠어.

—가르쳐준다는 거야, 안 가르쳐준다는 거야?

—알았어. 물어볼게. 그러니까 데리러 와. 알았지? 기다린다!

난 전화를 끊고 풀을 향해 미소 지었다.

—뭐래? 데리러 와준대?

—기다려봐.

나는 노트북을 펴고 스파이더 게임을 하기 시작했다. 풀은 만화책을 차곡차곡 쌓아놓고 차례대로 읽기 시작했다. 두 시간 뒤 동생이 도착했다. 난 깜짝 놀랐다. 동생의 머리가 단발이 되어 있었던 것이다.

—너…… 머리……

—왜, 별로야?

난 입을 막았다.

—아…… 망한 거 맞구나…… 어떡해……

동생이 고개를 숙이고 비틀거렸다.

—가만히 있어봐. 제대로 좀 보자.

그러자 동생이 애원하는 표정으로 날 봤다. 난 엄숙하게 동생의 머리를 살피기 시작했다. 마침내 나는 말했다.

—짧은 머리가 어울린다니 유감이다.

—언니 자꾸 시비 걸면 나 그냥 집에 간다.

—야.

나는 동생의 손을 잡았다.

—가지 마.

—흥.

—인사해, 풀. 여기 내 동생. 저번에 본 적 있지?

풀이 고개를 끄덕였다.

—제 머리 어때요? 진짜 괜찮아요?

동생이 풀을 향해 머리를 들이댔다.

—잘 어울리시는데요……

풀의 얼굴이 빨개졌다.

—근데 왜 얼굴이 빨개지냐.

—역시 별론가봐. 어떡하지! 어떡하지!

—괜찮다니까.

—전에 머리가 더 낫죠? 그렇죠?

풀의 얼굴이 더 빨개졌다.

—아니…… 그게……

—아, 어떡해! 망한 거야! 내가 왜! 하필!

동생이 머리를 쥐어뜯기 시작했다.

—아니, 그게 아니라요……

풀이 말했다.

—잘…… 그게…… 생각이…… 그때가……

—들었지? 생각이 안 난대.

내가 말했다.

—그게 뭐 어쨌다고.

—널 기억하지 못하는 남자들도 있다는 얘기야.

동생이 황당하다는 표정으로 날 보았다.

—남자들이 왜 날 기억하냐?

—너 예쁘잖아.

—길에 깔린 게 예쁜 애들이야.

—그래도 내 눈엔 니가 제일 예쁘던데.

—왜 갑자기 칭찬을 하고 그러지?

—데리러 와줘서.

나는 웃었다.

—닥쳐. 근데 언니 옷차림이 그게 뭐야.

—이상하죠, 그쵸?

동생이 내 옷을 훑어보더니 매우 복잡한 표정으로 고개를 끄덕였다. 그건 동생이 진짜 마음에 들지 않는 뭔가를 하거나 볼 때 짓는 표정이었다.

—그렇게 별로야?

동생이 고개를 끄덕였다.

—어.

—그래? 근데 알아? 니네가 싫어하니까 난 왠지 모르게 점점 더 맘에 드는걸.

둘은 포기했다는 표정을 지었다. 성공!

사십 분 뒤 나와 풀은 초대장의 약도에 표시된 바로 그 프렌치 레스토랑 앞에 서 있었다. 그건 흰색의 삼층짜리 건물이었다. 참 괴상하게 생긴 건물이었다. 뭐랄까. 아니 엄청 비싸 보였다. 정말로. 엄청. 근데 그게 다였다. 아니 그냥 돈 같았다. 그냥 돈. 그러니까 저건 프렌치 레스토랑이 아니라 거대한 **저금통**인 게 아닐까. 나는 웃었다. 그럴 수밖에 없었다. 웃지 않는다면 울어야 할 것 같았으니까. 서울은 기본적으로 천박한 도시였고, 그러니까 거기엔 수많은 천박한 건물이 있었지만 이건 정말 그중에서도 최상급으로 천박한 건물이었다. 이 정도면 인정해줘야 한다는 생각이 들 정도였다. 우리는 나란히 건물을 향해 다가가기 시작했다. 계단의 양옆에 있는 테라스에는 모조 석상과 모조 피라미드(!)가 놓여 있었다. 이집튼가봐. 풀이 속삭였다. 우리는 낄낄대며 계단을 올랐다. 안으로 들어서자 천장이 높은 붉은색 현관이 나타났다. 이건 비엔나풍인데. 내가 말했다. 우리는 낄낄대며 문을 밀었다. 그리고,

—죄송하지만 오늘은 가게 전체가 예약되어 있습니다.

레스토랑 직원은 공항 스피커에서 흘러나오는 안내방송 같은 말투로 말했다.

—우리가 그 예약된 자 중의 하나로는 보이지 않나보다.

나는 풀을 향해 말했다. 그 말에 직원이 당황했다. 그는 시계를 한번 보고 내가 입은 티셔츠에 그려진 커다란 동그라미와 대문자 에이를 보았다. 여전히 확신이 안 서는 표정이었다.

—우리가 좀 일찍 왔죠.

그는 여전히 이해가 안 가는 표정을 지었지만 곧 그 모호한 표정을 지우고 경쾌한 말투로 죄송하다고 말하더니 문을 열어주었다.

두 개의 문을 지나자 탁 트인 홀이 나왔다. 바닥에는 초콜릿색 나무가 깔려 있었고 홀의 중앙에는 흰 천이 깔린 커다란 테이블이 있었다. 테이블 위에는 거대한 은색 접시들이 놓여 있었고, 접시마다 음식이 가득했다. 그리고 끝. 그게 다였다. 아무도 없었다. 우리가 정말 너무 일찍 온 것이다. 우리는 어디로 가야 할지 몰라 우왕좌왕하다가 한 직원의 안내로 간신히 창가 식탁에 앉았다. 그 직원은 무심코 외투를 맡기겠느냐고 물었다. 그러나 즉시 우리가 맡겨둘 만한 외투를 입고 있지 않는다는 것을 깨닫고 웃음을 터뜨렸다. 그건 정말 기분좋은 웃음이었고, 그래서 그 웃음소릴 듣자 순식간에 나와 폴의 긴장이 풀어졌다. 우리는 다 함께 하하하, 기분좋게 웃었다. 그리고 그녀가 떠났다.

넓은 홀에는 우리 둘만 남겨졌다.

—책이라도 가져올걸.

나는 식탁 위에 세모를 그리며 말했다.

—졸려.

폴이 식탁에 엎드렸다. 나는 창밖을 보았다. 모조 석상과 모조 피라미드와 커다란 야자수 화분이 보였다. 문득 동생을 따라 가보았던 레스토랑들이 떠올랐다. 나는 끝내 그 다양한 종류의 포크와 나이프에 익숙해지는 데 실패했다. 내가 잔뜩 긴장하여 뭘 먹는지, 그게 무슨 맛인지도 모르는 채로 접시에 놓인 것을 닥치는 대로 입에 쑤셔넣는 동안 어머니와 아버지는 자신들의 대화가 그 우아한 레스토랑의 분위기를 더럽히지나 않을까 걱정하여 대화를 줄이고 줄이다가 마침내 성당의 주일미사처럼 성스러운 침묵 속에서 식사를 마치곤 했다. 거기서 자연스러워 보이는 것은 동생뿐이었다. 그녀는 적절한 목소리로 적절한 농담을 늘어놓으며 적절하게 웃었다. 그런 동생의 자연스러운 분위기에 휘말려 하하하 크게 웃다가 어머니에게 등짝을 얻어맞은 적이 있었는데.

우리 가족을 그런 어울리지 않는 곳에 데려다놓고 뭘 하자는 것인지 나는 정말로 궁금했는데, 어느 날 그녀의 블로그에 갔다가 마침내 그 이유를 알 수가 있었다. 거기 우리 가족이 함께 찍은 사진들이 있었다. 나는 놀랐다. 그녀가 올린 사진들 속에서 우리 가족은 너무나도 자연스러워 보였던 것이다. 우리는 모두 웃고 있었다. 자연스럽게 말이다. 전혀 어색해 보이지 않았다. 심지어 행복해 보였다. 사진 속 어머니와 아버지는 좋은 사람들 같았다. 나도 마찬가지였다. 우리는 마치 대기업 이미지광고에서 튀어나온 사람들 같았다. 그렇구나. 이런 걸 하고 싶었구나! 그때 아주 잠깐 나는 동생을 이해할 수 있을 것 같았다……

나는 생각을 중단하고 풀을 보았다. 그는 식탁 가운데 놓인 꽃병을 살펴보고 있었다.

—나 배고파.

그제야 풀이 꽃병에서 눈을 뗐다.

—나가서 뭐 먹고 올까.

풀이 말했다. 난 주위를 둘러보았다. 여전히 아무도 없었다.

—응.

우리는 레스토랑에서 나왔다. 주변엔 우리가 방금 빠져나온 곳과 비슷하게 생긴 레스토랑들이 즐비했다. 우린 그것들을 하나하나 구경하며 한참 동안 즐거워한 다음에야 먹을 걸 찾아나섰다. 한참을 걸은 끝에 겨우 맥도날드를 발견했다. 우리는 천원짜리 햄버거와 콜라를 사서 나누어 먹었다. 햄버거는 아주 작았고 콜라는 싱거웠다. 먹고 나서도 여전히 배가 고팠다. 어쩔 수 없이 우리는 담배를 몇 대 피워 허기를 달랬다.

—이제 갈까?

—그래.

하지만 여전히 시간이 일렀다. 우리는 아주 천천히 걸었고, 자주 두리번거렸다. 그곳의 길은 우리에게 익숙한 길과 좀 달랐다. 평평하고 쭉 뻗어 있었으며 아주 넓었다. 그런 길 위에 높지 않은 건물들이 띄엄띄엄 놓여 있었다. 그 흔한 십자가도 보이지 않았다. 그런데 이상하게 답답한 느낌이었다. 뭐랄까. 풍경이 결여되어 있었다. 아니 풍경 이상의 뭔가가. 우리는 레스토랑으로 돌아왔다.

돌아온 레스토랑은 다행히 사람들로 가득했다. 물론 아는 사람은 하나도 없었다. 한둘 익숙한 얼굴이 있긴 했지만 그건 그들이 유명한 베스트셀러 작가들이기 때문이었다. 우리는 처음 앉았던 창가 자리에 앉았다. 우리를 뺀 모든 사람들이 테이블 주위에 모여 있었다. 그들은 끊임없이 인사를 나누고 웃고 뭔가를 묻고 답하고 있었다. 여기저기서 쉴새없이 카메라 플래시가 터졌다. 나는 멍하니 그들을 바라보았다. 그리고 문득 깨달았다.

난 영원히 저 안에 속할 수 없을 것이다.

그렇다. 나는 절대 그렇게 될 수 없었다. 왜냐고? 간단하다. 그건 내가 원하는 삶이 아니기 때문이다. 갑자기 난 모든 걸 이해할 수 있었다. 왜 내가 매번 똑같은 좌절에 빠져들었는지. 왜 다시 도망칠 수밖에 없었는지. 왜 똑같은 우울감에 사로잡혔는지. 나에겐 꿈이 있었다. 그런데 그건 터무니없이 낭만적이었다. 하지만 난 그걸 포기할 수 없었다. 그런 한편 거기에 있는 그 누구도 나와 같은 꿈을 갖고 있지 않았다. 쉽게 말해 그들은 동생과 **같은** 부류의 사람들이었다. 그랬다. 그들에겐 생활이 있었다. 지켜야 할 예절이 있었고, 꾸며진 미소와 잘 다려진 와이셔츠가 그걸 뒷받침해주었다. 그들은 그냥, 평범한 사람들이었다. 왜 난 그걸 몰랐을까.

난 이곳에서 나가야 한다고 생각했다. 그런데 몸을 움직일 수가 없었다. 망설이는 동안 시상식이 시작되었다.

박수 소리가 들리더니 한 남자가 홀 한켠에 마련된 작은 연단 위에 서서 뭐라고 지껄이기 시작했다. 그는 장황한 어투로 이건 고맙고 저건 괴로우며 저건 무겁고 이건 벅차다면서 종종 허공을 바라보며 눈을 찡긋거렸다. 화려한 형용사들로 범벅이 된 문장들이 빠르게 스쳐지나갔다. 그가 들고 있는 종이가 가늘게 떨리고 있었다. 그가 한 문장을 끝낼 때마다 풀은 고개를 숙이고 작게 킥킥거렸다. 그 앞에 선 젊은 여자들의 얼굴에는 이렇다 할 표정이라는 게 없었다. 아니 그곳의 모두가 그랬다. 나는 에어컨 바람에 의지하여 간신히 버티어나갔다. 마침내 남자의 말이 끝났다. 박수와 꽃다발 그리고 플래시. 난 멍하니 그 모든 소란을 가만히 지켜보고만 있었다. 그때 누군가가 내 앞에 놓인 잔에 술을 채워주었다. 순간, 나에게 필요했던 것이 무엇인지 깨달았다. 그건 너무나도 원하던 것이라서 난 내가 꿈을 꾸고 있다고 생각했다.

나는 겨우 손을 뻗어 술잔을 잡은 다음 입을 벌리고 술을 쏟아 넣었다. 곧바로 정신이 돌아왔다. 나는 식탁 반대편에 놓인 커다란 양주병을 발견했다. 나는 그것을 집어 잔에 가득 따랐다. 풀이 못마땅한 표정으로 내가 하는 짓을 보고 있었다. 나는 그를 똑바로 쳐다보며 천천히 잔을 비웠다. 알코올이 불을 지르며, 이따금 주먹으로 치며 식도를 타고 위의 입구에 이르는 것이 느껴졌다. 황홀했다. 풀을 향해 나는 웃었다. 풀은 웃지 않았다. 그가 내 앞에 놓인 술과 술잔을 멀리 밀어놓았다. 나는 그것들을 다시 내 앞으로 끌어당겼다. 그리고 남은 술을 모두 술잔에 부었다. 아까보다 훨씬 괜찮은 기분이었다. 나는 식탁 위에 놓인 풀의 담배를 집어 불을 붙였다. 그리고 한 모금 빨아들인 순간, 구역질이 났다. 나는 화장실로 달려갔다.

햄버거도 콜라도 술도 아닌 것들이 변기 속으로 쏟아졌다. 다 토하고 나서도 한참 동안 변기를 끌어안고 있었다. 겨우 밖으로 나와 거울을 보았다. 그 안의 나는 구겨진 흰 종이 같았다. 화장실에서 나오는 길, 한 여자와 마주쳤다. 여자는 내 또래로 보였고 나처럼 닳아빠진 표정을 짓고 있었다. 난 여자를 이해했다. 나는 그녀를 향해 미소를 지어 보였다. 그러나 여자는 나를 보지 않았다.

—집에 가자.

내가 자리에 앉자 풀이 말했다.

—싫어.

난 다시 술을 마시기 시작했다. 잠시 뒤 화장실 앞에서 마주쳤던 여자가 건너편 자리에 앉는 것이 보였다. 여자는 늙은이들에게 둘러싸여 있었다. 여자는 그들과 이야기를 나누기 시작했고, 나는 그 여자가 마음속으로 그들을 비웃고 있는 것을 느꼈다. 난 잔에 술을 좀더 따랐다.

—취했어. 그만 마셔.

—싫다.

—집에 가자.

—싫다니까.

—일어나.

—싫다니까 왜 이래!

앞에 앉은 사람들의 표정이 좀 불편해졌다. 괜찮아요. 나는 말했다. 우리 싸우는 거 아녜요. 술 계속 드세요. 근데 말이 자꾸 꼬였다. 웃어보려고 했는데 얼굴이 내 말을 안 들었다.

—죄송해요.

풀이 말했다.

—뭐가 죄송하냐? 나 잘못한 거 없어.

사람들의 표정이 좀더 나빠졌다. 그동안에도 건너편 테이블에 앉은 여자와 늙은이들은 그들만의 대화에 푹 빠져 있었다. 나는 그들이 도대체 무슨 대화를 나누는지 궁금해졌다. 자리에서 일어났다. 풀이 아주 못마땅한 표정으로 날 봤다. 괜찮아. 난 팔을 앞으로 쭉 뻗고 천천히 그 여자가 있는 테이블을 향해 걷기 시작했다.

여자의 자리에 도착해서 쳐다보는데 놀랍게도 내가 온 걸 눈치채지 못하고 있었다. 난 손을 뻗어 여자의 팔을 잡았다. 여자가 깜짝 놀라 날 올려다보았다.

—안녕하세요.

난 웃었다.

—저 아시죠?

여자가 고개를 저었다.

—아까 화장실 앞에서 봤잖아요?

—아.

—네, 근데 무슨 이야기를 그렇게 재미있게 나누세요?

여자는 대답하지 않고 날 빤히 쳐다보았다. 난 좀더 기다렸다.

그러나 여자는 계속 빤히 쳐다봤다.

—아니, 말씀하기 싫으시면 안 하셔도 돼요. 소설가이신가요?

여자가 고개를 끄덕였다.

—저도요.

—아.

—근데 이제 더이상 아니에요.

—네?

—시를 쓰려구요.

—시?

그건 여자의 옆자리에 앉은 늙은이였다. 난 그를 노려봤다.

—그쪽은 알 거 없어요.

여자의 표정이 약간 나빠졌고, 그 늙은이는 내 말을 이해하지 못한 것 같았다.

—시를 쓰려구요.

난 다시 여자에게 말했다.

—네.

그리고 여자가 웃었다. 내가 미소를 지으려는 순간 여자가 고개를 돌렸다. 아. 난 이해했다. 그건 끝이라는 뜻이었다. 더이상 너랑 말하고 싶지 않다. 여자는 그렇게 말하는 대신 웃었다. 나와는 반대였다. 나처럼 시비를 거는 대신 그녀는 웃었다. 그녀는 예의를 지키기 위해서 안간힘을 쓰고 있었다. 그러나 사실 그녀가 그곳에 있는 모든 사람들을 경멸하고 있다는 것을 나는 알 수 있었다. 나처럼 말이다. 나는 우리가 비슷하다고 생각했다. 근본적으로 말이다. 그래서 나는 그녀와 친해지고 싶었다. 아니 친해질 수 있다고 생각했다. 그녀와 이야기를 나누고 싶었다. 우리는 좋은 친구가 될 것이다. 난 그렇게 생각했다. 하지만 그녀의 생각은 달랐다. 그녀가 경멸하는 사람들에는 나도 포함되어 있었다. 그녀에게 나와 늙은이는 동등하게 쓰레기였다. 하지만 무엇보다 중요한 건 그녀가 예의를 중요시하는 사람이었다는 것이다. 모두를 경멸하는 예의바른 왕. 여잔 그런 게 되고 싶은 것 같았다. 하지만 그렇게 예의 속에 경멸을 감추는 법에 익숙해지는 사이 그녀 또한 자신이 경멸하는 사람들과 닮아가고 있다는 걸 그녀는 모르는 걸까. 나는 여자가 가여웠다. 뭐, 할 수 없지. 나는 포기했다. 머리가 좀 아팠기 때문이다. 난 수상자가 있는 옆 테이블로 걸어가기 시작했고, 그때 폴이 내 이름을 불렀다. 난 무시했다. 축하드려요. 나는 수상자의 손을 움켜잡았다. 그는 약간 어리둥절해하긴 했지만 내 축하를 받아주었다. 난 웃었고 그도 웃었다. 기분이 좋았다. 식탁 위에 놓인 커다란 맥주잔이 보였다. 나는 그걸 들었다. 건배해요. 나는 소리쳤다. 다 마셔버려요! 그때 폴이 내 팔을 잡았다.

—죄송해요. 얘가 좀 취했어요.

그리고 날 보며 말했다.

—야, 이제 그만……

—야, 너 내가 뭘 어쨌다고 아까부터 자꾸 쫓아다니면서 참견이냐? 그렇게 집에 가고 싶어? 그럼 너나 가세요. 있죠, 제가, 여기 있는 게 싫으세요? 네? 싫으시면 처음부터 초대를 하지 말았어야죠!

다들 아무 말이 없었다. 나는 다시 한번 건배를 외치며 맥주잔을 치켜들었다. 그리고 풀이 또다시 내 팔을 잡았다. 난 팔을 휘둘렀고, 순간 내 손에 들린 맥주잔이 풀의 얼굴을 강타했다.

풀이 휘청하며 옆에 있던 의자에 부딪혔고 그 의자와 함께 바닥에 쓰러졌다. 나는 깜짝 놀라 풀을 보았다. 그는 맥주에 흠뻑 젖은 채 바닥에 쓰러져 있었다. 그가 눈을 가늘게 뜨고 나를 올려다봤다. 아무 생각도 떠오르지 않았다. 나는 맥주잔을 식탁 위에 내려놓았다. 그리고 죄송하다고 중얼거리며 자리로 돌아왔다. 식탁 위에 담배가 보였다. 난 그걸 집어 불을 붙였다. 반쯤 피우자 마음이 약간 진정되었다. 괜찮아. 아무 일도 아니야. 난 그렇게 나를 달랬다. 그런데 뭔가 하나 빠진 것 같은 느낌이 들었다. 물론 그런 건 없었다. 풀만 빼면 말이다. 그렇다. 풀이 없었다. 난 두리번거리며 풀을 찾았다. 그리고, 난 입을 벌렸다. 그가 가게를 빠져나가고 있었다.

천천히 문이 열리고 네모난 어둠이 나타났다. 이어 풀의 등이 그 어둠 속으로 빨려들어갔다. 문이 닫혔다. 아무 일도 없었다는 듯이. 그리고 난 어둠 속에 있었다. 아무런 소리도, 빛도 없는 곳에. 다만 한 문장만이 눈앞에서 빛나고 있었다.

풀이 나를 버렸다.

천천히, 온몸이 떨리기 시작했다. 난 주위를 둘러보았다. 사람들의 얼굴은 하나같이 뭉개어져 있었다. 나는 자리에서 일어났다. 그리고 비명을 지르며 거리로 뛰쳐나갔다.

PART TWO

1

풀은 어디로 갔나요.

나는 혼다 대리점에게 물었다.

대답이 없었다.

풀은 어디에 있나요.

난 건너편의 아우디 대리점에게도 물었다.

역시 대답이 없었다.

어떻게 해야 하나요.

죽어버려. 쇼윈도 속 빨간색 스포츠카가 말했다.

난 계속해서 아무것에게나 물었고, 들려오는 소리는 죽어버리라는 것뿐이었다. 얼마나 걸었는지 모르겠다. 더이상 눈물도 나오지 않았다. 난 포기하고 바닥에 주저앉았다. 길은 이상하게도 따뜻했다. 곰곰이 생각한 끝에 나는 죽기로 결심했다. 차도에 똑바로 누워 양손을 꼭 맞잡았다. 내 몸을 밟고 지나가는 건 아주 비싼 차로 해주세요. 난 랄프 로렌 매장에게 기도했다. 그러나 역시 대답이 없었다. 이어 자동차 소리가 들려왔고 난 눈을 감았다.

뭐 하는 거야. 랄프 로렌 매장이 말했다.

난 대답하지 않았다.

뭐 하는 거야. 랄프 로렌 매장이 다시 좀더, 아니 그건 랄프 로렌매장이 아니었다. 난 눈을 떴다.

—뭐 하는 거야.

그건 풀이었다.

풀의 바보 같은 변명에 따르면 풀은 내가 생각한 것처럼 나랑 완전히 끝내려고 한 것이 아니라 그냥 내가 굉장히 화가 난 것처럼 보여서, 그러니까 잠시 내버려두는 것이 나을 것 같다는 생각에, 그리고 솔직히 자기도 좀 화가 났기 때문에 담배나 한 대 피우려고 밖으로 나간 거였다. 그런데 나가자마자 맥주에 잔뜩 젖어 꼴이 말이 아니라는 걸 깨닫고는 입구에 있는 화장실로 들어갔다. 그가 세면대에 머리를 박고 머리를 감는 사이 나는 레스토랑에서 뛰쳐나갔다. 그가 화장실에서 나왔을 때 나는 이미 사라진 뒤였다. 그는 머리를 털고 담배에 불을 붙였다. 시원한 바람이 불어왔다. 그러자 기분이 좋아졌다. 곧 그는 자신이 레스토랑에서 얼마나 답답했었는지를 깨닫고 걷기 시작했다. 정신을 차렸을 때 그는 아주 먼 곳에 와 있었고 시간이 아주 많이 지나 있었다. 그는 서둘러 레스토랑으로 돌아왔다. 사람들은 혼자 돌아온 그를 보고 놀라며 내가 맛이 간 표정으로 소리를 지르며 밖으로 뛰쳐나갔다고 말해주었다. 하지만 멍청한 풀은 별로 걱정하지 않았다. 내가 돌아올 거라고 생각했던 것이다. 자기처럼 말이다. 그래서 그는 구석에 앉아 맥주를 마시며 나를 기다렸다. 그러나 나는 돌아오지 않았다. 풀은 나에게 전화를 걸었고, 나는 받지 않았다. 그제야 풀은 뭔가 문제가 생겼다는 것을 깨달았다. 그는 밖으로 나왔다. 나는 보이지 않았고 전화도 계속 받지 않았다. 그는 당황했다. 한참을 헤매 다니던 풀은 다시 나에게 전화를 걸었고 멀리서 희미하게 전화벨 소리를 들었다. 그는 그리로 뛰어갔다. 거기 불 꺼진 랄프 로렌 매장 앞에 뭔가 사람 같은 게 누워 있었다. 그건 나였다. 풀이 말했다. 뭐 하는 거야.

집으로 돌아온 나는 곧장 감기에 걸렸다. 풀은 나를 위해 약을 지어오고 죽을 끓여주고 차가운 수건으로 이마를 닦아주었다. 그러나 열은 더 높아지고 계속 토하고 땀에 젖은 온몸을 떨어대자 결국 풀은 거의 울먹이기까지 했다!

이틀째 되던 날 다행히 열이 가라앉기 시작했다. 동시에 나는 이상하게도 기분이 좋아졌다. 풀은 깊이 잠들어 있었고, 난 천장을 올려다보며 웃었다. 잠시 뒤 난 풀 위에 올라타 그의 옷을 벗기기 시작했다. 풀이 눈을 떴고, 난 키스했다. 이건 좀 좋지 않은 것 같은데. 풀이 우물거렸다. 괜찮아. 내가 말했다. 난 그의 턱을 핥으며 풀의 팬티 속으로 손을 집어넣었다. 그가 날 꽉 잡았다.

—버터가 된 기분이야.

난 말했다.

—뭐라고?

—뜨거운 빵 위에 얹은 버터 말이야. 녹고 있어.

—괜찮은 거야?

—이상해. 너무 평화로운 기분이야. 죽었나봐.

난 미소 지었다.

—이제……

—좀 안 좋은 거 같은데.

—아냐, 괜찮아.

나는 그의 허리를 끌어안았다.

—그러다가 진짜 죽을지도 몰라.

풀이 몸을 뺐다.

—그렇게 쉽게 안 죽어.

그러나 풀은 단호했다. 나는 포기하고 한숨을 쉬며 이불 속으로 기어들어갔다. 풀이 베개를 바로 해주었다.

2

더위가 찾아왔다.

3

내 생애 가장 더운 여름이었다. 그리고 우리는 에어컨은커녕 부채도 없었다. 풀의 방은 믿을 수 없을 정도로 뜨거웠다. 온몸은 새벽부터 다시 새벽까지 설탕물을 끼얹은 듯 끈적거렸고, 숨을 쉴 때마다 누군가 토해놓은 공기를 다시 삼키는 것 같은 느낌이었다. 어쩔 도리가 없었다. 먼저 우리는 산책을 중단했다. 그다음 술을 끊었다. 마지막으로 섹스를 그만두었다. 그러나 여전히 더웠다. 문득 이러다간 죽을지도 모른다는 생각이 들었다. 난 적어도 이런 식으로는 죽고 싶지 않았다.

—선풍기가 필요해.

난 풀에게 말했다.

저녁 여덟시, 우리는 차마 방에 들어가지 못하고 옥상에 누워 있었다.

—뭐?

—선풍기 말야.

—돈 없어.

—에어컨을 사자는 것도 아니잖아.

풀은 대답이 없었다. 난 풀의 손을 잡았다.

—내가 고등어김치……

—뻥까지 마. 할 줄도 모르잖아.

—배워서 해줄게.

—됐어.

—내가 더위 먹어서 죽어버리면 그때 후회해도 소용없어.

—무슨 말을 그렇게 무섭게 하냐.

—난 선풍기도 없이 이러고 사는 니가 더 무서워.

풀은 대답이 없었다.

우린 그날 밤 옥상에서 잤다.

다음날 일어나니 풀이 문 앞을 서성이고 있었다.

—뭐야?

—이것 봐.

풀이 문손잡이를 가리켰다.

—그게 뭐.

—잡아봐.

난 시키는 대로 했다.

—앗 뜨거!

풀이 웃음을 터뜨렸다.

—이게 웃을 일이냐.

하지만 풀은 계속 웃었다. 난 바닥에 주저앉았다. 잠시 후 웃음을 멈춘 풀이 말했다.

—그래서 말인데.

—뭐가.

—선풍기 사러 갈까.

그날 오후, 우린 정말로 중고가게에 가서 선풍기를 샀다. 돌아오는 길에 풀을 졸라서 욕조 대용으로 쓸 수 있는 커다란 대야도 하나 샀다. 너무 신이 난 나는 돌아오자마자 선풍기를 켜고 폴짝폴짝 뛰며 대야에 물을 받기 시작했다.

—이렇게 뛰어다니면 땀이 나지! 그러면 선풍기를 틀면 돼! 선풍기를 틀면 시원해져! 시원해지면 다시 뛸 수 있지! 그런데도 더우면! 그러면! 이렇게 하면 되지!

나는 계속해서 폴짝폴짝 뛰어다니며 옷을 하나씩 벗어던졌다. 풀은 바닥에 앉아 넋이 나간 표정으로 손부채질을 하고 있었다. 나는 대야 속으로 뛰어들어갔다.

—우와! 진짜 시원하다!

—좋겠다.

—나 술 마실래.

—아직 열두시도 안 됐는데……

—그러니까 마시자는 거지.

나는 풀의 팔을 잡았다.

—우와.

—왜?

—시원해.

—그치? 좋지? 너도 들어와.

—거길 어떻게 둘이 들어가냐.

—맞아. 넌 뚱땡이라 안 되겠다.

—어.

—그러고 보니 너 진짜 뚱뚱해졌다. 배 나온 것 좀 봐.

—이게 무슨 배야.

—그러지 말고 발이라도 담가봐.

—발이라……

—싫음 마.

—어.

차가운 물에 푹 잠겨 시원한 선풍기 바람을 맞으며 풀이 만들어 준 진토닉을 마시고 있자니 천국이 따로 없었다. 한편 풀은 여전히 땀을 뻘뻘 흘리며 어디선가 주워온 철 지난 사진잡지를 들춰보고 있었다.

—재밌니, 그거?

—아니.

—그럼 나랑 놀자.

—뭐 하고 노냐.

—뭐, 그냥, 뭐.

나는 헤헤헤 웃었다.

—뭐, 그냥 뭐가 뭐야.

—아니 뭐…… 근데 왜 그렇게 쳐다봐?

풀은 대답이 없었다.

—야……

그가 일어서더니 말없이 방을 빠져나갔다. 잠시 뒤 돌아온 풀은 스케치북을 들고 있었다.

—그림 그리려고?

풀은 대답이 없었다. 대신 무릎을 꿇고 앉더니 스케치북을 펴고 날 뚫어져라 보기 시작했다.

—야, 대답을……

그는 여전히 대답이 없었다. 난 얼굴이 빨개졌다. 그가 날 그리기 시작했다.

모델이 된다는 거, 그냥 막연히 굉장히 근사한 일이라고 생각했다. 나처럼 평생 모델 같은 거 될 일이 없는 인간으로서는 더욱 그랬다. 그것도 다른 사람도 아닌 풀이, 나를 그린다니. 하지만 그건 생각만큼 근사하지가 않았다. 풀의 눈이 날 더듬을 때마다 온몸이 저려왔다. 그건 아주 이상하고 기분 나쁜 느낌이었다. 무언가 살갗 아래에서 꿈틀거리는 느낌. 난 더이상 더위를 느끼지 못했다. 숨을 쉴 때마다 수면이 흔들렸다. 그것조차 풀은 거슬리는 눈치였다. 하지만 숨을 멈출 수는 없잖아? 난 될 대로 되라는 생각에 눈을 감고 한숨을 쉬었다. 몸이 가볍게 부풀어올랐다가 가라앉자 대야가 살짝 흔들렸다. 난 균형을 잡기 위해 팔을 뻗었다. 순간 풀이 소리쳤다.

—움직이지 마!

—움직여지는 걸 어떡해!

풀이 움찔했다.

—미안.

—화가들은 원래 다 이렇게 모델을 함부로 다루니?

—몰라.

풀이 스케치북을 덮었다.

—풀……

풀이 고개를 흔들었다.

—다 그렸어.

그리고 풀이 일어섰다. 주머니에서 담배를 꺼내더니 밖으로 나갔다. 아아. 나는 얼굴을 찡그렸다. 그리고 대야에 머리를 처박았다.

4

다음날 아침 일어나보니 대야가 없었다. 난 풀을 찾아 창고로 갔고, 거기 그가 있었다. 대야와 함께 말이다.

—왜 이게 여기 있어?

풀은 쭈뼛거렸다.

—왜?

—이거 여기서 쓰면 안 될까?

나는 주위를 돌아보았다. 새 캔버스가 눈에 들어왔다. 아, 알았다. 날 거기에 놓고 그림을 그리겠다 이거지. 나는 풀을 봤다. 풀은 머리를 긁으며 내 눈을 피했다. 난 말없이 방으로 돌아왔다. 느릿느릿 샤워를 하고 밥을 볶는데 풀이 들어왔다. 풀은 아무 말 없이 내 옆에 서 있었다. 처음으로 그는 내가 밥을 볶는 동안 나와 함께 있었다. 우린 조용히 밥을 먹었다. 풀은 음악을 틀지 않았다. 난 다시 샤워를 하고 옷을 갈아입고 밖으로 나왔다. 풀도 나를 좇아 나왔다. 밖은 정말로 정말로 더웠다. 결국 나는 얼마 걷지도 못하고 눈앞에 있는 롯데리아로 도망쳐 들어갔다. 난 제일 싼 바닐라맛 밀크셰이크를 주문한 다음 에어컨 바로 앞에 자리를 잡았다. 와우. 날아가버릴 것같이 시원했다. 선풍기와 고무대야라니. 난 내가 얼마나 바보였는지를 깨달았다. 도시의 여름엔 에어컨과 밀크셰이크가 어울렸다. 선풍기와 대야가 아니라. 그리고 난 이 모든 걸 단돈 팔백원으로 누릴 수 있었다. 난 인간들이 도시를 만든 이유를 이해할 수 있었다. 그리고 난 그 이유에 아무런 불만도 없었다. 화장실에 다녀오는 길, 구석에 쌓인 패션잡지들을 발견했다. 난 그중 가장 시원해 보이는 걸 하나 집어 자리로 돌아왔다. 풀이 물었다.

—집에 언제 가?

—안 갈 건데?

풀의 얼굴이 실망으로 가득찼다.

—왜?

—아니……

그는 고개를 숙이고 손가락을 꼼지락거리기 시작했다. 난 잡지를 펼쳤다.

—그럼 나 먼저 집에 가 있을게.

—그러든가.

그가 일어섰다.

—잘 가, 이따 봐.

그가 나가고, 난 잡지를 덮었다. 평일 아침인데도 사람들이 많았다. 나처럼 더위를 피해 도망쳐 온 사람들인 것 같았다. 창밖 풍경은 여전히 타오르고 있었다. 그리고 난 좀 추웠다. 밀크셰이크는 아주 달콤했다. 의자는 아주 푹신했다. 신나는 노래들이 흘러나왔다. 완벽하다는 느낌이었다. 왜 진작 이럴 생각을 못했지. 바보 같다. 난 다시 잡지를 폈다. 그 안은 아름다운 것들로 가득했다. 풀이 이런 걸 그린다면 좋지 않을까. 나도 이런 시를 쓰면 좋을 것 같은데. 아무리 생각해도 나쁠 것 같지는 않았다. 난 잠깐 생각한 뒤 핸드폰을 꺼냈다. 뭐, 해, 풀. 그림 그려. 뻥치시네. 뭐가 뻥이야. 이렇게 더운데 어떻게 그림을 그려. 그릴 수 있어. 여기 엄청 시원해. 여기 와서 그려. 싫어. 나는 앞으로 매일 여기 와서 시를 쓸 거야. 마음대로 해. 그럼 되게 잘 쓸 수 있을 것 같지 않아? 내가 어떻게 알아? 풀, 노트북 좀 빌려줄래? 그러든가. 근데 너 진짜 그림 그리고 있어, 지금? 그렇다니까. 뭘 그리는데? 생각중이야. 그리고 있다며? 그렇다니까. 풀? 응? 아주 비싼 가방을 그려봐. 무슨 헛소리야. 내가 잡지에서 봤는데 아주 예뻐. 악어가죽으로 만들었대. 시끄러워. 야, 왜 화를 내냐. 내가 언제. 야, 그러지 마. 삼천만원짜리야. 어쩌라고. 야. 아, 왜? 진짜 예쁘다니까. 알았어. 그릴 거야? 아니. 음…… 할말 없으면 끊어. 근데 너 나 진짜 그리고 싶어?

풀은 대답이 없었다.

알겠어. 기다려, 지금 갈게.

난 전화를 끊고 남은 밀크셰이크를 천천히 목으로 흘려보냈다. 나는 바보가 분명하다. 난 컵을 쓰레기통에 버리며 그렇게 생각했다.

밖은 진짜 더웠다. 삼계탕용 닭이 된 기분이었다. 그러자 삼계탕용 닭이 엄청 불쌍하게 느껴졌다. 난 앞으로는 삼계탕을 먹지 말아야겠다고 결심했다. 아니 이 무슨 헛소리야. 몰라. 젠장. 너무 덥다. 정말 덥다. 엄청 덥다. 진짜 덥다. 아 덥다. 아아아 아아아아 아 아아아아아아아아아아—

풀은 땀에 흠뻑 젖은 채 캔버스 앞을 어정거리고 있었다. 안녕. 풀은 대답이 없었다. 대야는 이미 물로 반쯤 채워져 있었다. 난 옷을 벗기 시작했다. 풀이 의자에 주저앉아 담배에 불을 붙였다. 그의 표정은 더위에 다 씻겨나가 있었다. 우린 거의 동시에 한숨을 쉬었다. 나는 땀에 젖은 머리를 묶은 다음 그에게 다가가 키스했다.

—뭐 마실래? 술?

풀이 물었다.

—아니 됐어.

—물은?

—됐어.

—춥지 않아?

—야, 더워죽겠어.

—뭐 읽을 거 줄까?

—아니.

—음악 틀어줄까?

—됐다니까.

—심심할 텐데.

—필요하면 말할게.

—뭐가 필요할 것 같은데?

—필요 없다니까!

—미안.

아냐. 나는 말했다.

—**그려**.

그리고 난 대야 속으로 들어갔다. 그가 날 보고 있었다. 내가 몸을 누이자 그가 전날처럼 무릎을 꿇고 스케치북 위로 엎드렸다. 난 눈을 감았다. 펜이 움직이는 소리가 들려왔다. 그가 작게 기침을 했다. 난 눈을 떴다. 그는 천장을 보고 있었다. 그리고 스케치북은 덮여 있었다. 그가 자리에서 일어나 빙글빙글 돌기 시작했다. 뭘 하는 거냐, 너.

—풀?

풀은 깜짝 놀라 몸을 멈추었다.

—응? 왜?

—왜 그렇게 안절부절을 못하니.

—내가?

—내가 신경쓰여?

그가 고개를 흔들었다.

—음.

나는 말했다.

—음악 틀을까?

—음악 듣고 싶어?

풀은 내가 대답을 하기도 전에 뛰어나갔다. 그리고 잠시 뒤 시디플레이어와 스피커를 안고 돌아왔다. 풀이 플레이 버튼을 눌렀고, 에어*가 흘러나오기 시작했다.

I'm a high school lover, and you're my favorite flavor
Love is all, all my soul
You're my playground love

난 바닥에서 잡지를 집었다. 그가 다시 스케치북을 잡았다. 잡지에는 숲이 그려져 있었다. 허벅지 사이로 물이 흔들렸다. 나는 풀이 흘리는 땀냄새를 맡을 수 있었다. 난 고개를 들어 그를 보았다. 그 순간이었다. 나는 어딘가 다른 곳에 와 있었다. 이곳이 아닌 곳, 그렇다고 다른 어떤 곳도 아닌 곳. 난 아무데도 없는 곳에 와 있었다. 풀을 불렀다. 그가 나를 향해 고개를 돌렸다, 천천히, 그리고 난 그의 얼굴에서 날 발견했다. 난 한참 동안 그에게서 눈을 떼지 못했다. 그가 나를 그리고 있었다.

---

* Air, 〈Playground Love〉, 'The Virgin Suicides', 2000.

5

풀이 그림을 그리기 시작한 것은 미술학원에 딸린 유치원을 다니면서부터였다. 원장은 젊은 남자였는데 아이들을 죄다 뒤샹이나 바스키아 아니면 잭슨 폴록으로 만들려는 것 같았다고 한다.

—자꾸 낙서만 시키는 거야. 우리야 당연히 좋았지. 결국 죄다 제대로 된 그림은 안 그리고 줄창 낙서만 하게 됐어. 그럼 또 막 좋다고 칭찬하고. 애들은 더 이상하게 그리고. 지금 생각하면 좀 이상한 사람이었던 거 같애. 아줌마들이 엄청 싫어했어. 사생실기대회 같은 데 나가면 상을 하나도 못 받아오니까.

풀은 거기서 주목받는 아이는 아니었다. 하지만 원장의 교육방식이 성과가 있었는지 아니면 숨겨진 재능이 있었는지 초등학교에 들어가자마자 그림을 잘 그리는 아이로 통하기 시작했다. 물론 화가가 될 생각은 단 한 번도 해본 적이 없었다. 하지만 야한 그림을 잘 그려서 남자아이들 사이에서 인기가 좀 있었다고 한다.

어릴 적 풀의 꿈은 오락실 주인이나 미친 과학자였다. 하지만 사실 속으로는 결국 작은아버지의 공장에서 일을 하게 되지 않을까, 막연히 그렇게 생각했다. 그리고 풀은 그 생각이 싫지 않았다. 풀은 작은아버지를 좋아했다. 그래서 중학교 삼 년 내내 마음 편하게 놀다가 공고에 들어갔고, 거긴 완전히 새로운 세계였다.

—솔직히 공부도 잘 못했어. 하기도 싫었고. 공고 가서 기계 만

지는 거나 좀 배우면 되겠지. 그런 거 좋아했으니까. 그냥 그렇게 단순하게 생각한 건데. 사실 좀 기대되기도 했어. 남자들만 다니는 학교에는 처음 가본 거잖아. 근데 진짜 장난이 아닌 거야. 입학식 날부터 여름방학식 날까지 싸운 기억밖에 없어. 진짜 다들 싸움에 미친 애들 같았다니까. 아침에 와서 집에 갈 때까지 싸우기만 해. 그때 누가 사람을 책상 같은 걸로 내려찍을 수 있다는 걸 처음 알았어. 와, 진짜. 근데 다 그런 식인 거야, 거기는. 일단 패고 봐. 말이 안 통해. 아니 통할 거라는 기대 자체가 없어. 입을 열잖아? 그럼 다 욕. 선생님들도 마찬가지였어. 애들 말을 들어볼 생각을 안 해. 막 되게 작고 마르고 생머리에 그런 젊은 여자 선생님이 있었는데, 열받으니까 야구방망이로 패더라.

그런데 이학기가 시작되자 신기하게도 모든 것이 정리되더니 평화가 찾아왔다. 그리고 그때부터 풀은 겉돌기 시작했다.

—어차피 나오는 애들이 반이고 안 나오는 애들이 반이야. 신경 안 써. 사고 치느니 차라리 안 나오는 게 편하니까. 아침에 딱 교실에 들어와. 그리고 애들을 쫙 훑어본다. 그리고 말해. 결석 처리 안 할 테니까 사고 칠 새끼들은 그냥 지금 집에 가라. 아침부터 그런 소리를 듣고 나면 기분이 얼마나 드러운 줄 알아? 그래봤자 다들 어린애들인데.

그러던 어느 날 축제를 위해 급조된 만화부에서 신입부원을 모집한다는 공고가 떴다. 풀은 별생각 없이 거기에 지원을 했고, 그게 실수였다. 첫날, 소문난 양아치였던 부장은 자기 멋대로 정한 말도 안 되는 캐릭터와 줄거리를 말해준 다음 네 명의 신입부원들에게 이 주 안에 백 쪽짜리 책을 완성하라고 했다. 처음엔 반항도 해보았지만 부장과 그 친구들에게 얻어맞고 난 뒤엔 어쩔 수가 없었다. 풀은 완전히 겁에 질려 매일 밤 울면서 칸을 채워나갔다. 어쨌든 결국 완성을 하긴 했다. 그런데 완성된 책을 본 학생부장이 공부는 안 하고 저질 만화나 그린다고 또 죽도록 때렸다. 그들은 축제 내내 학생부실에서 반성문을 쓰고 화장실 청소를 해야 했다. 축제가 끝나고 풀과 다른 일학년 부원들은 드디어 폭발했다. 정신을 차려보니 그들은 대낮부터 시내의 삼겹살집에서 소주를 마시고 있었고 모든 악의 근원인 부장 개새끼를 쫓아내기로 결의한 뒤였다. 하지만 막상 다음날 아침 맨정신으로 그 계획을 떠올려보자 엄두가 나지 않았다. 그들은 이상한 두려움과 열기에 휩싸여 학교에도 나가지 않고 당구장과 노래방과 술집을 전전했다. 그렇게 나흘째 되던 날 문제의 부장이 오토바이 뺑소니 사건에 연루되어 퇴학을 당했다는 소식이 전해졌다. 처음에 그들은 당황했다. 하지만 결국 제대로 된 만화부를 만들어보라는 하늘의 뜻으로 받아들이고 남아도는 시간과 열정을 만화부에 쏟아붓기 시작했다. 다행히 넷은 죽이 잘 맞았고 운좋게 만화를 좋아하는 미술선생이 지도교사를 맡게 되면서 일은 술술 풀려나갔다. 두 학기도 채 지나지 않아 성과가 나왔다. 상을 탔고, 우수동아리로 지정되었고, 지원금을 받았고, 학교 신문에 나고 팬클럽까지 생겼다. 풀이 졸업할 즈음엔 그 동네에선 알아주는 만화부가 되었다고 한다. 감동적인 이야기다.

풀은 만화부를 하는 낙으로 고등학교 삼 년을 버텼다. 거기서 친구도 사귀었고 팬클럽 소속의 여자애와 처음으로 연애도 해보았다고 한다! 그리고 졸업 후엔 곧장 작은아버지의 공장에 입사. 평화롭고 단조로운 날들이 이어지기 시작했다. 풀은 집을 나와 친구와 방을 얻었다. 통장을 만들고 신용카드를 발급받았다. 운전면허를 땄다. 공장 앞에 단골 밥집과 술집이 생겼다. 주말에는 친구들을 자취방으로 불러 맥주를 마시며 축구게임을 했다. 그리고 어느 날 문득 그림이 그리고 싶어졌다.

—그림을 그려야겠다, 갑자기 그런 생각이 드는 거야. 처음엔 물론 그러다 말 거라고 생각했어. 그런데 점점 더 심해지는 거야. 다른 생각은 하나도 안 들어. 그려야 한다, 그 생각뿐이었어. 나중에는 모든 게 그림으로 보여. 지붕을 봐도 저 붉은색 저걸 무슨 색으로 칠해야 하나. 저 그림자는 어떤 선으로 해야 하나. 소리도 먼지도 냄새도 다 색깔이랑 선이랑 형태로 느껴지는 거야. 그릴 수 있을 것 같다는 생각이 들었어. 내가 보는 거 전부 다. 아니 느끼는 거 듣는 거 말하는 거 생각하는 거 다. 다 그릴 수 있을 것 같았어. 그냥 다 보이니까. 밤에 자려고 누우면 눈앞에 그려야 하는 그림들이 자꾸 떠올라. 그것 때문에 잠도 안 와. 솔직히 무서웠어.

내가 왜 이러지. 돌았나. 이제 겨우 스물한 살인데. 웃지 마. 진짜야. 진짜 심각했단 말이야. 누구한테 말도 못하고. 말하면 지금 너처럼 웃었겠지. 근데 솔직히 좀 좋았어. 세상에 그렇게 많은 색깔들이 있는지 그때 처음 알았어. 사람들의 피부가 얼마나 다양한 색깔인지, 그게 얼마나 예쁜지 그때 처음 알았어. 세상이 얼마나 예쁜지 그때 처음 알았어. 그때 처음으로 살아 있어서 기쁘다는 생각이 들었어.

그때부터 풀은 공장 일이 끝나면 곧장 집으로 돌아와서 그림을 그리기 시작했다. 주말에도 아무도 만나지 않고 그림만 그렸다. 그래도 시간이 모자랐다. 그려야 할 것들이 너무 많았다. 풀은 제대로 그림을 그리려면 공장을 그만두어야 한다는 것을 깨달았다.

공장을 그만두고 풀은 곧장 서울로 올라왔다. 홍대 근처에 방을 얻은 것은 홍대 미대가 유명하다는 단순한 사실 때문이었다. 처음엔 호기심에 이곳저곳을 돌아다녀보기도 했지만 금세 서울이란 도시에 대한 관심은 식어버렸다. 서울은 그가 생각했던 것보다 훨씬 더 시끄럽고 차갑고 또 비싼 도시였다. 그는 방에 틀어박혀 나오지 않았다. 결국 모든 친구들과 연락이 끊겼다. 그는 완전히 혼자가 되었다. 하지만 괜찮았다. 그림을 그리는 것만으로도 너무 행복해서 다른 것을 생각할 겨를도 없었던 것이다. 아침부터 밤까지 그림만 그렸다. 시간이 가는 줄도 몰랐다. 그러는 사이 그림은 계속 쌓여갔고 그림을 둘 자리가 모자라서 풀은 고민 끝에 작은아버지에게 부탁을 했다. 공장 창고에 그림을 좀 보관해달라고 말이다. 그는 좋다고 했다. 풀이 어떤 그림을 그리는지 궁금했던 것이다. 풀이 그림을 가지고 온 날 그는 일부러 시간을 내어 풀의 그림을 보러 왔다. 둘은 입을 꾹 다물고 한참 동안 그림들 앞에 서 있었다. 마침내 작은아버지가 입을 열었다. 거 참 크다. 그리느라 애썼다. 필요하면 얼마든지 쌓아둬라. 딱 세 문장이었다.

풀은 계속해서 열심히 그려나갔고, 가끔 용기를 내어 공모전에 응모를 하기도 했지만 번번이 떨어졌다.

—그건 네가 홍대 미대를 나오지 않았기 때문이야. 네가 뉴욕이나 베를린으로 유학을 갔다 오지 않았으니까.

물론 풀은 내 말을 시니컬한 농담 정도로 생각했다. 하지만 내 말이 농담이 아니라는 건 누구나 알 거다. 아무도 공고를 나온 화가의 그림 따위 보려고 하지 않는다. 반짝거리는 대학의 이름이나 갤러리의 이름이 없으면 아무도 그런 그림 따위 쳐다보지도 않는다. 왜냐하면 아무도 그림을 볼 줄 모르기 때문이다. 난 그렇게 생각한다. 그렇지 않다면 왜 모두가 이력서에 집착하겠는가. 이력서가 좋으면 그림도 좋고 이력서가 후지면 그림도 후지다. 이력서가 좋으면 가능성이 있고 이력서가 나쁘면 그렇지 않다. 그건 사람들이 이력서를 높이 평가하기 때문이 아니다. 이력서에 의존하지 않고 스스로 무언가를 판단하는 방법을 잊어버렸기 때문이다. 그래서 이력서가 부족한 재능은 기껏해야 변두리의 기인들을 데려다가 웃음거리로 만드는 텔레비전 오락 프로그램에서나 관심을 보일 뿐이다. 이력서가 부족한 재능은 그런 식의 웃음거리 외엔 다른 것이 될 수 없다. 특히 그게 진지하기까지 하다면 최고의 웃음거리가 될 수 있다. 그리고 풀은 내가 아는 누구보다 진지한 인간이었다.

내가 처음 풀의 그림을 봤을 때 들었던 느낌은, 잘 모르겠다는 거였다.

—뭘 모르겠다는 거야?

풀의 표정이 심각해졌다.

—그러니까, 너무 수줍어하고 있잖아. 아니 부끄러워하고 있는 건가. 아냐, 숨기고 있어. 그러니까 나는 알 수가 없는 거지. 모르겠어.

풀은 이번에는 무슨 말인지 모르겠다는 표정을 지었다. 하긴 나도 내가 무슨 말을 하고 있는지 알 수 없었다.

—그러니까. 내가 이 그림을 본다고 쳐. 아니 보고 있지, 지금. 잘 봐, 이 남자가 의자에 앉아 있잖아. 무릎을 꿇고 있네. 괴로워 보여. 어, 내 눈엔 그렇게 보여. 근데 왜? 무릎을 꿇고 있어서? 의자에 앉아 있기 싫어서? 그런데 왜 무릎을 꿇고 의자에 앉아 있는 걸까? 머리가 아파서? 그냥? 그러고 싶어서? 모르겠어. 모르겠어. 왠지 알아? 이 남자가 지금 뭔가 숨기는 게 있다니까.

풀의 그림은 죄다 그런 식이었다. 뭐라고 말하기가 애매했다. 그리고 뭔가가 부족했다. 그게 재능인지 노력인지 운인지 열정인지 뭔지 모르겠지만 아무튼 그랬다. 내가 그렇게 말하면 풀은 괴로워했다. 그 뭔가를 찾아내려고 우리는 저녁시간 내내 그의 그림을 노려보기도 했다. 하지만 끝내 찾아낼 수가 없었다. **계속 그려나가는 길뿐이야**. 나는 그렇게 풀을 위로했다. 언젠가 그걸 얻어내게 될 거야. 그게 뭔지는 나도 모르지만. 물론 그건 별로 위로가 되지 않았다.

하지만 그 애매한 몇 퍼센트를 제외하면 풀의 그림은 꽤 괜찮았다. 색은 정갈하고 형태는 우아했다. 하지만 무엇보다도 내 마음에 들었던 건, 내가 풀의 그림을 좋아할 수밖에 없었던 건, 그 형태와 색을 감싸고 있던 어떤 다정함이었다. 그의 그림을 보고 있으면 그림이 나를 껴안고 위로해주는 느낌이 들었다. 난 그게 너무 좋았다. 그래서 난 풀의 그림이 좋았고, 그걸 놓치고 싶지 않았다. 왜냐하면 나는 위로가 필요했기 때문이다. 그래서 나는 눈을 꼭 감고 그 다정함에 내 몸을 훽 던졌고, 그렇게 그 다정함이 감추고 있는 몇 가지 사소한 것들에서 눈을 돌렸다. 그가 그 다정함을 유지하기 위해 필사적으로 버티고 있다는 사실을 무시해버렸다.

6

새벽 한시, 풀이 나를 깨워 창고로 끌고 갔다. 창고에 틀어박혀 나오지 않은 지 거의 보름째 되던 날이었다. 갑자기 환한 곳으로 들어가자 아무것도 보이지 않았다. 그러나 조금씩 시야가 또렷해지면서 눈앞에 뭔가 커다란 덩어리가 놓여 있다는 걸 어렴풋이 느낄 수 있었다. 그건 점점 더 명확해졌고, 어느 순간 커다란 캔버스가 되었다. **이거다**. 나는 풀을 봤다. 그의 얼굴에는 걱정과 설렘이 반반이었다. 나는 풀을 껴안았다. **이거다**. 나는 그동안 풀의 그림에서 뭐가 부족했었는지를 알 수가 있었다. 물론 여전히 그게 뭔지 말로 설명할 순 없었다. 하지만 이젠 그럴 필요가 없었다. 그 모든 게 바로 내 눈앞에 있으니까. 그 모든 것이 바로 그 그림 속에 들어 있었다. 더이상 아무것도 필요 없었다. 해냈구나! 우린 서로를 껴안고 뛰기 시작했다. 축하해! 해냈구나! 그리고 우린 계속 뛰었다. 계속, 계속 뛰었다.

7

깊은 밤 혼자 잠에서 깨어났을 때, 풀은 내 옆에 잠들어 있었다. 잠든 그의 얼굴이 아름다워서 눈을 떼지 못했다. 나는 내가 그를 너무 많이 사랑하고 있는 것 같다고, 하지만 여전히 부족하다고 생각했다. 더 많은 사랑이 필요했다. 아주 많은. 그러니까, 뭔가를 해야 한다는 생각이 들었다. 아마 내가 화가였다면 그림을 그렸을 것이다. 가수였다면 노래를 불렀을 것이고 댄서라면 춤을 추었을 것이고 요리사라면 파이를 만들었을 것이다. 하지만 나는 할 줄 아는 게 없었다. 그래서 나는 썼다. 다음날 아침 그걸 풀에게 읽어주니 아주 좋아했다. 그게 나의 첫번째 시였다.

그렇게 나는 시를 쓰기 시작했다. 나는 아주 많이 썼다. 하루에 두 편, 일곱 편도 썼다. 풀에게 보여주면 쓱 읽고 나서 이건 좋은데, 이건 별로, 명쾌하게 판단을 내려주었다. 하지만 정작 나는 뭐가 좋다는 건지 나쁘다는 건지 전혀 판단을 내릴 수가 없었다. 내가 꼬치꼬치 캐물으면 풀은 우물쭈물하다가 얼굴이 빨개질 뿐이었다. 결국 나는 남들이 어떻게 쓰는지 알아봐야겠다는 생각에 유명한 시인들의 시집을 닥치는 대로 읽기 시작했다. 먼저 보들레르를 읽었다. 그다음 횔덜린을 읽었다. 그다음 백석과 이상을 읽었다. 그다음 랭보를 읽었고 블레이크와 마야콥스키를 읽었고, 실비아 플라스와 말라르메를 읽었다. 그러나 여전히 알 수가 없었다. 내 시가 좋은가? 나쁜가? 아니 내가 지금 쓰는 게 시가 맞기는 한가? 확실한 건 보들레르의 시가 내 시보다 훨씬 좋다는 거였다. 하지만 그의 시는 너무 추웠다. 횔덜린은 너무 미쳐 있었고 말라르메는 너무 프랑스적이었다. 여전히 알 수가 없었다. 그때였다. 풀의 그림을 보게 된 건. 그걸 보는 순간 깨달았다. 바로 이런 시를 쓰면 되겠구나! 모든 게 선명해졌다. 나는 시집들을 모두 던져버렸다. 여전히 어떻게 해야 할지 알 수 없었지만 이제 무엇을 해야 하는지 알았다. 그렇다면 자신이 있었다.

—앞으로 세 달 동안 하루에 한 편씩 시를 백 편 쓸 거야.

—오.

—네 그림같이 죽이는 시를 쓸 거야.

갑자기 우리는 바빠졌다. 그가 창고에서 땀을 뻘뻘 흘리며 그림을 그리는 동안 나는 얼음을 띄운 물속에 잠겨서 맥주를 마시며 시를 썼다. 얼음은 쉽게 녹아버리고 맥주는 금방 미지근해졌지만 괜찮았다. 시가 안 써지면 어머니에게 전화를 걸었다. 잘 살고 있어. 어, 공부도 해. 그래, 토익 공부. 중국어를 배워볼까봐. 그러면 어머니는 얼마 전에 내 통장에 돈을 조금 넣어뒀다고 했다. 고마워, 엄마. 나중에 돈 벌면 다 갚을게, 엄마. 전화를 끊고 나면 언제나 우울해졌다. 나는 좀 울다가 잠이 들었다. 꿈속에서 나는 **바로 그 시**를 썼다. 모두가 그 시를 좋아했다. 꿈속에서 나는 행복했다. 믿을 수 없을 만큼. 그건 개미 두 마리가 심장을 갉아먹는 느낌이었다. 잠에서 깨 눈을 뜨면 풀의 그림이 보였다. 나는 그림 속의 나를 바라보았다. 우리는 똑같은 대야 속에 똑같이 누워 있었다. 그 속의 나는 내겐 좀 낯설었지만 그쪽의 내가 훨씬 더 진짜일지도 몰랐다. 어쨌거나 아름다웠다. 죽은 시인들이 말하기를, 아름다움이 최고라고 했다. 나는 그게 보들레르의 시가 나에게 주는 메시지라고 생각했다. 그 메시지 또한 아름다웠다. 동의하지 않을 수가 없었다.

늦은 밤이면 우리는 노트북을 켜고 세상을 바꾸어놓을 젊은이들의 새로운 그림과 시를 손꼽아 기다린다는 멋진 갤러리와 출판사의 연락처를 모았다. 우리는 그것들을 포스트잇에 옮겨적어 냉장고 문에 붙여놓았고, 냉장고를 열 때마다 꼼꼼하게 읽었다. 나중에는 다 외울 정도가 되었다. 그때 그건 우리가 세상과 연결될 수 있는 유일한 통로인 것처럼 보였다. 그래서 우리는 그것을 믿었다. 아주 필사적으로.

8

사랑만이 우리를 구원하고
사랑만이 우리를 복되게 하며
사랑만이 사랑만이 신의 사랑의 지저분한 히스토리가 우리들 여기(머리)에 있다

이제 곧 햄릿의 시간

더 깊은 연애와 상처와 가난과 질병과 더 많은 술과 약물에 빠져

피가 흐른다 다리 아래로 걷잡을 수 없이 흐르는 피 이것은 이것은 무엇일까 (고민하는 너의 영혼은 같잖고) 미쳐 날뛰는 어린애처럼, 어서 그를 해치워버리자 가죽을 벗겨 기둥에 걸고 저 미쳐 날뛰는 어린애처럼, 피의 다리를 건너가자! (소리치는 너의 육체는 눈이 부시다)

랍비여, 나는 신을 보았고 느꼈고 가졌으나
신이 버린 장갑! 신이 망친 박음질! 예술의 예술의 일 센트!

신의 사랑의 지저분한 히스토리가 여기(발바닥)에 있다

그러나 만일 우리가 어리석게도 손과 발을 씻으려 하면
더 많은 붉은 물이 흘러야 하고 그것은 어떤 밤인가

육체와 영혼이 타들어가는 듯한
지독한 독주를 입안 가득 털어넣고
쓰디쓴 열매의 과즙을 삼키는
어느 먼 나라의 불운한 예술가처럼
'저주받은 나의 어린 왕이여'
고통에 찬 얼굴들

나는 휘파람을 불며 다리의 괴로운 연인들을 지난다

다리의 쿠바
다리의 프랑스
다리의 인도
다리의 브라질
다리의 티베트
탄생 그리고 죽음,
헛되이 주사위는 굴러가고
리듬을 타듯
큰 수 작은 수 큰 수 작은 수
다리의 뉴욕
다리의 상하이
다리의 마닐라
다리의 동경
다리의 멕시코
죽음 그리고 죽음,
헛되이 주사위는 구른다
왼발 오른발 왼발 오른발
왈츠를 추듯
에티켓이 생겨난다

죽어서 좋아진 자
다른 밤 속의 시체들
땅속의 두더지들만이 다른 차원의 시간을 이야기하는 밤
사실 그런 것은 없는지도 모른다.
탄생
죽음
남자들
여자들
손을 맞잡고
원을 그리며 돌아가는
세계의 춤
세계의 다리
세계의 밤과
세계의 바다
세계의 물밀 듯한 키스와
세계의 아름다운 면상
마우이—라나이—카우아이

바라보는 남자들
마주보는 여자들
수줍게 웃으며 불쑥, 누군가는 손을 내민다

그리고 다시 시작되는 춤

파트너

에티켓을 요구한다

세계는

세계의 언어

세계의 침대

세계의 넥타이

세계의 거들

세계의 변기

세계의 농담과

세계의 실수

연인들이라니!

탄생 죽음 탄생 죽음, 구름으로부터

빗방울이 달아나듯

땅속으로 처박히기 위해

구름으로부터 빗방울이 헤어나듯

우리에게 필요한 것은 무엇인가

*그것은 어떤 밤인가.**

---

* 황병승, 「부카케bukake, 춤의 밤」, 『트랙과 들판의 별』, 문학과지성사, 2007.

9

어떻게 생각해? 나는 풀에게 물었다. 뭘? 이 시에 대해서. 풀이 완전히 지친 표정을 하고 나를 바라보았다. 귀를 기울이면 더위가 방을 갉아먹는 소리가 들렸다. 밤은 아직 시작도 하지 않았지만 우리는 이미 밤의 끝처럼 지쳐 있었다. 여름은 영원했다. 기름기를 잔뜩 머금은 붓이 캔버스 위에서 미끄러졌다. 나는 창밖을 보았다. 네온핑크빛 안개가 하늘에 빨래처럼 걸려 있었다. 나는 안개 너머 조용히 몰려오고 있을 얼어붙은 겨울을 보았다. 하지만 아직 너무 멀리에 있었다. 아직은 너무나 부족했다.

10

그리고 밤은 더욱 뜨거워졌다. 결국 우리는 자는 것을 포기하고 거리로 나갔다. 뜨거운 여름밤 거리는 새벽까지 소란스러웠다. 특히 주말에는 좁은 골목 구석구석까지 사람들로 꽉 채워졌고, 거리는 끝에서 끝까지 취해서 비틀거렸다.

모두가 미친 사람들처럼 소리를 질렀다. 벤치 앞은 토사물로 가득했다. 누군가는 흥분을 이기지 못하고 바닥에 누워버렸다. 오토바이가 불빛을 향해 달려들었다. 빨간불에 사람들은 길 위에서 춤을 추고 차는 파란불에 달리는 밤. 벽은 낙서로 가득 채워졌다. 사진기를 든 손이 아무데서나 높이 치켜올라갔고, 퍽, 퍽, 플래시가 터졌다. 여자들의 다리는 달빛을 받아 번들거렸다. 남자들은 문신으로 가득한 팔을 흔들며 지나갔다. 빳빳하게 세운 머리에 딱 붙는 바지를 입은 남자들은 어깨동무를 하고 소리를 질렀고, 프랑스 인형같이 차려입은 여자아이들은 일본어로 속삭였다. 길게 땋아내린 머리의 남자들은 가만가만 몸을 흔들며 골목길로 사라졌다.

다들 뭔가에 잔뜩 취해 있었다. 술에 취한 사람들을 알아보는 건 쉬웠다. 그들은 온몸에서 담배 냄새를 풍기며 커다란 연어를 잡은 곰처럼 팔짝 튕겨올랐다. 환각제에 취한 사람들은 더 알아보기 쉬웠다. 그들은 무언가를 바라보았다. 그리고 그 무언가에 끌려가듯이 전진했다. 그리고 대화에 취한 사람들이 있었다. 또다른 사람들은 사랑에 취해 있었다. 흥분제에 취한 사람들은 빨리 걷고 빨리 말하고 빨리 죽어버렸다. 또 슬픔에 취한 사람들과 기쁨에 취한 사람들이 있었다. 그리고 그 모든 것에 한꺼번에 취한 사람들이 있었다. 모두가 미쳐 있었지만 아무도 나쁜 사람 같지는 않았다.

그리고 갑자기, 누군가 가볍게 손뼉을 쳐서 커튼을 들춰올리듯이 가볍게, 날이 밝아왔다. 주위를 둘러보면 아직 미처 끝내지 못한 즐거움이 쓰레기와 함께 더러운 거리를 뒹굴고 있었다. 아쉽지만 집으로 돌아가야 할 시간이었다.

그 수많은 밤들의 거리에서 나는 하나도 놓치지 않고 모두 기억하기 위해 가끔씩 멈춰 서서 눈을 감았다. 손에 들린 맥주는 미지근하게 식어가도록 내버려두었다. 다들 나만큼은 미쳐 있었다. 그러나 그렇다고 해서 안심이 되는 것은 아니었다.

11

아침에 일어나 냉장고를 열어보니 아무것도 없었다. 풀이 돈이 떨어졌다고 말했다. 나는 동생에게 전화를 걸었다.

12

오후 두시. 가장 더운 시간이었다. 나와 풀은 로데오 거리 한복판에서 땀을 뻘뻘 흘리며 동생을 기다리고 있었다. 동생은 늦고 있었고 우린 녹아가고 있었다. 마침내 동생의 차가 나와 풀 앞에 멈춰 섰을 때 땀으로 흠뻑 젖은 우리의 얼굴은 마치 울고 있는 것 같았다. 창 너머로 동생이, 새로 부임한 식민지 총독의 아름다운 아내가 원주민을 바라보는 듯한 눈빛으로 우리를 바라보았다. 우리는 짐승처럼 말없이 차 안으로 기어들어갔다. 시트는 얼음처럼 차가웠다. 나와 풀은 손뼉을 치며 기뻐했다. 그때 어디선가 튀어나온 또다른 짐승이 내 팔을 잡았다. 난 깜짝 놀라 비명을 질렀다. 한 여자가 내 옆에서 미소 짓고 있었다. 내가 아는 여자였다. 몇 년 전 동생을 따라 엘에이에 갔을 때 만난 적이 있었다. 한 달에 한 번씩 빈티지숍에서 사들인 옷과 구두를 집으로 보내오는 동생의 교포 친구였다.

—어머, 놀랐구나. 미안해요.

—아뇨, 괜찮아요.

하지만 난 여전히 얼빠진 표정을 하고 있었다.

—근데 한국엔 어떻게 오셨어요?

—방학이잖아요. 헤헤, 잘 지내요?

그녀는 작지만 묵직한 금속 구슬이 또르르 굴러가는 것 같은 목소리로 말했다. 아무리 들어도 신기한 목소리였다.

—네.

—저도요.

그녀는 달콤한 미소를 지으며 다리를 꼬았고, 그러자 그녀가 신은 하이힐의 붉은 바닥이 혓바닥처럼 날름거렸다. 풀은 입을 꾹 다물고 있었다. 뭔가 크게 잘못되었다. 난 생각했다.

동생은 우리를 근처의 카페로 데리고 갔다. 팥빙수가 엄청 맛있는 집이라고 했다. 그녀는 누구의 의견도 묻지 않고 호탕하게 이만이천원짜리 특제 빙수를 주문했다. 그러더니 날 보고 말했다.

—언니 머리가 좀.

그러고는 가방에서 빗을 꺼내 내 머리를 빗기기 시작했다.

—아파. 하지 마.

—그러니까 평소에 좀 빗고 다니면 되잖아.

풀이 웃었다.

—웃지 마.

—묶어보자.

크리스티나가 말했다. 그게 그 여자의 이름이었다.

—양 갈래로 땋아볼까?

동생이 그렇게 말하더니 수박같이 시원하게 미소 지었다.

—하지 마.

내가 자신 없게 말했다.

—괜찮을 것 같은데.

풀이 말했다. 그 말에 동생의 미소가 좀더 환해졌다.

—너 지금 내 동생의 꼬임에 넘어가는 거야.

—예쁘게 묶어줄게.

동생이 알 수 없는 노래를 흥얼거리며 내 머리를 완벽한 포니테일로 묶는 동안 풀과 크리스티나는 팥빙수가 녹아가는 줄도 모르고 흥미진진한 표정으로 나를 바라보았다.

—자, 됐다!

동생이 외쳤다.

—와!

크리스티나가 박수를 쳤다. 나는 여전히 얼굴을 잔뜩 구긴 채로 동생의 가방에서 거울을 꺼냈다.

—어때? 예쁘지? 괜찮지?

사실 뭐 그렇게 나쁘지는 않았다. 아니, 괜찮았다. 하지만 나는 얼굴을 펴지 않았다. 동생이 다 녹은 팥빙수를 퍼먹기 시작했고, 폴과 크리스티나는 담배를 피우러 밖으로 나갔다. 동생이 내 손에서 거울을 빼앗았다.

—언니는 이제 뭐 할 거야?

—몰라.

—난 이제 크리스티나하고 쇼핑하러 가려고.

—나, 너한테 궁금한 게 있어.

—말해봐.

—맨날 이렇게 놀러 다니면서 공부는 언제 하냐? 난 너 학교에서 안 잘리는 게 진짜 신기해.

동생이 날 빤히 쳐다봤다.

—왜?

—언니 걱정이나 하지?

계산을 한 다음 우리는 다시 차에 올라탔다. 크리스티나가 가방에서 선글라스를 꺼냈다.

—자 그럼.

내가 말했다.

—어디로 가?

동생이 물었다.

—지하철역 아무데나 상관없어.

—어머, 벌써 가는 거야?

크리스티나가 말했다.

—에이 그러면 안 되죠.

엄청 과장된 말투였다. 풀이 참지 못하고 웃음을 터뜨렸다.

—어머, 왜 웃어요?

크리스티나가 풀의 팔을 덥석 잡았다.

—같이 가요, 응?

그러곤 재빨리 나머지 한 손으로 내 팔을 잡았다. 풀이 곤경에 처한 눈빛으로 날 봤다. 어떡해? 난 어깨를 으쓱했다. 모르겠어. 그리고 차가 출발했다.

—같이 가는 거야?

여전히 풀이 애원하는 눈빛으로 쳐다봤고 난 될 대로 되라는 생각에 눈을 감았다. 크리스티나가 꺄악 소리를 지르기 시작했다.

—음악 들을래?

동생이 물었다.

나와 크리스티나는 동시에 아니, 와 응!이라고 대답했고, 동생은 음악을 틀었다. 크리스티나가 I luuuuuuuuuuuuuuuuuv it! 하고 외치더니 몸을 들썩거리기 시작했다. 난 다시 눈을 감았다.

첫번째로 우리가 도착한 곳은 가게 전체가 핑크색 리본으로 장식된 옷가게였다. 동생과 크리스티나는 가게에 들어서자마자 옷걸이를 향해 달려들었다. 괴로움의 시작이었다. 나는 동생과 크리스티나가 입어보는 옷에 대고 일일이 코멘트를 해줘야 했다. 내가 한국어로 말하면 둘은 영어로 대답했고 난 다시 한국어로 말했다. 뭔가 몹시 괴상하다는 생각이 들었다. 벽에 걸린 스피커에서는 부드럽게 출렁거리는 전자음악이 흘러나오고 있었다. 풀은 조심조심 옷을 들여다보며 만지작거리다가 점원이 다가오면 서둘러 자리를 피했다. 마침내 동생과 크리스티나의 팔에 첫번째 쇼핑백이 걸렸다. 우린 가게에서 나와 차에 올라탔다. 시동을 걸고 십오 초 정도 전진한 뒤 다섯 대의 차를 보내고 나서 여섯 걸음 정도 움직여 우린 다음 옷가게에 도착했다. 둘은 다시 옷걸이를 향해 돌진했고 십 초에 한 번씩 **예쁜 옷이 없다**고 투덜거렸지만 꾸준히 쇼핑백은 늘어갔다. 우린 다시 차에 올라탔다. 쇼핑백을 내려놓고, 시동을 걸고, 출발, 브레이크, 문이 열렸다가 닫히고, 다시 옷가게, 쇼핑백, 주차장, 전진, 그리고 후진, 주차장, 다시 옷가게, 쇼핑백, 다시 쇼핑백, 다시, 다시, 다시…… 거리에선 사람을 찾아볼 수 없었다. 좁은 골목을 가득 채운 수입차들은 건듯이 느릿느릿 움직였다. 난 그것들이 모자 같다고 생각했다. 쓸 수 있는 가장 비싼 모자. 약간, 좀, 커다란. 교차로마다 그 번쩍이는 모자들은 파이 속처럼 겹겹이 싸여 움직이지 못했다. 그리고 그 사이로 미처 모자를 챙기지 못한 사람들이 땀을 뻘뻘 흘리며 지나갔다. 그들은 모자를 쓰지 못했기 때문에 차도와 인도 사이에서 혼란에 빠졌고, 열기 속에서 녹아가고 있었다. 우리는 여덟번째 숍에 도착했다. 동생과 크리스티나가 옷을 갈아입는 사이 난 담배를 피우러 나가는 풀을 좇아 나왔다. 우린 동시에 바닥에 주저앉았다. 풀이 담배에 불을 붙였다.

—훌륭하다.

나는 무심코 그렇게 말했다. 풀이 날 봤다.

—아, 이상해.

—뭐가.

—그냥 다.

—집에 갈까?

—그럴까?

—난 상관없어.

—아냐, 조금만 더 구경하자. 재밌지 않아?

—아니.

—그래?

—별로.

—그렇지? 나만 싫은 거 아니지?

난 풀을 흔들었다. 그가 웃었다.

—여기 있으니까 내 동생이 몹시 평범해 보이지 않냐.

—맞아.

—이상하다.

—어.

—그럼 우린?

—응?

—우리가 거지들처럼 보일까?

—우리가 어때서!

자동차들, 여자들, 남자들, 옷들, 자동차들, 상점들, 옷들, 신발들, 쇼핑백들, 자동차들, 가방들, 신발들, 상점들, 자동차들, 자동차들, 자동차들…… 그게 전부였다. 사실 놀랄 것 없었다. 도시는 원래 그런 것들로 이루어져 있는 거니까. 단지 어떤 것은 싸고 어떤 것은 비싸다. 비싼 건 좋고 싼 건 후지다. 그런 거다. 하지만 그렇게 간단하게 생각하기엔 뭔가 좀 억울했다.

—억울해.

—맞아.

—그렇지? 나만 억울한 거 아니지?

—어.

—풀, 있잖아.

—말해봐.

—저런 옷 입고 다니는 사람들, 저런 차 타고 다니는 사람들 죽이고 싶다고 생각한 적 없어?

—야, 사람을 왜 죽여.

—그치. 그럼 안 되겠지? 차라리 내가 죽는 게 낫지.

—야, 자살은 나빠.

—그럼 어떡하라고!

—뭘 어떡해.

—죽이지도 못하고 죽지도 못하면 그럼 어떡하냐고.

—열심히 살아야지.

—흥.

—뭐가 흥이야.

—열심히 살기 싫으면?

—열심히 살기 싫으면?

—응.

풀은 생각했다.

—모르겠지?

—응.

—생각하지 마. 생각하지 말자.

그러나 풀은 생각했다. 나는 풀을 껴안고 속삭였다. 괜찮아. 하지만 괜찮지 않았다. 전혀 괜찮지 않았다.

쇼핑이 끝나고 우리는 근처의 비싼 식당에 가서 비싼 파스타와 피자를 먹었다. 돈은 크리스티나가 냈다. 크리스티나는 나와 풀에게 궁금한 게 많았다. 그리고 난 그녀가 싫었다. 그녀가 눈을 반짝 빛내면서 자기는 예술가들을 너무나도 동경하고 그들의 삶이 너무나도 존경스럽고 그들의 용기와 열정에 언제나 크게 인스파이어드된다고 말했을 때 내 마음이 살짝 움직였던 것도 사실이고 어쩌면 세상이 그렇게까지 좆같은 게 아니라는 생각이 들기도 했지만 그런 식으로 모두를 쉽게 용서하기에는 억울한 마음이 들었다. 사실 그녀의 표정과 표현은 너무나도 매끈해서 가짜 같았다. 만약 그게 그녀의 진심이라면, 미안하지만 그래도, 어쩔 수 없다고 생각했다. 그러자 좀 슬퍼졌고, 아마도 나는 그런 슬픈 기분을 좋아하는지도 모르겠다는 생각이 들었다.

헤어지는 길에 동생이 커다란 비닐백 가득 안 입는 옷과 액세서리를 챙겨주었다. 그리고 어머니가 전해주는 거라며 지갑에서 돈을 꺼냈다. 나는 사양하지 않고 모두 받았다. 헤어질 때 크리스티나는 나와 풀을 차례로 껴안아주었다. 다음에 또 만나. 둘이 같이 엘에이에 놀러와. 나는 그러겠다고 했다. 우리는 지하철을 두 번 갈아타고 집에 도착했다.

돌아오자마자 동생이 준 것들을 브랜드에 따라 꼼꼼하게 분류하고 정가를 확인한 다음 가격을 결정하고 사진을 찍어 중고 명품 거래 사이트에 올렸다. 풀은 내 솜씨에 감탄했다. 옷은 빠르게 팔려나갔다. 풀은 또 한번 감탄했다. 풀. 나는 말했다. 돈은 이렇게 버는 거야. 그리고 쉽게 써버리는 거지. 그리고 다시 쉽게 버는 거야. 그렇게 사는 거야. 그런 게 삶이야. 그런 좆같은 게 삶이야.

13

풀의 일곱번째 캔버스가 채워졌고, 나는 오십번째 시를 완성했다. 풀의 그림 중 특히 마음에 드는 몇 개를 골라 갤러리에 보냈다. 나는 시 스무 편을 골라 출판사 몇 군데에 보냈다. 그리고 우리는 파티를 열었다. 일단 우리는 풍선을 사서 양손에 매달고 딸기 아이스크림을 먹으며 거리를 돌아다녔다. 그리고 떡볶이를 배가 터지게 먹었다. 마지막으로 풀이 찾아낸 상수역 근처의 작은 레게 바로 갔다. 일단 우린 데킬라를 한 잔씩 시켰다. 바의 여자는 송아지 같은 눈을 가지고 있었다. 그 여자는 우리에게 술을 건네준 뒤 홀에 나와 팔다리를 흐느적거리며 춤을 추기 시작했다. 난 그 음악이 아주 맘에 들었다. 풀이 블랙 우후루*라고 말해줬다. 나는 데킬라를 한 잔 더 마신 다음 홀로 나갔다. 여자가 나를 향해 그 송아지 눈을 축 늘어뜨리고 웃어주자 나는 완전히 넋이 나가 데킬라를 한 잔 더 시켰다. 여자는 내가 술을 시킬 때마다 아주 기뻐했다. 그래서 난 계속해서 술을 시킬 수밖에 없었고…… 결국 그녀는 광적으로 신

* Black Uhuru, 〈Plastic Smile〉, 'Guess Who's Coming to Dinner', 1981.

이 나 공짜로 술을 퍼주기 시작했다. 난 전혀 사양하지 않았다. 우리는 가져온 풍선을 그녀의 목에 매달아주었다. 여자는 목에 풍선 두 개를 매달고 풍선춤을 추기 시작했다. 그건 정말 귀여웠다! 어느새 술집 주인이 합세했다. 그는 배가 고프다며 오이를 잔뜩 넣은 샌드위치를 만들어서 우리 모두와 나누어 먹었다. 그리고 그의 친구가 합세했다. 주인은 간판 불을 끄고 셔터를 내렸다. 주인의 친구는 아티스트라고 했다. 그는 중국공산당 간부 같은 말투로 국제적 연대의 중요성과 레게 음악의 미래와 스페인 노동자 운동의 역사에 대해 말해주었다. 아주 지루한 얘기였다. 오직 풀만이 그의 말을 진지하게 들어주었다. 그는 적그리스도를 상징하는 햄스터가 주인공으로 등장하는 레이저 그라피티를 청와대 지붕에 쏘는 작업을 계획중이라며 그것을 위해 청와대 관계자와 접촉하고 있다고 했다. 오직 풀만이 그의 말을 진지하게 들어주었다.

나머지는 모두 춤에 몰두해 있었다. 우리는 밤의 끝까지 멈추지 않았다. 모든 것이 다 좋았다. 새벽 다섯시 반, 아티스트가 우리를 집까지 태워다주었다.

14

오후 네시, 우리는 해밀턴 호텔 뒷골목을 헤매고 있었다. 고장

난 온풍기에서 불어나오는 것 같은 미지근한 바람이 목덜미를 간질이고 있었다.

—자주 생각하는 건데, 내가 너무 말이 많은 것 같지 않니?

내가 말했다.

—그런가.

—니가 말이 너무 적은 건가.

—그런가.

—니가 너무 말이 없으니까 내가 말이 자꾸 더 많아지는 게 아닐까.

—그렇다고 내가 일부러 말을 많이 할 수도 없는 거잖아.

—너는 왜 그렇게 말을 안 해? 할말이 없어?

—글쎄, 별로.

그가 어깨를 으쓱했다.

—이것 봐.

그날따라 나는 딱 붙는 티셔츠에 핫팬츠 차림으로 집에서 나왔고 그래서인가 마주치는 모든 외국인들이 내 가슴과 허벅지를 보며 휘파람을 불어댔다. 나는 그런 그들을 향해 헤프게 웃어댔고 그것 때문에 풀은 좀 화가 난 상태였다. 급기야 언덕에서 내려오는 길 거대한 외국인이 외친 Hey baby you're so sexy!에서 풀은 결국 이성을 잃고 말았다. 개새끼. 그는 먼저 그렇게 말했다. 그러고는 두 주먹을 치켜올린 채 그 거대한 외국인을 향해 성큼성큼

다가갔다.

—야, 너.

풀은 그의 눈앞에 검지손가락을 갖다대고 정확히 그렇게 말했다. 외국인은 당황한 표정이었다.

—무엇입니까?

한국어로 말하는 그의 목소리는 멸치같이 가늘었다.

—나, 나쁜 짓 한 거 없어요.

그러더니 그는 빙그레 웃어 보였는데 그건 정말이지 세상에 괴로운 일은 아무것도 없다는 듯한 가볍고 싱거운 웃음이라서 나조차 허탈한 기분이 들 정도였다. 풀은 좀 당황한 것 같았다. 지나가는 사람들이 우릴 쳐다보기 시작했다. 난 부끄러웠다. 풀은 여전히 아무것도, 아무 말도 못한 채, 주먹을 움찔거릴 뿐이었다. 아아, 나는 부끄러웠다. 나는 풀을 내버려둔 채 도망치기 시작했다. **휘파람 불지 마! 그런 말 하지 말라니까!** 풀의 화가 난 목소리가 들려왔다. 나는 웃음을 꾹 참고 속도를 높였다. 야 어디 가. 난 좀더 빨리 달리기 시작했다. 풀이 내 이름을 불렀다. 멈추라니까! 나는 당연히 안 멈췄다. 풀이 달려오기 시작했다.

—멈추라고!

—싫어!

—멈추라니까!

풀이 내 팔을 낚아챘다.

난 웃음을 터뜨렸다.

—왜 도망쳐!

난 웃느라 대답할 수 없었다.

—왜 웃어! 진짜! 뭐야 이게! 웃지 마! 에이 씨!

풀은 소리를 버럭 지르더니 벤치에 주저앉았다. 나는 계속해서 낄낄거리면서 조금씩 바닥으로 무너져내렸다. 뭔가 말을 하려고 했지만 그럴 때마다 더 큰 웃음이 터져 말할 수가 없었다. 난 바닥에 드러누웠다.

—더러워, 일어나.

—더워.

—그렇게 웃었는데 안 덥겠냐.

풀은 여전히 못마땅한 표정이었다.

—아직도 삐친 거야?

난 다시 킬킬거리며 일어나 앉았다.

—쳇.

풀이 담배를 꺼냈다. 앞에 스타벅스가 보였다.

—야, 나 물 좀 먹고 올게.

나는 스타벅스로 들어가 물을 주전자째 마신 다음 물통 가득 물을 받아 나왔다. 풀에게 물을 건넸다. 풀은 순식간에 물통을 비웠다. 난 빈 물통을 차도에 던졌다. 그 물통에 맞은 차가 창을 내리고 욕을 했다. 우리도 같이 욕을 하자 차는 창을 다시 올리고는 가버렸다. 우리는 좀 웃었다. 풀은 이제 완전히 괜찮아 보였다. 나는 풀의 어깨에 고개를 얹었다. 풀이 내 손을 잡았다. 어느새 주위는 조용했고 들이마신 숨에서는 먼지와 나무 맛이 났다. 풀이 벽을 가리켰다.

—나는 저런 초록이 좋아.

벽은 담쟁이넝쿨로 빽빽했다.

—저런 초록이 뭔데?

—다음에는 저런 초록이 들어가는 그림을 그려야지.

그렇게 말하더니 그의 얼굴이 빨개졌다.

—그러니까 저런 초록이 뭔데?

그 길의 끝에는 서점이 있었다. 그건 아주 좁고 낡은 서점이었고 우리 마음에 쏙 들었다. 안으로 들어가자 좁은 실내는 사람들로 가득했다. 나는 한 벽을 꽉 채우고 있는 철 지난 패션잡지들을 뒤지기 시작했다.

—나 궁금한 게 있어.

풀이 말했다.

—뭔데?

—넌 옷에 별로 관심 없잖아?

—그렇지.

—옷도 잘 안 사잖아?

—그렇지.

—근데 왜 그렇게 패션잡지를 읽어?

—일종의 비즈니스적 관심이지.

—뭐라고?

—농담이야.

—진짜 궁금해서 그래.

—옷을 팔려면 가격을 알아야 할 거 아냐.

—그렇지.

나는 페이지를 넘겼다.

—그래서?

—뭐가 그래서야.

—옷을 팔려면 가격을 알아야 하는 거랑 패션잡지랑 무슨 상관이야.

—패션잡지를 보면 가격이 나와 있잖아. 나 가끔 동생 옷 갖다가 팔잖아. 뭐 대충. 감을 잡는 거지.

—아아.

—이제 알겠어?

—어.

—사실 뻥이야. 그냥 보는 거야. 예쁘니까.

풀이 한숨을 쉬었다.

—뭐 그런 걸 궁금해하고 그래. 나도 몰라. 내가 왜 패션잡지를 읽는지.

풀은 화집이 꽂혀 있는 쪽으로 갔다. 내가 펼친 잡지엔 호피무늬 특집기사가 실려 있었다. 호피무늬 구두, 호피무늬 장갑, 호피무늬 원피스와 재킷, 심지어 호피무늬 왕관과 컴퓨터까지 등장했다. 내가 넋을 잃고 그 호피무늬 컴퓨터를 보고 있는데 풀이 나를 불렀다.

—야, 일로 와봐.

—뭔데.

—일단 와봐.

난 그에게로 갔고, 그가 책을 내밀었다.

—우와.

거긴 달이 있었다. 아주 예쁜.

책장을 넘기자 이번에는 토성의 고리가 나왔다.

—우와.

또 넘기자 얼음으로 이루어진 목성의 위성이 나왔다.

—와, 예쁘다.

—그치?

—응, 정말로.

—근데 비싸.

—사려고?

풀이 고개를 흔들었다.

—돈 없어.

—갖고 싶어?

풀이 고개를 끄덕였다. 나는 잠깐 생각한 다음 카운터를 봤다. 주인은 선풍기 앞에 앉아 책을 읽고 있었다. 어떡하지. 가격표를 확인했다. 책은 감추기에는 너무 컸다. 어떡하지. 그때 한 여자가 책을 잔뜩 안고 카운터로 다가가고 있는 게 보였다. 주인이 책을 건네받았다. 나는 풀을 입구 쪽으로 밀어내기 시작했다.

—왜?

풀이 물었다.

—쉿.

풀은 어리둥절한 표정으로 뒤로 밀려났다. 그리고 풀이 건물 밖으로 나온 순간, 나는 큰 소리로 인사를 한 뒤 풀에게 속삭였다. **뛰어**. 이래도 되는 거야? 뛰라니까! 때맞춰 신호가 바뀌었다. 뛰어! 우리는 있는 힘을 다해 뛰었다. 그리고 횡단보도를 건넌 뒤 뒤를 돌아보자 더이상 서점이 보이지 않았다.

—성공.

난 풀을 보고 말했다. 그리고 웃음을 떠뜨렸다. 풀도 따라 웃었다.

처음 와보는 그 길은 아주 근사했다. 높은 나무들이 빽빽하게 들어서 하늘이 거의 보이지 않을 정도였다. 바람이 불면 나무가 흔들렸고, 그러면 온몸에 싱그러움이 달라붙었다. 풀은 신이 나 명왕성에 가고 싶다는 둥, 목성의 자전 속도나 수성의 크기에 대해 되는대로 지껄였다. 해질녘, 여전히 하늘의 끝자락에는 옅은 오렌지빛이 남아 있었다.

—와.

갑자기 풀이 멈춰 섰다. 난 고개를 돌렸다. 전쟁기념관이었다.

입구 안쪽으로 검은 그림자를 길게 늘어뜨린 거대한 석상이 보였다. 어, 그건 꽤 볼만했다. 그 너머로는 남산이 보였는데, 마치 먹다 남은 초록색 케이크 조각 같아 보였다. 그리고 그 반대편엔 거대한 주상복합 빌딩들이 쇼윈도 안의 보석처럼 반짝거리고 있었다. 그 빌딩들은 남산과 전쟁기념관을 압도하고 있었는데 그건 좀 이상한 광경이었다. 문득 그런 생각이 들었다. 누구도 저 빌딩들을 거절할 수는 없을 거라고. 누구도 그럴 힘을 가지고 있지 않을 거라고. 여기에 사는 그 누구도 저 빌딩들이 가리키는 미래에서 벗어날 수가 없을 거라고. 그러자 좀 우울해졌다. 우리는 다시 걷기 시작했고, 빌딩들은 더욱 거대해졌다. 뿌연 어둠 속에서 그것들은 빳빳하게 선 채로 우리를 쫓아왔다. 그리고 난 거기서 눈을 떼지 못했다.

—저런 데서 살고 싶다고 생각해본 적 있어?

난 풀에게 물었다.

—저런 데?

난 손을 뻗어 빌딩들을 가리켰다.

풀이 고개를 흔들었다.

—왜?

—갑갑할 것 같애. 근데 이리로 가면 역이 나오는 거 맞아?

—그럼 어떤 데서 살고 싶은데?

—나? 음, 나는.

풀이 생각했다.

—지금 사는 데도 괜찮은데. 여름에만 좀 덜 더우면. 그리고 겨울에만 좀 덜 추우면.

풀이 쑥스럽게 웃었다.

—그렇구나.

—너는 어디서 살고 싶은데.

—난 그냥 돈이나 있었으면 좋겠다.

—어어, 그런 거지.

우리는 웃었다.

—근데 나는 사실. 비웃지 마. 난 사실 엘에이에서 살고 싶어.

풀이 약간 황당하다는 표정을 지었고, 난 재빨리 말을 이어나갔다.

—재작년에 동생 따라 딱 한 번 가봤어. 사실 처음에는 아무 생각 없었거든. 그냥, 날씨가 죽인다, 뭐 그 정도? 야자수를 태어나서 처음 봤어. 야자수를 본 적 있니? 나무 같다는 생각이 안 들더라. 그냥 플라스틱 장난감 같애. 신기하지. 사람들은 모두 친절해. 날씨는 죽이지. 거리는 한산해. 집들은 낮고 커. 어디서나 하늘이

보여. 그런데 진짜 같지가 않아. 왜 그런 기분이 들었는지 모르겠어. 집도 사람들도 자동차도 쓰레기통도 다 가짜 같은 거야. 마치 그림엽서를 오려붙인 거 같아. 그게 너무 이상한 거야. 여기는 그렇지가 않잖아. 모든 게 너무너무 진짜 같잖아. 그런데 거기는 안 그랬어. 모든 게 비행기에서 주는 식사 같은 느낌이야. 둘쨋날 비가 왔어. 저녁이었는데, 뭐랄까 영화 세트장을 걷고 있는 느낌이 들었어. 목이 말랐어. 그래서 맥주를 샀어. 그걸 마시면서 혼자 걸어다녔어. 동생은 친구를 만나러 갔었거든. 난 길을 잃어버렸어. 근데 괜찮다고 생각했어. 근데 가면 갈수록 거리가 점점 더 스산해지는 거야. 난 겁을 먹었어. 앞에 햄버거 가게가 보이길래 그리로 들어갔지. 안에 있는 공중전화로 동생한테 전화를 걸었어. 데리러 와달라고. 난 동생이 올 때까지 거기에 있었어. 창밖을 보면서. 근데 문득 정신을 차려보니 거리가 부랑자 같은 사람들로 가득한 거야. 난 깜짝 놀랐어. 그런데 더 놀라운 게 뭐였냐 하면, 그 사람들이 다 너무 아름답게 보이는 거야. 처음엔 내가 취해서 그런가 했지. 그런데 아냐. 난 진심으로 느꼈어. 어려서부터 저렇게 되면 끝장이라고 배운 바로 그런 사람들인데. 근데 너무 아름답다는 느낌이 드는 거야. 그 순간, 잊혀지지가 않아, 그 순간, 모든 게 갑자기 아름답다고 생각되었어. 그러니까 그 도시가, 그 사람들이, 심지어 나 자신까지도, 온 세상이 너무 아름답게 느껴지는 거야. 난 생각했어. 아아 여기서 살면 얼마나 좋을까.

나도 내 얘기가 바보 같다는 거 알아. 그게 뭐가 아름다워. 한심한 소리라는 거 나도 알아.

근데, 자꾸 그런 생각이 들어. 그냥 그렇게 생각하면 안 돼? 바보같이 살면 좀 안 돼? 꼭 정신을 똑바로 차리고 살아야 해? 그냥 꿈속에서 살면 좀 안 돼? 어떤 건 그냥 아름답다고 하면 안 돼? 아름다운 거 맞잖아? 느껴지잖아? 거짓말이 아니잖아? 그런 삶이 정말 그렇게 나쁜 거야? 그렇게 살면, 사람들 말대로 정말 비참하게 살다가 고통 속에서 외롭게 죽어가는 거야? 무서워. 다들 그렇게 말하잖아. 무서워. 도대체 왜 하나같이 똑같은 말만 하는 거야? 정말 그런 거니까? 하지만 좀 지겹지 않아? 그래. 정말 그렇다고 쳐. 맞다고 쳐. 그렇지만. 삶이 그렇게 단순한 거라면 그건 너무 슬프잖아. 살아남는 게 전부라면. 그렇다면 아름다움은? 아름다움은 어디로 가야 하지? 누가 그것에 대해 말하지? 왜 인간은 아름답다는 말을 갖고 있지? 그건 삼천만원짜리 핸드백이나 아니면 덴마크의 왕자가 사는 성에나 어울리는 말인 거야? 그런 데에만 써야 하는 말인 거야? 그래? 그렇다면 너무 시시하잖아. 나도 알아. 아름다운 것들은 박물관과 백화점에 있지. 하지만 말이야, 사람들이 잊고 있는 게 있어. 박물관이나 백화점은 절대 아름다움을 만들어내지 못해. 단지 아름다운 것들을 가져다놓은 것뿐이야. 단지 그것뿐이잖아. 하지만 그 사람들은 말이야. 그때 내가 본 사람들은, 그 사람들이 가진 아름다움은 어디선가 훔쳐온 게 아니었어.

그 아름다움은 그 사람들 속에서 태어난 거였어.

난 말이야, 만약 모든 게 끝장나버리면, 더이상 희망도 잃고 웃을 수도 없고 모든 게 슬퍼지면 말이야, 엘에이로 가서 거지가 될 거야. 그렇게 생각하면 되게 마음이 편해져. 이상하지? 근데 정말, 그래. 아무것도 두렵지 않아져. 어, 이게 내가 엘에이에서 살고 싶은 이유야. 어때? 한심하지? 나도 알아. 하지만 이런 바보 같은 꿈을 하나쯤은 갖고 싶어. 정말 모든 게 끝장나버렸을 때를 위해서.

난 말을 멈추었다. 잠시 망설이다가 풀이 말했다.

—나 어젯밤에 그런 생각을 했어. 나는 언제까지 그림을 그리게 될까. 아무도 알아주지 않으면 그만두는 게 낫겠지. 근데 알아주는지 아닌지 어떻게 알지? 니 말대로 내 그림이 괜찮다면, 하지만 그걸 아무도 몰라줄 수도 있잖아. 아니 그럴 가능성이 훨씬 더 크지 않을까. 그럼 어쩌지? 계속 그려야 돼? 난 왜 그림을 그리는 걸까? 한참 고민하다보니까, 생각이 났어. 아름다운 걸 보면 그리고 싶어지니까. 그렇잖아. 아름다운 것들은 좋은 노래 같아서 자꾸 생각나고 따라 부르게 돼. 그게 내가 그림을 그리는 이유야. 그리고 난 그게 너무 좋아. 어, 발에 딱 맞는 좋은 구두를 신은 느낌이야. 맞아. 맞아. 맞아. 마음속에서 그렇게 말해. 맞아. 맞아. 맞아. 계속 말해. 그럼 나는 달려가. 끝까지 달려가. 어— 내 말은 그러니까…… 어— 그러니까……

난 계속 그림을 그릴 거야. 누가 알아주거나 말거나 계속 그릴 거야. 난 계속 그릴 거야. 이건, 결심이 아니야. 그냥 아는 거야. 난 그릴 거야. 아름다운 것들을 계속 볼 수 있다면. 내 마음이 계속 노래를 부르면 난 계속해서 그릴 거야.

말을 멈춘 그의 얼굴은 빨갛게 달아올라 있었다. 아아. 난 그를 너무 많이 사랑한다고 생각했다. 난 그를 사랑한다. 진실인 단 하나의 문장. 풀이 내 손을 잡았다. 그리고 우리는 여전히 반짝이는 빌딩들에 둘러싸여 있었다.

—풀, 내가 왜 너를 좋아하는지 알아?

풀이 쭈뼛거렸다.

—그건 왜냐하면 말이야. 아, 쑥스럽다. 뭐라고 해야 하지? 아아, 넌 니가 얼마나 굉장한 사람인지 모르지? 그래. 모르니까 그렇게 부끄러워하는 거지. 알면 놀라서 기절한 다음 죽어버릴지도 몰라. 아니 분명히 그럴 거야. 그리고 그러면 안 되니까 영원히 모르도록 해. 나만 알고 있을게. 근데 딱 하나만 말해줄게. 그건 말야. 내가 널 좋아하는 이유 중 하나는, 넌 저런 데서 살고 싶어하지 않기 때문이야.

생각해봐. 도대체 누가 저런 데서 살고 싶다고 생각하지 않을 수가 있어?

—그게 무슨 말이야.

—저 빌딩들을 봐. 어때 보여?

—음.

풀은 생각했다.

—나라면 저런 주황색 조명은 촌스러워서 안 쓸 것 같은데.

—난 말이야. 저렇게 관념적인 물질을 본 적이 없어. 저건 욕망이란 관념 그 자체야. 갖고 싶다, 갖고 싶은 마음 그것 자체. 그렇잖아? 그게 아님 저게 뭐겠어? 그게 아니면 저 괴상한 물건이 도대체 뭐겠냐고. 날 갖고 싶지? 날 사고 싶지? 이런 데서 살고 싶지? 그렇게 외치고 있잖아. 이건 내 귀에만 들리는 거야? 나는 저게 갖고 싶으니까? 근데 너는 그렇지 않으니까?

만약 사람들이 더이상 원하지 않게 되면 저것들은 순식간에 무너져버리고 말 거야. 그게 유일한 목적이었으니까. 하지만 절대 그런 일은 없을 거야. 저건 이 도시를 만든 사람들의 욕망 그 자체니까. 저걸 원한 건 우리들이야. 그래서 이 도시가 이따위로 생겨먹은 거야. 우리가 이런 모습의 도시를 원했으니까 이런 모양이 된 거라고.

물론 너는 저게 싫어. 전혀 원하지 않아. 하지만 이미 너도 우리들 중의 하나야. 그건 너나 내가 정하는 게 아냐. 그냥 이렇게 되어버린 거야. 니가 아무리 아니라고 주장해도 소용없어. 세상은 이따위로 생겨먹었어. 세상은 너 혼자 아름답게 살도록 내버려두지 않아. 그렇게 되면 자기들이 무너져내리고 마니까. 그러니까 막으려고 들 거야. 무슨 짓을 해서라도. 무슨 수를 써서라도 네가 저것들을 사랑하게 만들려고 할 거야. 그런데도 니가 말을 듣지 않으면?

너는 파괴당할 거야. 짓밟힐 거야. 너는 절대로 못 이겨. 절대로. 그리고, 그러니까, 풀.

너는 절대로 지면 안 돼.

너는 절대로 파괴당하면 안 돼. 너는 포기하면 안 돼. 짓밟히더라도, 살아남아야 해. 포기하면 안 돼, 절대. 살아남아야 해, 끝까지. 무슨 뜻인지 알겠어?

나는 말을 멈추고 그를 보았다. 그의 표정은 하늘처럼 깜깜해져 있었다.

—그래줄 수 있겠어?

풀은 대답이 없었다.

—그래줄 수 있겠어?

대답 대신 풀이 날 껴안았다. 난 그의 어깨에 얼굴을 파묻었다. 우리는 한참 동안 그러고 있었다. 그리고 다시 걷기 시작했다. 하고 싶은 말이 많았다. 하지만 더이상 말하지 못했다. 열한시, 집에 도착했다. 여름이 끝났다. 나는 바닥에 누워 눈을 감고 작게 속삭였다.

PART THREE

1

처음 풀을 만났던 날을 기억한다. 그와 함께 걷던 거리. 비에 젖어 축 늘어진 초록빛 나뭇잎들. 천천히 흔들리던 그의 등. 그의 손을 처음 잡았던 순간. 모두 기억한다. 우리는 꿈속을 걷고 있었다. 그런데 문득 정신을 차려보니 뭔가 달라져 있었다. 나는 당황했다. 뭐가 달라진 거지? 우리는 여전히 함께 있는데. 우리는 여전히 서로를 바라보고 있는데. 왜, 도대체 뭐가 변한 거지? 나는 여전히 풀을 사랑했다. 여전히 풀이 필요했다. 그의 얼굴이, 그의 등이 필요했다. 그의 손바닥이, 그의 뺨이, 그의 포옹이 필요했다. 나는 그를 너무 많이 사랑했다. 무한대의 문장을 사용해도 내가 그때 느꼈던 감정의 일부분도 묘사할 수 없을 것이다. 무한대의 시간이 흘러도 나는 끝내 거기에 닿을 수가 없을 것이다. 그게 내가 느낀 최초의 절망이었다. 그리고 난 이해할 수 없었다. 왜 난 절망에 빠지는가?

누구도 세계를 이해하지 못하지만 세계는 여전히 아름답다. 아무도 태양에 닿아본 적이 없지만 태양은 계속해서 눈부시게 빛난다. 아무도 그런 것들 때문에 절망하지 않는다. 그런데 왜 나는 그에 대해 절망하는가. 왜 난 이해하기를 바라는가. 왜 그에게 닿기를 바라는가. 왜 알기를 원하는가. 왜 내 사랑은 이해할 수 없는 채로 그냥 아름다울 수가 없는가.

그건 끝도 없이 가라앉는 태양을 바라보는 느낌이었다.

끝도 없이 무너져내리는 세계를 바라보는 느낌이었다.

나는 여전히 그를 사랑했다. 하지만 그것으로는 부족했다. 나는 그 이상을 원했다. 그래서 자꾸만 다른 것들이 필요해졌고 점점 더 균형을 잃어갔다. 그가 사라지기 시작했다. 사랑이 힘을 잃기 시작했다. 그게 그해 가을 내가 도착한 곳이었다. 그리고 우리는 함께 빈곤에 도착했다.

2

—저 호수 이름이 뭐야?

난 눈앞에 보이는 호수를 가리켰다. 거긴 동생의 학교 캠퍼스였다.

—몰라.

동생이 돈을 꺼냈다. 나는 돈을 받아 주머니에 넣었다.

—이게 끝이야. 이젠 언니 못 도와줘.

—왜?

—나 쇼핑몰 정리했어.

—그럼 이제 뭐 할 거야?

—이제 학교에 집중해야지. 언제까지 옷장사를 해서 먹고살 수는 없잖아.

—그게 어때서? 야, 직업에는 귀천이 없는 거야.

—언니가 왜 그렇게 말하는지 알아. 나한테 계속 돈 뜯어내려고 그러는 거잖아.

맞는 말이었다.

—언닌 진짜 최악이야.

—나도 알아.

—진짜 짜증나. 내가 왜 언니한테 돈을 줘야 돼? 왜 내가 언니랑 니 남자친구한테 생활비를 줘야 돼? 니 남자친구도 진짜 저질

이다. 어떻게 여자친구 여동생을 등쳐먹고 사냐.

—걔 얘기가 여기서 왜 나오냐.

—왜 내가 우리 아파트 관리비를 내야 돼?

—그걸 왜 나한테 말하냐고.

—할머니 수술 땜에 입원하셨어. 언닌 그것도 모르지? 근데 그거 돈 아빠가 다 냈다!

—오.

—진짜 싫어. 착한 척은 지가 다 해놓고 왜 나한테 와서 돈 없다고 그래? 나는 돈이 나무에서 열리냐? 어?

—그러니까 왜 나한테 화를 내냐고. 가서 아빠……

—언닌 언제까지 그렇게 살 거야? 학교 졸업 안 할 거야? 니 남자친구는 도대체 뭐야? 돈 안 벌어? 니네 거지야? 병신이야? 언제까지 그렇게 살 거야? 그렇게 살아지니? 안 창피해? 도대체 왜 그래? 도대체 뭐가 문제야? 말 좀 해봐. 왜 그러고 살아? 도대체…… 알긴 알아? 언니가 얼마나……

—나도 알아.

—웃기시네. 거짓말 마. 아는데 그럴 수는 없어, 인간이라면…… 그러고 살면 좋니? 그래 나도 알아. 편하지? 쉽지? 그치? 누군 그렇게 살 줄 몰라서 그러고 안 사는 줄 알아? 그렇게 살면 안 되는 거니까, 그걸 아니까, 안 그러는 거야. 유치원생도 그 정도는 알아. 부끄러운 줄 알아야 돼, 언니는.

—나도 안다니까.

—난 진짜 언니가 이해가 안 돼! 도대체가! 근데 있지, 나 이제 언니를 보면 불쌍하다? 언니가 도대체 몇 살까지 그러고 살 수 있을 거 같아? 서른 살? 마흔 살? 웃기지 마. 이것 좀 봐. 당장 육 개월도 못 버티잖아.

—야, 근데 있잖아.

—말해.

—너 마스카라 번졌다.

—언니 내가 지금 언니랑 장난치는 걸로 보여?

—진짜 번졌다니까.

—언니!

동생은 진짜 화가 난 것 같았다. 난 입을 다물었다.

—언닌 엄마 아빠 생각은 안 하지?

—야, 너 진짜 오늘 왜 이래? 남자친구한테 차였냐?

—말 돌리지 말라니까!

—야……

—나 지금 진짜 진지하거든? 나 어제 하루종일 생각해봤는데…… 언니가 도대체 무슨 생각을 하고 사는지 모르겠어. 아무리 생각해도 답이 안 나와! 아 씨, 진짜! 나 언니 땜에 엄청 고민하는 거 모르지? 맨날 고민해. 저 여자는 도대체 뭐지. 도대체 무슨 생각으로 저러는 걸까. 왜 저런 말을 하지. 왜 저런 짓을 하지. 근

데 진짜 답이 안 나와. 진짜 언니 생각을 하면……

—야, 울지 마……

—안 울어!

동생은 가방에서 휴지를 꺼내 코를 풀었다.

—너 코 빨개졌다.

동생이 가방에서 거울을 꺼냈다. 그건 커다란 리본 모양의 핑크색 거울이었다.

—야…… 솔직히…… 니가 왜 이러는지 잘 모르겠는데……

—도대체 아는 게 뭐가 있냐.

—그래, 나 머리 나빠. 근데…… 울지 마…… 미안하잖아……

동생이 빨개진 코에 파우더를 잔뜩 발랐다. 나는 동생의 잘 다듬은 진주색 손톱을 보며 어떻게 해야 할지 생각했다. 난감했다.

—이 말이 너한테 어떻게 들릴지 모르겠는데……

—말해봐.

—그러니까…… 아, 어떻게 말해야 할지 모르겠……

—그냥 말해. 내가 알아서 이해할 테니까.

—그래, 넌 머리 좋으니까.

—말하라니까.

난 동생을 봤다. 그녀는 엄청나게 진지한 표정을 짓고 있었다. 문득 어쩌면 그녀가 날 이해해줄지도 모른다는 생각이 들었다. 내가 털어놓는다면. 진심으로. 어쩌면.

—뭔데 그래? 말하라니까.

—난 말이야. 돈을 벌 능력이 없어. 농담하는 거 아니야. 나한텐 그런 능력이 없어. 불가능해. 다들 돈을 벌잖아. 그런데 나는 도저히 할 수가 없어. 생각만으로도 막 죽을 거 같애. 알아, 이런 기분? 너는 모르겠지만 나도 나름대로 많이 노력해봤어. 그런데 안 돼. 지금에 와서 그런 얘기를 주절주절 늘어놓고 싶지는 않아. 그러니까 내가 하고 싶은 말은, 나도 나름대로 많이 힘들었다는 거야. 나 스스로 충분히 고통스러웠다고. 그러니까 너한테까지 그런 말 듣는 거 싫어. 정말로 노력했어. 너처럼 그렇게 살아보려고. 난 왜 안 되지, 난 왜 안 되지, 그러다 어느 순간 깨달았어. 나에겐 애초에 그럴 능력이 없다. 믿어져? 난 돈을 벌 능력이 없다니까? 그러니 나 어떻게 해? 그냥 죽어버릴까? 아 몰라. 이제 지긋지긋해. 고민하는 것도 지겹고 자책하는 것도 지겹고……

—언니 지금 그걸 변명이라고 하는 거야?

—아냐, 아직 안 끝났어. 내 말을 좀더 들어보……

—아냐, 더이상 들을 필요도 없어. 다 알아. 지겹거든, 이제 그런 거! 그냥 쉽게 살고 싶다고 해. 그렇게 말해. 차라리 그게 낫겠어. 근데 못하지? 왜? 쪽팔려? 뭐가? 이렇게 사는 건 안 쪽팔리고? 괜히 난해하게 말하고 모든 걸 남 탓으로 돌리면 다들 속아넘어갈 줄 알았지? 그래, 다들 처음엔 속겠지. 하지만 두 번은 아냐. 언닌 사람들이 우습게 보이지? 아무 말도 안 하니까 진짜 아무 생

각도 없는 줄 알지? 근데 아냐. 다 알어. 다 아는데 그냥 닥쳐주는 거야. 바쁘니까. 하지만 그런다고 달라지는 거 없어. 언닌 그냥 쓰레기야.

진짜 이렇게 말하고 싶지는 않았는데, 진짜 방법이 없네. 언닌 쓰레기야. 그걸 인정해. 인정하라고!

난 동생을 보았다. 그녀의 얼굴엔 벽을 타고 오르는 거대한 지네를 발견한 사람의 표정이 떠올라 있었다. 그 지네는 바로 나였다. 나는 아무렇지도 않은 척 눈을 깜빡였다. 하지만 동생의 그 표정은 영원히 내 마음 한구석에 박혔다. 동생은 일어서더니 아무 말도 없이 호수 쪽으로 걸어가기 시작했다. 동생의 뒷모습은 완벽했다. 동생이 더이상 보이지 않게 되었을 때, 난 자리에서 일어났다. 돌아오는 길에 동생에게 받은 돈으로 쌀을 샀다. 집에 돌아오자 풀은 없었다.

3

우리는 끝내 안정된 삶을 구하지 않았다. 그게 바로 내가 원한 것이었기 때문이다. 만약, 우리가 헤어진다면 그건 풀이 취직을 한다는 뜻이었다. 그가 취직을 한다면 그건 그가 우리의 생활을 책임지겠다는 뜻이고, 그건 풀이 더이상 나를 사랑하지 않는다는 뜻이었다. 사랑은 책임을 뜻하지 않는다. 그건 가장 살아 있다는 걸 뜻했다. 그리고 살아 있다는 것은, 과거와 미래를 망각한다는 뜻이다. 끝없이 이어지는 지금 이 순간만을 바라보겠다는 약속이다. 그게 바로 사랑이다. 한편 책임이란 과거에서 미래로 이어지는 가느다란 쇠사슬에 현재를 묶어놓겠다는 뜻이고, 그래서 그건 사랑의 반대였다. 사랑은 쇠사슬이 아니다. 중요한 것은 함께하는 시간 자체이지, 그것에 대한 대비나 계획이 아니다. 그러니까 돈 따위가 우리의 사랑을 파괴하도록 내버려두지 않겠다는 것, 사랑 안에서 굶어 죽겠다, 아름답게. 그게 내 꿈이었다.

하지만 언제까지나 텅 빈 냉장고를 들여다보며 실망에 잠기고 배가 고플까봐 조금씩 움직이며 살아갈 수는 없었다. 그 사실이 날 우울하게 했다. 왜 우리는 사랑 속에서 행복하게 굶어 죽지 못하고 자꾸 배가 고파서 짜증이 나는 걸까. 왜 점심을 굶고 담배꽁초를 뒤지는 풀을 보면 화가 날까. 생활에는 믿을 수 없을 정도로 많은 돈이 필요했다. 싱크대 위에 차곡차곡 쌓인 고지서는 이내 독촉장을 불러왔다. 독촉장은 또다른 독촉장을 불러왔다. 뜯지 않은 흰 봉투가 늘어갔고 마음은 점점 무거워졌다. 어느 날 풀이 방세가 두 달째 밀려 있다고 말했다. 다음날 인터넷이 끊겼다. 저녁에 주인 여자가 찾아왔다. 그리고 다음날 핸드폰이 끊겼다. 그제야 나는 이게 꿈이 아니라는 것을, 그러니까 벗어날 방법이 없고 앞으로 더 나빠질 수도 있다는 걸 깨달았다. 결국 나는 인정했다.

전략을 바꿔야 한다는 걸. 다음날 아침 일찍 풀과 나는 노트북을 껴안고 도서관으로 갔다. 무선인터넷에 접속한 다음 구직카페 세 곳에 가입했다. 다행히 일은 많았다. 가리지만 않는다면 말이다. 그리고 풀은 젊고 건강하며 불평이 없었다.

풀이 맨 처음 구한 일은 입주 준비중인 아파트 단지 산책로를 청소하는 일이었다. 그날 저녁 땀투성이의 풀이 돈이 든 봉투를 내밀자마자 나는 밀린 인터넷 요금을 내고 편의점으로 달려가 쌀과 맥주와 라면을 샀다. 봉투에 든 빳빳한 지폐를 한 장씩 꺼내서 계산을 할 때마다 손이 부들부들 떨렸다. 돌아오자 풀은 옥상에 앉아 일하는 곳에서 얻어온 담배를 피우고 있었다. 우린 남은 돈으로 이틀을 버텼다.

그때부터였다. 우리는 돈이 떨어지면 아침 일찍 노트북을 열고 담배를 나누어 피우며 새로 올라온 일용직 광고를 살펴보다가 적당한 곳이 눈에 띄면 전화를 걸었다. 처음에는 딱 하루짜리 일만 찾았지만 그런 일은 많지 않았고, 하루짜리 일도 막상 시작하면 며칠씩 연장되기 일쑤였다. 그래도 어쩔 수가 없었다. 돈이 필요했다. 그렇게 며칠씩 풀이 일을 하는 동안 혼자서 지내는 것은 정말 힘이 들었다. 풀이 없는 방에 혼자 누워 있으면 그동안 보이지 않던 온갖 문제들이 눈에 들어왔다. 고장난 싱크대 문짝, 흔들거리는 찬장 선반, 이가 나간 그릇들, 좁은 화장실, 물이 잘 빠지지 않는 하수구, 방음이 되지 않아 종일 시끄러운 방, 낮은 천장,

갈라진 벽, 들끓는 개미, 벗겨진 장판, 삐걱거리며 잘 닫히지 않는 문…… 문득 가족과 함께 살던 아파트를 그리워하고 있는 나를 발견했을 때 너무 속상해서 죽고 싶었다. 그럴 때 나는 집을 치우거나 글을 쓰거나 밖으로 나가는 대신 술을 마셨다. 처음에 풀은 일이 끝나면 곧장 집으로 돌아왔다. 손에 든 비닐봉지에는 맥주와 초밥, 만두 따위가 들어 있었다. 그러나 어느 날인가부터 문을 열면 풀은 제일 먼저 내 얼굴을 훑으며 얼마나 취해 있는지를 확인하기 시작했다. 어느 날인가부터 비닐봉지 속에는 맥주가 빠져 있었다. 그리고 어느 날인가부터 풀이 늦기 시작했다. 나는 그 사소한 변화 하나하나가 어떤 의미인지 정확히 알고 있었고, 그게 날 더 바닥으로 끌어내렸다. 시곗바늘이 돌아가듯이 정확하게 똑같은 일들이 반복되었다. 삶이 점점 바닥으로 곤두박질치기 시작했다. 뭔가 잘못되어간다는 것을 우리 둘 다 분명하게 알고 있었다. 하지만 포기할 수 없었다. 우리는 그 불안정한 방식을 유지해야 했다. 그게 우리가 세상에 맞서는 유일한 방법이었기 때문이다. 우리는 본능적으로 알고 있었다. 만약 우리가 하찮은 문제들—배고픔, 불편함, 불투명한 미래—따위가 두려워서 항복해버리면 그 다음에 남는 것은 통째로 집어삼켜지는 것뿐이었다. 세상은 굶주린 어린아이 같아서 만족을 몰랐다. 아니 굶주림 그 자체였다. 그리고 그것이 우릴 노리고 있었다. 그렇다면 방법은 하나뿐이었다. 삶을 불확실성 속으로 완전히 밀어넣을 것. 우리 자신조차 우리가 어디에 있는지 알지 못할 것.

그런 식으로, 허물어지는 한가운데서 감추어져 있었던 삶의 맨 얼굴이 드러나기 시작했다. 나는 그 순간을 놓치지 않았다. 거기 진짜 삶이 있었다. 단 한 조각도 빼앗기지 않은 순수한 삶이 말이다. 그런데 그게 과연 삶이었을까? 단지 환영이 아니었을까? 어쨌거나 그건 아름다웠다. 일주일을 비참함 속에서 뒹굴 가치가 있었다. 나는 그 순간에 완전히 중독되었다. 차츰 나는 더 깊은 바닥을 원했다. 더 큰 위기를 원했다. 나 자신조차 잊어버리길 원했다. 만약 내가 누구이고 또 어디가 어딘지 알 수 있다면 그것은 이미 빼앗긴 삶이다. 시간표라면 어디에든 있다. 이게 오늘이라면 그다음은 내일이고 그전은 어제라는 것은 누구라도 안다. 그런 건 아무런 노력 없이도 얻어지는 것들이다. 그런 것들은 필요 없다. 아무도 신경쓰지 않아도 날은 가고 언젠가 모두 죽는다.

생생하게 살아 있었다. 그렇다면 아무래도 좋았다.

4

알코홀릭이란 껍질을 빼앗긴 게와 같다. 그들의 영혼은 너무나도 연약해서 그들을 둘러싼 모든 것이 죽음에 이를 정도로 치명적인 공격이 된다. 특히 혼자 있는 저녁, 긴 그늘이 방안으로 스며들기 시작할 때가 가장 위험한 순간이다. 그들은 본능적으로 공포를 감지한다. 그렇다면 방법은 하나뿐이다. 술병을 딸 것. 그리고 바로 내가 그런 인간이었다.

물론 그때는 몰랐다. 그냥 난 술을 마시는 게 좋았다. 술을 마시면 모든 것이 모호해졌고 고통을 덜 느꼈고, 그래서 쉽게 웃을 수 있었다. 제정신으로 견딜 수 없던 것도 농담처럼 우스워졌다. 물론 적당히 취했을 때의 이야기다. 그리고 난 언제나 지나치게 취했다. 처음엔 단순한 습관이었다. 아니 그냥 술이 있어서 마셨다. 문제는 마시면 마실수록 기분이 나빠졌다는 것이다. 계속 마시다보면 어느 순간 마음속에 난 작은 구멍이 눈에 들어왔다. 그건 맨홀과 비슷했다. 사람 한둘 정도가 빠질 수 있는 크기의, 검고 조용하며 들여다보면 악취가 나는 그런 구멍 말이다. 그런데 그건 내가 취했을 때에만 나타났다. 그리고 나는 바보같이 매번 놀랐다. 이런 게 여기에 있었다니! 왜 그동안 보지 못한 거지? 나는 그걸 메우고 싶었다. 아니 메울 수 있다고 생각했다. 조금만 더 마시면 메울 수 있을 것 같다는 생각이 들었다. 그래서 난 술을 좀더 마셨고, 그런데 이상하게도 점점 기분이 가라앉기 시작했다. 게다가 구멍은 그대로였다. 난 계속 술을 마셨고, 문득 정신을 차려보면 심지어 구멍이 더 커져 있었다. 그때쯤 술을 마시는 것으로는 해결될 수 없다는 것을 어렴풋이 깨달았지만 이미 늦은 뒤였다. 나는 돌이킬 수 없이 취해 있었다. 하지만 내 정신은 그 어느 때보다도 또렷했다. 그게 날 미치게 만들었다. 나는 애원하기 시작했다. 제발 이 또렷함을 지워달라, 제발 나를 취하게 해달라, 잠깐이라도 잊게 해달라. 그러나 술은 더이상 나를 돕지 않았다. 마침내 나는 구멍 속으로 기어들어가기 시작했다. 더이상 아무도 나를 보지 못하도록. 누구도 나에게 다가오지 못하도록. 그리고 언제나 거기서 기억이 끊겼다.

그런 다음날 잠에서 깨어나면 뭔가 잘못되었다는 것을 느낄 수 있었다. 그 느낌은 언제나 적중했다. 술에 취한 나는 온갖 괴상한 일들을 저질렀다. 그것에 대해 묘사하는 풀은 담담해 보였다. 나는 모든 것을 사과했다. 내가 한 일, 내가 하려고 했던 일, 그리고 내가 하지 않은 일, 풀이 한 일까지도 모두 다 사과했다. 내가 저지른 일에 대한 죄책감보다 풀이 나를 떠날지도 모른다는 공포가 더 컸다. 나도 충분히 괴로워하고 있다는 것을 보여주려고 미친 사람처럼 화를 내기도 했다. 그리고 저녁이 오면 다시 술을 마셨다. 내 사과는 점점 더 거짓말이 되어갔다. 그러나 난 멈출 수가 없었다. 그것의 반복이었다. 그리고 그것의 반복. 그것의 반복. 그리고 그것의 반복.

5

—야, 돈 또 떨어졌어.

—나도 알아. 그래서 일 구했어.

—진짜?

—근데 이 주짜리야.

침묵.

—하지 말까?

—왜 그걸 나한테 물어봐?

—혼자 있는 거 싫어하잖아.

—알면 하지 말든가.

—진짜 하지 말까?

—안 하면? 방값은 뭘로 낼 건데?

—하라는 거야, 말라는 거야?

—그걸 왜 나한테 물어?

나는 화를 내며 냉장고를 열었다. 냉장고에는 맥주가 없고 오렌지주스가 있었다. 난 화를 내며 찬장에서 보드카를 꺼냈다.

—다른 거 구해볼게. 그러니까 화내지 마.

풀이 내 손을 잡았고, 나는 울음을 터뜨렸다. 컵에 보드카를 따르고 오렌지주스를 약간 섞었다. 그걸 마시자 기분이 좀 가라앉았다.

—미안해.

나는 사과했다. 풀이 나를 보았다. 그의 표정은 착 가라앉아 있었다. 난 좀더 미안해졌고, 그래서 남은 보드카를 다 마시고 풀의 옷을 벗기기 시작했다.

—야, 왜 이래……

—보면 몰라.

난 풀 위로 기어오르기 시작했다. 풀이 바닥을 더듬어 콘돔을 집었다. 풀이 그걸 뜯는 사이 나는 재빨리 옷을 벗었다. 내가 풀의 어깨에 손을 두른 순간 풀이 벽에 머리를 찧었다. 우리는 짧게 웃었다. 풀이 내 가슴을 움켜잡았다. 나는 허리를 들었다.

한참 뒤 우린 서로에게서 떨어져나왔고, 나는 타월을 들고 욕실로 갔다. 욕실에서 나오자 모차르트가 흘러나오고 있었다. 풀이 실수라고 말했다.

그날 저녁 나는 술에 취해 울며 풀에게 일을 나가면 자살하겠다고 협박했다. 그리고 다음날 아침 사과하는 마음을 담아 하트 모양의 오므라이스를 만들어주었다. 나는 한 손에 숟가락을 들고 선언했다.

—선언. 오늘부터 난 달라질 거야. 다시 글을 쓸 거야. 책도 읽을 거야. 그리고 산책도 할 거야. 니가 일하는 동안에 나는 혼자 글도 쓰고 책도 읽고 산책도 할 거야. 빨래도 하고 청소도 할 거야. 그리고 술도 끊을 거야. 아니…… 끊을 수는 없고…… 줄일 거야. 진짜. 많이 줄일 거야. 선언 끝.

그건 완전히 즉흥적인 거였다. 그런데 말을 하는 동안 진심으로 그러고 싶은 기분이 들었으며 말이 끝나자 스스로에 완전히 감동하고 말았다. 풀을 보니 역시 감동한 표정이었다. 우리는 감동한 채로 오므라이스를 먹기 시작했고 그것 또한 감동적으로 맛이 있었다.

그날 오후 우리는 대청소를 했다. 그리고 술도 마시지 않고 일찍 잠자리에 들었다. 잠들기 직전 나는 내가 새로 쓸 소설에 대해서 말해주었다. 아주 긴 소설을 쓸 거야. 아주아주 긴 소설이야. 주인공은 너야. 풀의 얼굴이 빨개졌다.

다음날 아침 일을 나가는 풀에게 전날 밤에 먹다 남은 샌드위치를 먹였다. 그리고 병에 얼린 녹차를 손수건으로 싸서 점퍼 주머니에 넣어주었다. 우리는 짧게 키스했다. 그가 나가고, 문이 닫혔다. 나는 창문에 매달려 그가 사라지는 것을 끝까지 지켜보았다. 그가 사라지고 난 뒤 창문을 닫고 의자에 주저앉았다. 곧 텅 빈 방의 침묵이 나를 짓누르기 시작했다. 눈을 감았다. 머릿속이 냉장고 속에 있는 맥주에 대한 생각으로 가득찼다. 하지만 온 힘을 다해 나는 참았다. 천천히 물을 마신 다음 오랫동안 샤워했다. 그리고 밖으로 나왔다.

나는 곧장 도서관으로 가서 책을 빌린 다음 지하철을 탔다. 사람이 별로 없었다. 난 맨 구석에 앉아 풀에게 빌린 시디플레이어를 켜고 이어폰을 꽂았다. 지하철이 살짝 덜컹거렸고, 곧 출발했다. 난 책을 폈다. 얼마 뒤 고개를 들자 뚝섬역이었다. 난 다시 책에 고개를 묻었다. 그리고 한참 후 다시 고개를 들었을 때 똑같은 뚝섬역이었다. 나는 몇번째인지 모를 한강을 바라보았다. 몇번째인지 모를 구름과 태양과 바르르 떠는 물결과 빳빳하게 선 빌딩들을 바라보았다. 몇번째인지 모를 커다란 푸대를 질질 끌고 가는 늙은 남자를 보았다. 몇번째인지 모를 마지막 도마뱀*을 들었다. 어느새 지하철은 사람들로 가득했다. 지하철은 입을 크게 벌리고 그 많은 사람들을 토해내고 또다시 집어삼켰다. 몇번째인지 모를 신도림역에 들어섰을 때 열차의 불이 꺼졌다. 사람들이 차에서 내렸다. 차가 떠나고 또다른 차가 도착했다. 몇번째인지 모를 홍대입구역을 알리는 안내방송이 나왔을 때 나는 자리에서 일어났다.

집으로 돌아와 노트를 펼쳐놓고 써야 할 소설에 대해 생각했다. 주인공은 풀이다. 그리고? 연애소설로 해야겠다. 그렇다면? 아무 생각도 안 났다. 나는 귤을 하나 까먹었다. 그리고? 귤을 두 개 까먹었다. 여전히 아무 생각도 안 났다. 나는 노트를 덮고 한숨을 쉬었다.

풀은 아홉시가 다 되어서야 돌아왔다. 풀이 들고 온 비닐봉지 속엔 초밥과 맥주가 들어 있었다. 우리는 돈이 생기면 하고 싶은 것들에 대해 이야기했다. 나는 맥주를 아주 천천히 마셨다. 풀이 잠들고 나서 나는 책을 마저 다 읽었다.

---

* 몽구스, 〈마지막 도마뱀〉, 'Dancing Zoo', 2005.

남은 날들도 그날과 비슷했다. 나는 매일 아침 도서관에 가서 전날 읽은 책을 반납하고 새로운 책을 빌려 지하철을 탔다. 나는 20세기에 나온 온갖 추잡한 책들을 차례차례 읽어나갔다. 셀린느, 헨리 밀러, 조지 오웰이 파리와 런던에서 쓴 수필들, 장 주네와 장 콕토, 그리고 윌리엄 버로스와 부코스키까지, 내 머리 위에 빈대로 뒤덮인 지난 세기의 낭만이 춤을 추었다. 내 삶이 그토록 저열한 세기에 한 발을 담그고 있다는 사실이 솔직히 부끄러웠다. 온통 피와 전쟁, 넘쳐흐르는 성욕과 욕설, 고통과 파괴뿐, 어디에서도 희망이나 행복을 찾아볼 수가 없었다. 하지만 더러움의 밑바닥에서 더욱 필사적으로 아름다움을 찾아 헤매는 가엾은 사람들은 내 마음을 흔들어놓았다. 고통 속에서 흔들리는 정신들, 끝에 매혹된 정신들, 취해도 점점 더 차갑게 가라앉기만 하는 외로운 정신들, 꿈과 현실 사이에서 흔들리는 그 가엾은 영혼들은 정말 매혹적이었다. 나는 그 모든 저열한 것들에 완전히 빠져들었다. 나는 내 삶을 바퀴벌레가 들끓는 파리의 좁은 아파트와 정키들이 배회하는 워싱턴 스퀘어의 구석진 벤치로 밀어넣었다. 물론 내가 그렇게 거침없이 그 속으로 뛰어들 수 있었던 것은 그게 종이 속의 세계에 불과했기 때문이다. 종이는 냄새가 없었다. 종이는 깨끗했다. 그건 네모난 백지 위에 반듯하게 누운 선들의 세계였다. 거기에는 정액과 오줌으로 찌든 이불의 악취도, 이가 들끓는 노파의 살냄새도, 나이든 창녀의 코르셋 속에 잠든 진드기와 빈대의 냄새도 없었다. 대신 내겐 회색 터널을 따라 흩날리는 서울의 더러움이 있었다. 고개를 들면 내 앞엔 핸드폰에 머리를 박고 있는 단정한 양복 차림의 젊은 남자가 있었다. 우리는 완전히 다른 공간에 속해 있었다. 우리뿐이 아니었다. 모두가 각자의 세계를 벗어나지 못했다. 세계는 잘게 나누어져 있었다. 그 조각들이 하나로 모아질 가능성은 전혀 없어 보였다. 나는 다시 책에 고개를 박았다. 그러면 거기 다시 구역질나게 매혹적인 세계가 나타났다. 고개를 들면 나는 여전히 차갑고 달그락거리는 지하철 속에 있었다. 나는 현기증을 느꼈다. 내 앞에 두 개의 길이 보였다. 너무 다른 세계가 동시에 내 눈앞에 펼쳐져 있었다. 한 길은 명백했다. 거기엔 좌표가 있었고 구조가 있었다. 모든 것이 예측 가능했다. 나는 그 안에서 안전했다. 하지만 또다른 길은 달랐다. 거기엔 지도가 없고 출구도 없었다. 그건 어쩌면 길조차 아니었다. 어디로 가야 하는가? 나는 혼란에 빠졌고 망설였다. 아니 거짓말이다. 이미 나는 내가 뭘 선택하게 될지 알았다. 아니 이미 선택했다. 나는 이미 다른 세계에 있었다. 지하철 안의 나는 아무런 의미도 없었다. 진짜 나는 바퀴벌레가 들끓는 파리의 싸구려 호텔 속에 있었다. 현실이 점점 그 의미를 잃어갔다. 더이상 꿈과 현실을 구분할 필요를 찾을 수가 없었다. 단지 난 더 멀리, 더 깊이 나아가기를 원했고, 그런 나를 막을 수 있는 것은 아무것도 없다고 생각했다.

6

갤러리에서 연락이 왔다. 풀이 낸 그림이 공모전에서 입상을 했다는 것이다. 아주 오랜만에 우리는 불안 없이 잠들었다.

7

드디어 풀의 전시회 날이었다. 우리는 돈이 없어서 갤러리까지 걸어가기로 했다. 날씨가 끝내주게 좋았다.

—이렇게 걷는 거 오랜만이다!

—그러고 보면!

—나 귤 있는데, 먹을래?

—담배 피울 거야.

—근데 너 상 받았는데 상금 같은 거 안 준대?

—돈은 일, 이, 삼등만 주는 거래.

—너는 몇등했는데?

—난 등수에 없어.

—뭐야. 말도 안 돼.

—그치?

—꺼지라고 해. 나중에 내가 부자 되면 일억에 살게.

—고마워.

안국역을 막 지났을 때 난 너무 지치고 배가 고파 완전히 쓰러질 지경이었다. 거리는 맛있는 것들로 흘러넘쳤지만 우리는 돈이 하나도 없었다.

—이건 말도 안 돼. 돈이 없으면 굶어야 한다니.

풀이 웃었다.

—왜 웃어.

—넌 가끔 보면 진짜 억지 부리는 거 같아.

—야, 이게 왜 억지야. 생각해봐. 배가 고프잖아. 배가 계속 고프면 어떻게 되니? 죽잖아. 야, 돈이 없다고 죽는다니 말이 돼? 먹을 걸 훔치는 건 범죄에서 제외시켜야 돼. 맞아. 그런 게 발전이지.

—그럼 빵집이 망할 거 아냐.

—망해도 싸지. 먹을 걸 팔아서 돈을 벌겠다는 생각 자체가 틀려먹은 거야.

—진짜 배고프구나.

—응.

길에는 포장마차가 죽 늘어서 있었고, 불어오는 바람에 실린 떡볶이 냄새가 나를 조금씩 죽였다. 결국 난 완전히 죽어서 아주 우울하게 갤러리에 도착했다. 다행히 거긴 먹을 게 많이 있었다. 오프닝은 이십 분 후였다. 나는 먹을 것들 주위를 빙빙 돌며 십오 초에 한 번씩 **배가고프다지금이몇시지왜먹을수가없지몇분이나남은거지**

하고 투덜댔다. 마침내 오프닝 파티가 시작되었을 때, 어느새 우리는 반짝반짝 잘 차려입은 사람들에게 둘러싸여 있었다. 레이저와 몇 대의 모니터와 카메라를 동원한 지루한 퍼포먼스가 시작되자 갤러리 안은 미지근한 어둠 속으로 가라앉았다. 녹색 벽에 글자들이 재빠르게 스쳐지나갔다. 마인드시프팅. 네트워킹. 커뮤니케이션. 인터페이스. 리브랜딩 따위의 단어들.

내가 지루함을 느끼며 아무 의자에나 주저앉으려는데, 어디선가 와인병을 따는 소리가 들려왔다. 나는 잘 훈련된 강아지처럼 소리가 들려온 곳을 향해 뛰어갔다. 어떤 여자가 잔에 와인을 따라주었다. 그건 죽이게 맛있었다. 그러고 나서 풀과 난 접시에 샌드위치와 카나페를 탑처럼 높이 쌓아 하나씩 입에 처넣으며 풀의 그림을 찾아나섰다. 처음 눈에 띈 것은 대상을 받은 작품이었다. 청바지가 가득 쌓여 있었고 꼭대기에는 투명한 실리콘으로 만든 인간의 신체 부위들이 걸려 있었다. 그 옆에는 사진들. 지방 도시를 배경으로 교복을 입은 남학생과 샤넬 슈트를 입은 중년 여자를 찍은 사진들이었다. 우리는 그것들을 대충 훑어보고 메인 홀로 돌아와 새로운 접시에 초밥과 연어를 가득 담았다. 그사이 퍼포먼스가 끝나고 불이 들어왔다. 카메라 플래시가 터지고 풍성한 꽃다발이 오고가는 사이 사람들의 목소리가 높아지기 시작했다. 문득 우리도 누군가를 초대했어야 했다는 생각이 들었다.

—풀, 오늘 누구 초대했어?

—아니.

—일부러 안 한 거야?

풀은 망설였다.

—미안. 나는 생각도 못했어. 진짜 미안해. 지금이라도 초대할까? 내 동생 부를까?

—동생이랑 싸웠잖아.

—그건 이거랑은 상관없는 거잖아.

나는 핸드폰을 꺼냈다. 그러자 풀이 내 손을 잡았다.

—일단 내 그림이나 보러 가자.

—맞다. 또 까먹고 있었다. 미안.

내가 이 전시회에 기대한 것은 뭐였을까? 내가 품은 희망이 그렇게 원대한 것이었나. 하지만 아무리 그래도 이건 좀 심했다. 나는 풀의 그림 앞에 서서 그런 생각들을 하고 있었다. 수십 개의 그림과 사진이 분식집 벽을 빼곡히 메운 포스트잇 쪼가리들처럼 그렇게 두서없이 벽을 채우고 있었다. 페인트 냄새가 진동했고 공기는 이상하게도 눅눅했다. 심지어 공사중인지 그 벽의 반대편에는 페인트 통과 나무가 잔뜩 쌓여 있었고 방의 중앙에 노란 테이프로 경계선이 표시되어 있었다. **넘어가지 마시오**. 텅 빈 그쪽과, 바닥에까지 오브제로 가득한 이쪽의 대비는 그 자체로 재미있는 구경거리였다. 하지만 날 화나게 했던 건 그딴 것들이 아니었다. 그 너저분한 방 한구석에서 풀의 그림이 그딴 너저분한 것들과 동등한 취급을 받으며 죽어가고 있다는 사실이었다.

—어떻게 이렇게 후질 수가 있지? 미술은 아름다움을 다루는 분야가 아닌가? 이게 21세기 미술의 새로운 추세인 거야? 그렇다면. 아니야. 아니 이건 그냥 후진 거야. 내가 기대했던 건 이런 게…… 난 이런 걸 보려고 한 게……

거기서 나는 입을 다물었다. 왜냐하면 거기에 있는 모든 사람들이 내 말에 귀를 기울이고 있다는 것을 깨달았기 때문이다. 내 목소리가 지나치게 컸다. 나는 풀의 그림을 향해 뛰어갔다. 그리고 그걸 그 벽에서 떼어내려고, 아니 구출해내기 위해 손을 뻗었다. 그때 한 여자가 구석에서 달려나와 내 어깨를 쿡 찔렀다.

—뭐죠?

난 그 여자를 있는 힘껏 노려보았다. 그러자 여자가 멈칫했다.

—작품에 손대시면 안 되거든요……

여자의 목소리엔 자신감이 부족했다.

—내 그림이란 말이에요!

나는 다시 그림을 향해 손을 뻗었다.

—아니 그래도…… 이러시면……

—내 꺼라니까요! 풀! 야 어딨어! 풀! 풀!

풀은 저만치 떨어져 난감한 표정을 짓고 있었다. 젠장!

난 방에서 뛰쳐나갔다. 나는 그 여자한테보다 풀에게 더 화가 났다. 왜 그렇게 가만히 서 있기만 하는 거야? 왜 빤히 보고만 있는 거야? 왜? 왜 언제나 나만 화를 내는 거야? 왜 언제나 나만 이상한 사람이 되어버리는 거야!

난 어느새 일층에 돌아와 있었다. 난 정말 기분이 나빴다! 저기 쌓여 있는 청바지들을 불태우고 사진들을 찢고 캔버스를 부수고 싶었다! 그게 내가 하고 싶은 거다! 돼지처럼 꿀꿀대며 먹고 마시고만 있는 사람들! 도대체 뭐가 그렇게 맛이 있냐! 난 접시들 사이로 비집고 들어가 홧김에 쿠키를 하나 집었다. 그런데! 그건 정말 맛이 있었다! 촉촉함과 바삭함이 공존하는 가운데 아몬드와 건포도가 고소함과 새콤함을 더한 완벽하게 균형잡힌 맛! 그렇구나. 난 갑자기 사람들을 이해할 수 있었다. 그들도 이미 알고 있는 것이다. 먹을 것이 이곳에서 유일하게 아름다운 것이라는 걸 말이다. 물론 풀의 그림은 빼고. 아아, 정말 맛이 있었다. 난 순식간에 세 개의 쿠키를 먹어치우고 나서야 겨우 풀을 떠올렸다. 아아, 풀을 버려두고 와버렸어! 풀에게 이 맛있는 것을 먹여야겠다! 나는 쿠키를 몇 개 집어 주머니에 쑤셔넣고 따지 않은 와인을 옆구리에 끼고 이층으로 올라갔다. 하지만 풀은 이미 거기 없었다. 젠장. 나는 다시 풀의 그림 앞에 섰다. 그건 정말 죽였다. 너무 좋아서 뒈져버리고 싶을 정도였다. 난 쿠키와 풀의 그림 중 어느 것이 더 좋은가 생각했다. 당연히 풀의 그림이다. 그런데 사람들은 풀의 그림에는 아무런 관심도 없었고, 쿠키는 동이 나 있었다. 말도 안 돼! 난 정말 이런 곳에 풀의 그림이 걸려 있다는 사실을 참을 수가 없었다. 나는 풀의 그림을 향해 손을 뻗었다. 그러자 그 순간 아까 그 여자가 튀어나왔다. 나는 손을 주머니에 넣었다. 여자는 의혹에 가득찬 눈빛으로 날 바라보기 시작했다.

—왜 그렇게 쳐다보세요?

여자는 대답하지 않았다.

—나 아무 짓도 안 했어요.

여자는 못마땅한 표정으로 조개처럼 입을 꽉 다물고 있었다. 기분이 나빴다. 뭔가 보여줘야겠다는 생각이 들었다. 뭔가 멋진 걸 말이다. 나는 여자에게로 다가갔다. 여자가 뒤로 물러섰다. 난 여자 옆에 놓인 의자를 힘껏 걷어찼다. 그건 굉장히 멋진 소리를 내며 바닥에 쓰러졌다. 순간 여자는 겁을 먹었다. 하지만 부족했다. 난 뭔가를 더 보여줘야 할 것 같다는 생각을 했다. 나는 여자에게 좀더 가까이 다가갔다. 뭘 보여주지? 뭐가 있지? 여자는 좀더 겁에 질린 것 같았다. 그때였다. 누군가 내 옆구리에서 와인병을 빼내었다. 풀이었다. 순간 난 제정신을 찾았고 내가 또 엄청 바보 같은 일을 벌이고 있었다는 걸 깨달았다.

—미안.

나는 고개를 숙이고 작게 중얼거렸다.

—망치려던 거 아니었는데.

—망친 거 없어.

풀이 내 손을 잡고 그 방을 빠져나와 계단을 내려가기 시작했다.

—이제 뭐 하지.

내가 물었다.

—뭐 먹든가.

—배불러.

—그럼 집에 갈까?

—벌써?

풀이 한숨을 쉬었다. 내가 말했다.

—알아. 나도 싫어. 여기 있는 거. 나도 진짜 싫어. 하지만 있을 거야. 왠지 알아? 다들 내가 꺼져주기를 바라거든. 그러니까 안 가. 죽어도.

—하지만……

—두고 봐. 나 복수할 거야. 나 진짜……

난 울먹이기 시작했다. 젠장. 부끄럽다. 죽어버리고 싶다. 우린 메인 홀에 도착했다. 그때 갑자기 풀이 바닥에 주저앉았다. 난 놀라 풀을 보았다. 그가 와인병을 내밀었고, 난 엉겁결에 그걸 받아 들었다.

—병따개가 없다.

그렇게 말하곤 그가 웃었다.

난 그게 무슨 뜻인지 몰라 가만히 있었다.

—마시기 싫어?

—그게 아니라……

—그럼 좀 따다 줄래?

나는 여전히 어리둥절했다. 뭔가 이상하다는 생각을 했지만 어쨌든 난 홀을 가로질러 오프너를 찾아 뚜껑을 따고 다시 풀이 있는 곳으로 돌아왔다. 이제 풀은 바닥에 누워 있었다. 사람들이 그를 흘끔흘끔 쳐다봤다. 난 어쩔 줄 몰라하며 그의 주위를 어슬렁거렸다. 화가 난 건가. 눈을 감고 있었지만 확실히 잠든 건 아니었다. 당연하다. 그런 식으로 잠이 들 리가 없었다.

—야, 일어나.

난 풀의 다리를 살짝 걷어찼다.

—잠든 척하지 마. 다 알아.

그러나 풀은 하품을 하고 눈을 비비고 머리를 긁은 다음에야 몸을 일으켰다. 난 와인을 건네고 그의 옆에 앉았다.

—오.

—왜 그래?

—이거 엄청 맛있다.

—어.

—진짜야. 너도 마셔봐.

풀이 병을 내밀었다. 그는 싱글싱글 웃고 있었다. 아, 모르겠다. 난 병을 받아들어 한 모금 마셨다.

—어때?

―맛있네.

―그치?

난 그를 보았다. 그의 표정은 장난기로 가득했다. 잠시 뒤 그가 천천히 손을 뻗었고 난 그가 뭘 하려는지 알았다. 난 잽싸게 와인병을 등뒤로 숨겼다.

―에이 씨.

그가 과장되게 좌절하는 시늉을 했다. 난 낄낄거리면서 와인을 입에 갖다대었고 그 순간 풀이 내 손에서 와인을 빼앗아갔다.

―안 돼!

―뭐가 안 되냐.

풀은 싱글싱글 웃으며 내 눈앞에 와인병을 흔들었다. 난 그걸 잡으려고 팔을 마구 휘둘렀고, 그걸 보고 그가 하하하 웃었다. 그 순간 난 그의 팔을 잡았다. 풀이 으악, 하고 소리를 질렀다. 난 그의 팔을 비틀기 시작했다. 풀은 한 팔에 날 매달고 한 손엔 와인병을 쥔 채 기어가기 시작했다. 난 웃음을 터뜨렸다. 흘러나온 와인이 바닥에 핏빛 자취를 남겼다. 난 그걸 손가락에 묻혀 핥아먹었다. 그걸 본 풀이 토하는 시늉을 했고 그 순간 난 그의 손에서 와인병을 빼앗았다.

―안 돼!

한참을 미친듯이 웃다가 고개를 들어보니 주위에 사람들이 잔뜩 모여들어 있었다. 난 숨을 고르고 와인을 한 모금 마셨다. 여전히 사람들은 움직이지 않고 우리를 쳐다보고 있었다.

—우리 퍼포먼스 하는 거 아니거든요. 그냥 존나 지루해서 그래요. 그러니까 쳐다보지 말고 꺼지세요.

내가 말했다.

—맞아요. 근데 여기 금연이죠? 하지만 난 담배 피울 거예요.

풀이 담배를 꺼내 불을 붙였다.

—나도.

풀이 담배를 건넸다. 난 거기에 불을 붙였다.

—아, 지루해.

난 한 늙은 남자가 부드러운 미소를 온 얼굴에 떤 채로 우리를 보고 있는 걸 발견했다. 나는 그에게 말했다.

—그런 식으로 웃지 마요. 아저씨 재밌으라고 이러는 거 아니거든요? 아저씨 존나 싫어서 이러는 거거든요?

남자의 얼굴에서 웃음이 사라졌다.

—맞아요. 나도 아저씨 싫어요.

—들었죠? 얘도 아저씨 맘에 안 든대요. 그러니까 꺼지세요. 풀이 싫다고 하잖아요. 안 그럼 아저씨 죽여버릴지도 몰라요.

—얘, 죽여버린다고 하면 진짜 죽여요. 얘 성격……

—씨발.

내가 말했다.

—씨발.

풀이 날 따라 했다. 우린 웃었다. 주위가 아주, 조용해졌다. 난 말했다.

—아, 토할 것 같아. 아, 비닐봉지.

내가 입을 막으며 몸을 숙이자 사람들이 파도처럼 뒤로 밀려갔다. 와, 그건 정말 신기한 느낌이었다. 사람들이 내 말에 반응을 하고 있었다. 내 말에. 내 행동에. 나, 나를 보고, 내 말에 귀를 기울이고, 표정을 바꾸고 있었다. 약간 신이 된 기분이었다. 다시 풀과 내가 낄낄거리고 있는데 사람들을 헤치고 두 명의 여자가 나타났다. 한 여자는 파란 원피스를 입고 있었고 한 여자는 흰색 블라우스를 입고 있었다. 그들이 우릴 내려다보았다.

—뭔가요?

내가 물었다.

—뭔가요?

풀이 따라 했다.

우린 다시 낄낄거리기 시작했다.

—실례지만 일어나주시겠어요?

흰색 블라우스를 입은 여자가 말했다. 그녀의 산호색 입술 끝에는 잘 만들어진 미소가 걸려 있었다.

—싫은데요.

나는 여자를 노려봤다.

—죄송하지만 여기에 이러고 계시면 오신 분들이 이쪽 전시를

보시는 데 방해가 될 수 있거든요.

—그럼 방해가 되라지.

—지금 뭐라고 하셨죠?

—꽥꽥 꽥꽥꽥.

풀이 귀를 막고 그렇게 말했다. 우린 다시 낄낄거리기 시작했다.

—이것 봐요.

—풀 그림 보셨어요? 저기 이층에 있는데. 존나 좋아요. 아니 근데, 어떻게 그럴 수가 있어요? 어떻게 풀의 그림을 그딴 방구석에 처박아놔요? 어떻게 풀의 그림을 그따위로 대접할 수가 있느냐 말이에요! 씨발, 후회하실 거예요. 두고 보세요. 그 그림이 세상을 바꾸어놓을 거니까!

나는 흥분하여 풀의 손을 잡아 치켜올렸다.

—그렇지? 니 그림이 세상을 바꿀 거라고! 그렇지? 이것 봐요! 웃지 마요! 나 지금 진지하단 말이야! 풀의 그림이! 세상을 바꿀 거라고! 두고 봐!

나는 풀을 보았다. 눈이 마주쳤다. 그의 표정은 더없이 진지했다. 나도 마찬가지였다. 난 그가 무슨 생각을 하고 있는지 알았다. 그가 천천히 두 팔을 치켜올렸다.

—내, 그림이, 세상을, 바꿀 거다!

그거였다. 내가 언제나 기다렸던 순간. 난 풀을 껴안았다. 그리고 우린 키스를 하기 시작했다……

—이게 뭐 하는 짓이에요!

파란색 원피스를 입은 여자가 소리쳤다. 난 여전히 입술을 떼지 않은 채로 그녀를 향해 와인병을 흔들었다. 여자가 비명을 질렀다. 우린 키스를 멈추고 그녀를 보았다. 그녀의 파란 원피스에 와인이 피처럼 끼얹어져 흘러내리고 있었다. 나는 당황했고, 어떻게 해야 할까 생각하고 있는데 여자가 어딘가로 뛰어가기 시작했다. 하이힐 소리가 조용한 실내를 울렸다. 여자가 사라지자 사람들의 시선이 다시 나에게로 쏠렸다. 흥미진진한 순간이었다. 흰 블라우스를 입은 여자의 표정에는 혐오가 떠올라 있었다. 나는 그녀를 향해 가능한 한 밝게 웃어 보인 다음 또 한번 병을 흔들었다. 여자가 고꾸라질 듯이 뒤로 물러섰다. 와우. 다들 내가 든 와인병을 폭탄이라도 되는 듯 바라보고 있지 않는가. 나는 자랑스럽게, 남은 와인을 다 마셔버린 다음 병을 내밀며 말했다.

—한 병만 더 갖다주세요.

—재밌으세요?

—네?

—지금 이 상황이 재미있으시냐고요.

—무슨 말인지 모르겠네요. 한 병만 더 갖다달라니까요!

여자의 표정은 나를 한 대 치고 싶다는 식이었다.

—일어나시라니까요. 제 말 못 알아들으세요? 아니, 별로 어린 사람도 아닌 것 같은데……

—술을 달라니까요.

—직접 일어나실래요, 아니면 사람을 부를까요?

—술을 주세요.

—그러지 말고 일어납시다.

여자의 옆에 서 있던 남자가 말했다. 나는 남자를 노려보았다.

—술을 달라니까요.

—그럼 술 드릴 테니까 일어나시는 거예요!

남자가 말했다.

—안 돼요. 절대 못 줘요. 당장 나가세요.

여자가 발끈했다.

—아줌마, 닥쳐봐요. 지금 얘가 저분이랑 말하고 있잖아요……

—풀이 닥치라잖아요.

여자의 얼굴이 블라우스만큼이나 새하얘졌다.

—그래서, 술을 준다는 거야, 안 준다는 거야.

—몰라.

—일어서세요.

—좀 닥치라니까요.

—술을 달라니까요, 술을.

풀이 담배를 바닥에 비벼 껐다. 여자의 얼굴이 일그러졌다.

—내가 다시 돌아올 때까지 여기서 나가지 않으면……

—그럼 어쩔 건데요?

여자가 날 노려보더니 어딘가로 사라졌다.

우리의 시야를 가득 채운 사람들의 얼굴은 마치 계란빵 같아 보였다. 지금 이 순간 그들은 무슨 생각을 하고 있을까. 난 안다. 아무 생각도 없을 거다. 난 노래를 부르기 시작했다.

파랑은 그대의 노란 머리카락의 색,
빨강은 그대의 초록 자전거 바퀴의 회전,
그대 아무렇게나 입은 단순한 아가씨
그대 작은 초록 동물, 난 그대의 것을 사랑해!
그대, 그대를, 그대를, 그대의 것을! 나는 그대의 것, 그대는 나의 것, 우리?
*저것은 (하지만) 저 붉은 화로의 것이지!**

그리고 경비가 들이닥쳤다. 그들은 몹시 튼튼했다. 풀은 아무 힘도 쓰지 못하고 끌려나갔다. 하지만 난 운좋게 도망쳐 새 와인을 하나 훔쳐내는 데 성공했다. 난 그것을 품에 꼭 안고 전속력으로 입구를 향해 뛰어가기 시작했다.

—안 돼!

풀은 경비원들에게 떠밀려 계단에서 굴러떨어지고 있었다. 계

* 쿠르트 슈비터스, 「안나블룸에 대해」, 매슈 게일, 『다다와 초현실주의』, 오진경 옮김, 한길아트, 2001.

단 위를 빙그르르 돌며 그는 웃었다.

우리는 달렸다. 웃었다. 뛰었다. 그리고 노래를 불렀다. *꼭 그렇진 않았지만 구름 위에 뜬 기분이었어.** 우리는 아주 큰 소리로 노래를 불렀다. *나무 사이 그녀 눈동자 신비한 빛을 발하고 있네. 잎새 끝에 매달린 햇살 간지런 바람에 흩어져. 뽀얀 우윳빛 숲속은 꿈꾸는 듯 아련했어.* 우리의 기분은 그 노래 가사와 꼭 같았다. 어느샌가 술에 취한 아저씨들이 우리들과 함께 노래를 부르고 있었다. *아마 늦은 여름이었을 거야. 우리들은 호숫가에 앉았지. 나무처럼 싱그런 그날은— 아마 늦은 여름이었을 거야.* 우리 모두는 그 노래를 부르고 부르고 또 불렀다. 어디가 끝이고 어디가 시작인지 알 수가 없어서 우리는 노래를 멈출 수가 없었다. 그게 우리는 아주 마음에 들었다. 지하철역에 도착했을 때 그 아저씨들은 아쉽지만 집으로 돌아가야 한다고 했다. 우린 마지막으로 산울림 만세를 세 번 외친 다음 헤어졌다. 그런데 한 아저씨가 계단을 내려가다 말고 되돌아와서 풀을 빤—히 쳐다보다가는 니가 아주 마음에 든다며 볼을 마구 비비더니 지갑에서 만원짜리를 꺼내어 그에게 주었다. 풀은 얼굴이 빨개졌고 나는 그 만원짜리를 풀의 주머니에 넣어주었다. 피스. 피스. 우리는 다시 한번 박수를 치고 일

* 산울림, 〈아마 늦은 여름이었을 거야〉, '아니 벌써', 1977.

곱 번쯤 인사를 한 다음 헤어졌다. 우린 다시 큰 소리로 노래를 부르며 뛰기 시작했다. 정신을 차렸을 때 거긴 광화문이었다.

—배고파.

내가 말했다.

—나도.

생각할 것 없이 우리는 편의점으로 들어가 먹고 싶은 것을 모두 샀다. 그것은 땅콩이 든 초콜릿과 나뚜루 아이스크림, 라면과 생수와 또 김밥과 프링글스였다. 그걸 다 사고도 삼백원이 남았다. 사은품으로 녹차를 받았고 점원에게 부탁해 오프너를 빌려 와인을 땄다. 그리고 밖으로 나왔을 때 우린 세상에 두려울 것이 없었다.

우리는 청계천 근처의 벤치에 자리를 잡았다. 나는 초콜릿과 아이스크림을 먹으며 라면이 익기를 기다렸다. 어둠 속에서 물은 까맣게 빛났다. 고개를 들자 납작한 달이 보였다. 달빛을 받은 풀의 얼굴은 상앗빛이었다.

—네 그림 진짜 좋아.

풀이 말없이 김밥을 먹기 시작했다.

—칭찬에 그렇게 대꾸를 안 하면 오히려 더 거만해 보이거든?

풀은 거만하게 김밥을 먹기 시작했다.

—맛있니?

—응.

—무슨 맛이야?

—참치.

우리는 말없이 각자의 것을 먹었다.

—무슨 생각 해?

—아무 생각도 안 해.

나는 라면을 내려놓았다. 풀이 담배에 불을 붙였다. 그 모습은 언제나처럼 근사했다. 나는 생각했다. 내 소설은 풀이 담배를 피우는 장면으로 시작할 것이다. 그리고?

모르겠다.

난 다시 풀을 봤다.

역시 모르겠다. 난 한숨을 쉬었다.

풀이 나를 끌어안았다.

—내일은 우리 뭘 하지?

풀이 물었다. 난 대답하지 못했다.

—그리고 그 다음날은 뭘 하지?

—그리고 그 다음날은?

—그리고 그 다음날은?

—그리고 그 다음날은……

우리는 한참 동안 그렇게 껴안고 있었다.

8

그리고 똑같은 날의 반복이었다. 담배 살 돈도 없을 정도로 궁핍하게 지내다가 약간의 돈이 들어오면 그게 다 떨어질 때까지 비싼 것을 먹고 쓸데없는 것을 사들이고 술을 잔뜩 마셨다. 그렇게 쓰고 나면 정작 방세나 관리비를 낼 돈이 없었다. 그렇게 두 달쯤 지나 풀이 편의점에 취직하겠다고 했다.

다시 똑같은 날들의 반복이었다. 풀이 나가면 나는 곧장 맥주캔을 땄다. 그리고 밤새도록 마음껏 술을 마시고 소리를 지르다가 아무데나 엎어져서 잠이 들었다. 똑같은 꿈을 꾸었다. 꿈속에서 풀은 나를 사랑하지 않았다. 나는 소리를 지르다가 풀을 죽이거나 자살을 하거나 둘 다 했다. 풀이 돌아올 시간에야 나는 겨우 잠들었다. 내가 잠에서 깨면 그는 잠들어 있었다. 나는 겨우 몸을 씻고 대충 허기를 채우고 바닥에 비스듬히 누워 웹 서핑을 하면서 풀이 깨어나기를 기다렸다. 풀이 깨어나면 우리는 함께 흐느적거리면서 밥을 먹었다. 밥을 먹고 난 뒤 풀이 일을 나가기 전까지의 두세 시간 정도가 우리가 유일하게 제정신으로 함께 보낼 수 있는 시간이었다. 우리는 음악을 크게 틀어놓고 바닥을 뒹굴고 의미 없는 이야기들을 늘어놓으며 시간을 보냈다. 우리는 함께 떠날 여행 계획을 세우고 새로 살 강아지의 종류를 상의하고 아사노 다다노부를 만나면 할 말을 정하고 이사 갈 집의 거실 창 모양을 묘사하고 풀의 편의점 사장을 곤경에 빠뜨렸다. 이야기는 언제나 흘러넘쳤고 시간은 언제나 모자랐다. 풀이 나갈 때가 되면 나는 안절부절못했다. 마침내 풀이 나가고 문이 닫힌 뒤 나는 축 늘어져 냉장고를 열고 맥주 캔을 꺼냈다.

그리고 그날도 우리는 언제나처럼 함께 흐느적거리며 누워서 뒹굴고 있었다. 풀은 평소보다 더 말이 없었다. 시간은 빠르게 흘러갔다. 스피커에서는 한국말*이 흘러나오고 있었다. 그날따라 우리는 할말이 하나도 없었다. 풀은 천장을 보며 담배만 피워댔다. 문득 시계를 보니 풀이 떠날 시간이 한참 지나 있었다.

—풀, 너……

—나 알바 잘렸어.

풀이 혀를 쑥 내밀었다. 잠깐의 침묵. 그리고 우리는 동시에 웃음을 터뜨렸다. 그리고 다시 침묵.

—왜 잘렸는지 물어봐도 될까?

—손님 앞에서 항상 인상을 쓰고 있는대.

—그래서?

—그래서 잘렸어. 인상 쓴다고. 말이 되냐?

—안 되지.

—아니래. 서비스업엔 밝은 미소가 생명이래.

---

* 구남과여라이딩스텔라, 〈한국말〉, '우리는 깨끗하다', 2007.

—그렇구나.

—개새끼.

—근데 왜 인상을 썼어?

—아냐! 나 인상 안 썼어!

—그래?

—아니, 사실 그냥 요새 좀 생각하는 게 있어서……

—뭐 생각했는데?

—이것저것.

—그럼 생각 좀 했다고 잘린 거야?

—어.

—그럼 오늘부터 안 나가는 거네?

—어, 담주에 돈 받으러 오래.

—오늘 안 나가는 거구나!

나는 일어나 폴짝폴짝 뛰기 시작했다.

—내일도 안 나가는 거구나! 모레도 안 나가는 거구나! 계속 안 나가는 거구나!

풀이 일을 그만두자 나는 곧바로 균형감각을 되찾았다. 풀은 다시 그림을 그렸다. 나는 술을 끊고 다시 책을 읽고 글을 쓰기 시작했다.

어느 날 지하철이 시청역을 막 지나고 있을 때 나는 드디어 소설의 첫 부분을 쓰기 시작했다. 돌아오니 풀이 꽁치를 구워놓고 나를 기다리고 있었다. 나는 풀에게 노트를 보여주었다. 두근두근.

—좋은데.

—진짜? 어디가? 얼마나? 어떻게? 왜?

—음.

—뭔데 뭔데, 빨리 말해봐.

—음, 이걸 읽으니까. 음, 나도 더 열심히 그림을 그리고 싶어져.

그건 내가 들은 최고의 칭찬이었다. 나는 풀의 뺨에 손을 대었다. 뜨거웠다. 아주 뜨거웠다.

9

갤러리에서 연락이 왔다. 그림을 찾아가라는 것이었다. 우리는 잔뜩 주눅이 들어서 갤러리로 갔다. 경비가 우리를 알아보았다. 우리는 서둘러 그곳을 빠져나왔다.

10

며칠 뒤 풀에게 전화가 왔다. 그림을 찾으러 간 날 마주친 사람

중 하나였는데, 전시회 오프닝 날 우리가 한 짓이 너무나도 인상 깊었으며—물론 풀의 그림도—그래서 꼭 다시 한번 만나고 싶고, 또 친해지고 싶다, 가능하다면, 이라고 말했다고 한다.

—근데 걔가 어떻게 니 전화번호를 알아?

—물어보길래 가르쳐줬지.

—언제?

—그때 너도 옆에 있었잖아.

—내가?

—없었나.

—근데 뭐 하는 사람이래? 학생이야?

코끼리 머리를 뒤집어쓴 사람들이 지나갔다. 우리는 말을 멈추고 그들을 바라보았다. 오후 네시. 우린 홍대 앞 놀이터 미끄럼틀에 기대서 풀에게 전화를 걸어온 바로 그 남자를 기다리고 있었다.

—뭐라고?

—아무 말도 안 했는데.

풀이 대답했다.

—뭐 하는 사람이냐고 물어봤잖아.

—아. 서울대 미대 다닌대.

나는 즉시 그를 적으로 규정했다.

—그런 부르주아 학교에 다니는 인간하고 어울려서는 안 돼. 분명히 부자인데다가 잘생기고 사교적인데다가 재능도 있겠지.

—어, 그래 보이더라.

—그런 식으로 말려들어가면 끝장이야! 근데 걔 그림은 봤니?

—어.

—어때?

풀은 대답을 안 했다. 별로였던 것이다.

—그런데 부자인데다가 잘생기고 사교적인데다가 재능도 있어 보였단 말이지?

—응.

—근데 왜 안 오는 거야!

—아직 약속시간이……

—전화해!

그때였다. 풀의 전화가 울렸다.

—아뇨, 저도 지금 놀이터 안에 있는데요.

난 놀이터 안에 있는 사람들을 훑어보기 시작했다. 거기 어디도 부자인데다가 잘생기고 사교적인데다가 재능도 있어 보이는 남자는 없었다. 대신 내 눈에 들어온 사람은 검은색 중절모를 쓰고 빨간색 바지를 입은 가느다란 남자였다.

—반가워요. 잘 지내셨어요?

그는 거침없이 풀의 팔을 잡았다. 그의 얼굴엔 미소가 떠올라 있었고, 그 미소는 그의 몸처럼 날씬하고 날렵했다. 그는 고개를 돌려 나에게도 그 세련된 미소를 약간 나누어주었다.

—김권이라고 합니다.

그가 주머니에서 담배를 꺼냈다. 풀도 주머니에서 담배를 꺼냈다. 나는 그를 빤히 쳐다보았다. 그가 미소 지었다.

—근데, 밥 드셨어요?

난 고개를 저었다.

—감자탕 어떠세요?

나는 우리가 돈을 얼마나 갖고 있는지 따져보았다. 잘 모르겠지만 감자탕을 먹을 돈은 없는 게 확실했다. 그러나 우리는 이미 식당이 늘어선 좁은 골목길로 끌려들어가고 있었다. 김권이 그중 한 가게의 문을 열고 거침없이 감자탕 삼 인분을 주문했다.

—자, 이쪽에 앉으세요. 술 드실래요?

김권이 물었다. 나는 고개를 저었다.

—편하게 하세요. 오늘은 제가 사는 겁니다.

—안 그러셔도 되는데.

—제가 만나자고 한 거니까 제가 사야죠. 술 드실래요?

난 풀을 봤다. 풀이 어깨를 으쓱했다.

—아뇨. 괜찮아요.

—그럼 안 시키겠습니다. 저도 어젯밤에 진탕 마셨더니 속이 좀 쓰려서. 하하.

그리고 침묵. 가게 안엔 우리밖에 없었다. 이상한 기분이었다. 풀과 나는 한 번도 이런 본격적인 식당에서 뭔가 본격적인 걸 먹어본 적이 없었다. 탁자 구석에 파리가 옹기종기 모여 있었다. 코가 근질거렸다. 나는 코를 풀려고 냅킨을 꺼내다가 냅킨꽂이를 엎었다. 풀이 놀라 고무공처럼 튀어올랐다. 김권이 냅킨꽂이를 제자리에 놓았다. 죄송해요. 아뇨, 괜찮아요. 그가 웃었다. 그는 모든 것에 능숙해 보였다. 비슷한 사람을 하나 알고 있다는 느낌이 들었다. 그런데 떠오르지가 않았다. 누구지? 누구지? 난 얼굴을 찌푸렸다.

—혹시 두통?

고개를 들자 김권이 나를 보고 있었다.

—아니에요.

나는 고개를 흔들었다.

—그쪽 분은 뭐 하세요? 역시 그림?

—앤 글 써요.

풀이 말했다.

—아— 두 분이 사귀시는 거 맞죠? 얼마나 됐어요?

—글쎄, 봄부턴가.

—와, 벌써 그렇게 되었나.

—그런데, 정말 궁금해서 그러는데, 실례지만, 그날은 왜 그러셨어요?

—어떤 날이요?

나는 물었다.

—오프닝 날이요. 의도하신 거예요? 처음부터 계획적으로? 아니면?

—그냥 술 먹고 주정 부린 건데요. 제가 원래 술을 먹으면 좀 개가 돼요. 그렇지, 풀?

—어어.

풀이 말했다.

—아…… 그렇구나…… 아…… 근데…… 음…… 좋았어요! 그런 게 딱, 지금 '씬'에 필요한 거죠.

그는 '씬'이라고 말하면서 양손을 머리 위로 들고 검지와 중지를 편 다음 동시에 두 번 구부렸다.

—'씬'이 정말 너무 지루해요…… 뭐랄까…… 애니웨이! 의도하지 않았다고 하니까 훨씬 더 좋은데요? 그런 게 진짜 해프닝이잖아요. 그때 사람들 반응을 보셨어야 하는데. 못 보셨죠? 아! 마침 친구가 캠코더를 가지고 있어서 그거 영상을 좀 찍었어요. 그랬더니 제지를 하더라구요. 허, 참. 테이프를 뺏길 뻔했는데…… 다행히 안 뺐겼어요. 하하, 궁금하시죠? 되게 재밌어요. 다음에 보여드릴게요. 음…… 그럼 요즘은 뭐 하세요?

—전…… 그림 그리고…… 뭐……

—그렇구나. 그런데 실례지만 어느 학교 다니세요?

—학교 안 다녀요.

—네?

—대학 안 갔어요.

—아— 그렇구나.

김권은 그렇게 말하며 하늘하늘 고개를 흔들었다.

—그림은 어떻게 시작하게 된 거예요? 독학으로?

풀이 고개를 끄덕였다.

—대단하시다. 실례지만 나이가?

풀이 나이를 말하자 김권이 또다시 하늘하늘 고개를 끄덕였다. 난 웃음을 터뜨렸다.

—뭐가 그렇게 재미있으세요? 저도 좀 알려주세요.

나는 웃느라 대답하지 못했다.

—싫으시구나. 그럼 마세요.

김권이 담배에 불을 붙였다.

—생각보다 굉장히 어리시네요. 아니 늙어 보인다는 말은 아니고. 하하, 저보다 동생이신데. 실례지만 그럼 군대는?

—가야죠.

—풀 너 군대 가야 돼?

—어.

—왜 난 몰랐지.

—내가 말 안 했잖아.

—언제 가는데?

풀이 어깨를 으쓱했다.

—그럼 난 어떡해?

나는 풀을 노려보았다.

—기다릴래?

—싫어!

—그래 그럼.

—야!

—아 두 분 이런 사이시구나……

김권이 웃었다.

감자탕집에서 나온 우리 셋은 걷기 시작했다. 김권은 풀이 뭘 하든 무슨 말을 하든 놀라며 하늘하늘 고개를 끄덕였다. 특히 우리가 만나게 된 얘기를 들었을 때 그랬다.

—그러니까 걷다가 만났단 말이죠! 걷다가!

김권은 박수를 치며 고개를 흔들었다. 그의 가는 몸이 갈대처럼 흔들렸다. 왠지 나쁜 사람은 아닌 것 같다는 생각이 들었다.

그가 풀에게 찰싹 달라붙어 떨어지지 않으려고 했기 때문에 우린 할 수 없이 그를 집에까지 데리고 와야 했다. 풀이 그에게 창고를 보여주었다. 그는 풀의 그림을 한참 동안 들여다보더니 입을 열었다.

—굉장히…… 음…… 뭔가…… 힘이 있달까…… 그래, 힘이 느껴진다는 말을 하고 싶네요.

그리고 그가 풀의 어깨를 쓰다듬으며 환하게 웃었을 때 나는 혹시 그가 풀에게 성적인 관심이 있는 게 아닌가 하고 생각했다. 그러나 때맞춰 그가 자신의 여자친구에 대해서 말하기 시작했기 때문에 나는 안심했다.

—학교에서 만났어요. 요새 밴드 한다고 난리 치는데…… 아, 전공은 링귀스틱 쪽이에요. 글 쓰신다고 하셨죠. 만나면 잘 통하실 거예요.

우리는 창고에서 나왔다. 그리고 한꺼번에 탄성을 질렀다. 오랜만에 보는 근사한 노을이었다.

—이야…… 정말 멋지네요…… 나도 이런 데서 살고 싶다……

김권이 말했다.

—술 마셔야겠다.

내가 말했다.

—그래.

풀이 말했다.

—술이요?

—네, 아 김권씨도 드실래요? 우리는 지금부터 마실 거예요.

—그거 좋죠.

그가 활짝 웃으며 대답했다.

난 솔직히 그에게 감탄했다. 어떻게 우리 같은 인간들과 온종일 지내면서 초지일관 같은 표정과 태도로 즐겁게 재잘거릴 수 있단 말인가. 도대체 어떻게 그럴 수가 있느냔 말이다. 그러다 문득 내 동생이라면 충분히 그럴 수 있을 거라는 생각이 떠올랐다. 그렇다. 이 남자, 내 동생이랑 닮은 데가 있었다!

나는 바닥에 자리를 깔고 술잔을 내려놓다가 무심결에 동생의 이름을 불렀다. 김권이 아주 정확한 발음으로 내 동생의 이름을 되풀이했다.

—그게 누구 이름이에요?

그가 호기심으로 가득한 얼굴을 나를 향해 들이댔다.

—제 동생이요.

—동생 있으세요?

나는 고개를 끄덕였다.

—여동생?

—네.

—그렇구나. 동생은 뭐 해요?

—대학생.

—아아.

그가 고개를 하늘하늘 흔들었다.

—아, 걔는 나랑 달라요.

—뭐가 그렇게 달라요?

—완전히 다르죠. 걔는 학교도 잘 다니고…… 좋은 데 다니고…… 예쁘고…… 똑똑하고…… 공부도 잘하고…… 돈도 많고…… 예쁜 옷 좋아하고…… 친구도 많고…… 부모님한테도 잘

하고……

—안 믿어지는데요.

—뭐가 안 믿어지시는데요?

—아뇨, 나쁜 뜻에서 한 말이 아니라…… 제가 한 말이 혹시 기분 나쁘게 들렸나요? 그런 뜻이 아니라…… 그냥 동생은…… 듣기에…… 아주…… 그냥…… 보통 평범한 여대생들처럼……

—안 평범해요. 아주 잘났어요.

—아뇨, 그러니까 제 말은 두 분이 아주 상이한 그런 뭐랄까……

—그렇죠. 제가 좀 모자라서요.

—아뇨, 아뇨, 좋은 글 쓰실 거 같은데요……

—아녜요.

—아뇨……

그리고 얼마나 더 많은 아뇨와 또 아뇨와 아뇨가 필요한가! 나는 그를 노려보았다. 그는 겁먹은 새끼 양 같은 표정을 짓고 있었다. 난 화를 낼까 말까 고민했고 그때 마침 음악이 들려오기 시작했다.* 그건 내가 아주 좋아하는 노래였기 때문에 나는 금세 화를 잃어버렸다.

술이 있었고 음악이 있었다. 풀이 있었고 죽이는 노을이 있었

* The Beatles, 〈The Night Before〉, 'Help!', 1965.

다. 아름다움을 모두 뽐낸 노을은 천천히 푸른 밤에게 자리를 내주고 우아하게 퇴장했다. 김권의 재잘거림은 차츰 느려지고 잦아들었다. 그러다 결국 노랫소리에 묻혀서 쓰고 있는 그 괴상한 모자 속으로 쏙 들어가 사라져버리면 얼마나 좋을까! 하지만 풀은 지겨워하지도 않고 그의 말을 모두 들어주었다. 아니 그건 들어주는 게 아니었다. 둘은 대화를 나누고 있었다. 난 좀 짜증이 났다. 나는 단 일 초도 풀을 다른 사람에게, 그것도 김권 따위 머저리에게 빼앗기고 싶지 않았다. 그래서 나는 풀에게 기대어 이런저런 헛소리를 주절거리면서 둘의 대화를 방해하기 시작했다. 성공할 때마다 나는 만족하여 낄낄거렸다.

—풀, 내 머리는 하루 이십사 시간 삼백육십오 일 알코올에 푹 절어 있는 것 같아.

—저도 그래요.

김권이 말했다.

—김권씨한테 한 말 아니거든요?

—아……

—에이 농담이에요. 지금 순간 기분 나쁘셨죠? 헤헤헤.

—순간, 예, 아 좀 그럴 뻔했네요, 하하하.

—풀, 너는 왜 안 마셔? 자, 빨리 마셔.

—배불러 못 마시겠어. 너나 마셔.

—지금 이거 보셨죠? 얘가 맨날, 이런 식으로 나만 술을 먹여

요. 그래서 내가 맨날, 이렇게 취하고 마는 거예요.

—나쁜 사람이네!

—그렇죠!

—내가 뭐가 나빠!

—헤헤헤.

—하하하.

기타 등등.

김권은 새벽 한시 반에 돌아갔다.

11

—니가 왜 그렇게 그 사람을 싫어하는지 모르겠어.

—그렇잖아. 말하는 것 좀 봐. 그쵸, 하하하. 아뇨, 하하하. 좋죠! 하하하. 멋진데요, 하하하. 괜찮아요! 하하하. 실례지만…… 죄송한데…… 라이터 좀 빌릴 수 있을까요? 하하하하하하하하하하하.

—그런가.

—그렇다니까.

—그러고 보면.

풀이 담배를 꺼냈다. 우리는 이태원역 앞에서 김권을 기다리고 있었다.

—야, 왜 안 와. 배고파. 짜증나.

—금방 올 거야.

—이것 봐, 약속시간도 제대로 안 지키잖아.

—십오 분밖에 안 지났어.

—십오 분이나 지났단 말야?

그때였다.

—안녕하세요!

김권이었다. 그날과 똑같은 느끼한 미소와 가는 몸, 이번엔 검은 라이더 재킷과 청바지였다. 그리고, 그리고 모자가 있어야 할 자리에 반삭발을 한 머리가 있었다.

—잘 지내셨어요?

김권이 고개를 살짝 숙이더니 손으로 머리를 살짝 쓸었다. 손가락 사이로 가느다랗게 살갗이 보였다. 그걸 멍하니 들여다보고 있으려니 김권이 씩 웃었다.

—확 한번 쳐봤어요. 어때요? 좀 흉악해 보이죠? 친구가 보더니 탈옥범 같다고. 하하하.

차라리 탈옥범 같다면 낫겠다. 지금 당신은 참으로 우습게 보일 뿐이다. 난 그렇게 말하고 싶은 마음을 참으며 김권을 봤다. 그가 미소 지었다.

—직접 자르신 거예요? 혹시 실수로……

—예?

—아니 거기…… 살갗이 보이는데……

난 김권의 머리를 가리켰다.

—으하하하.

김권은 호탕하게 웃더니 약간 나무라는 얼굴로 날 봤다.

—일부러 그렇게 한 거예요.

—왜요?

—이상해요?

—아니, 뭐.

—이상해요?

—안 이상해요.

풀이 대답했다.

—괜찮은데요.

풀은 그렇게 말하고는 고개를 끄덕였다.

—고마워요!

김권이 환하게 웃었다.

—한번 만져봐도 돼요?

—아, 그럼요.

김권이 풀에게 고개를 들이밀었다. 풀이 조심스럽게 그의 머리를 쓰다듬었다. 그러자 김권이 이히히히 웃으며 어깨를 비틀었다. 풀이 흠칫 놀라 물러섰다.

—아, 미안해요. 제가 간지럼을 좀 많이 타요.

—멋있어요.

김권의 얼굴이 약간 빨개졌다.

—아, 머리가요.

풀이 말했다. 멋지다고?

—근데 왜 이렇게 늦으셨어요?

내가 물었다.

—아, 죄송해요. 깜빡했어요.

김권은 씨익 웃더니 담배를 꺼내 입에 물었다.

—깜빡했다구요? 약속을요?

—네.

김권이 고개를 끄덕였다.

—요새 과제랑 또 이것저것 일하는 거랑 정신이 없어서…… 그래도 별로 안 늦었죠?

—십오 분이나 늦으셨는데요?

—에이, 좀 봐주세요. 이따가 제가 해달라는 거 다 해드릴게요.

믿을 수 없다.

—애니웨이, 잘 지내셨어요?

—김권씬 잘 지내셨어요?

—저야 여전합니다.

도대체 저런 재수없는 말투는 어디에서 배운 걸까!

—지금 그래서 파티에 간다는 건가요? 어디에서 하는데요?

—별로 안 멀어요. 이쪽으로 가죠.

—근데 이렇게 막 가도 돼요? 아는 사람도 없는데.

그러자 김권이 멈춰 서더니 나를 향해 세상에서 가장 느끼한 미소를 지어 보였다.

—아무 걱정 하지 마세요! 제가 다 책임질게요!

정말 놀라웠던 것은 그 느끼한 미소와 말투가 김권의 얼굴에서 합체되자 정말로 아무것도 걱정할 필요가 없을 것같이 느껴졌다는 거다. 심지어 약간 설레기까지 했다. 풀이 말한 대로 그는 재능이 있어 보였다! 그림과는 전혀 상관없는 재능이긴 했지만 말이다.

한참을 미로 같은 좁은 길을 걸은 끝에 우린 아담한 흰색 빌라 앞에 도착했다. 김권이 빌라를 가리켰다. 저기 사층이에요.

계단을 오르는데 쿵, 쿵, 하는 둔탁한 소음이 들려왔다. 계단을 오를수록 그 소리는 점점 더 커지고 가까워졌다. 사층에 도착했을 때 그게 음악 소리라는 걸 알았다. 김권이 초인종을 눌렀다. 음악 소리는 그 집 안쪽에서 들려오고 있었다.

—음악 소리가 이렇게 커도 괜찮아요?

내가 물었다.

—상관없던데요.

문이 열렸다. 김권이 집안으로 폴짝 뛰어들어갔다. 그러자 왼쪽에서 한 여자가 튀어나와 김권의 손을 잡고 알 수 없는 말을 잔뜩 늘어놓으며 그를 안쪽으로 잡아끌었다. 입구의 왼쪽 벽에는 사진과 그림과 포스트잇이 잔뜩 붙어 있었다. 사진 속에 김권이 많았다. 이쪽으로 오세요! 김권이 우리를 향해 소리쳤다. 우리는 안으로 들어갔다. 정면에 커다란 소파가 보였다. 거기 여자 둘과 남자 하나가 졸린 표정으로 늘어져 있었다. 그들은 차례로 김권을 불렀다. 소파 옆에 커다란 스피커 한 쌍이 나란히 누워 있었다. 합치면 싱글 침대로 써도 될 크기였다. 남자 둘이 방에서 나왔다. 그들도 김권을 불렀다. 모두가 김권을 불렀다. 모두가 김권을 좋아하는 것 같았다. 적어도 이곳에선 말이다.

한 여자가 무릎을 꿇고 앉아 무릎이 아프다고 투덜거렸다. 배고프지 않아? 이건 또다른 누군가. 그러고 보니 아주 맛있는 냄새가 났다. 묻기도 전에 누군가 다가와 지금 고기를 굽고 있어요, 라고 말했다. 술도 있어요. 술 드시죠? 어떤 술 드세요? 내가 대답하려고 고개를 돌리면 목소리의 주인공은 어느새 사라져 있었다. 소파를 보자 거기 방금 전까지 늘어져 있던 사람들은 어딘가로 다 사라지고 김권과 처음 보는 여자가 손을 잡고 기대어 있었다. 김권은 피곤한 표정을 짓고 있었다. 여자와 눈이 마주쳤다. 갑자기 김권이 펄쩍 일어나 나를 향해 외쳤다.

—얘가 전에 말한 제 여자친구예요! 안나야, 이분이 그 글 쓰신다는!

음악 소리가 너무 커서 그렇게 소리를 치지 않으면 아무것도 안

들렸다.

—안녕하세요!

여자가 소리쳤다.

—네, 안녕하세요!

여자가 나를 향해 손을 뻗었다. 엉겁결에 나는 그 손을 잡았다. 여자는 복숭아 같은 뺨을 가지고 있었고 다리가 예뻤다. 나는 김권이 그런 괜찮은 여자와 사귄다는 것에 좀 놀랐다. 어쩌면 김권이 생각보다 괜찮은 인간일지도 모른다는 생각이 들었다. 정말 괴상한 생각이었지만 괴상하게도 그럴듯하게 여겨졌다.

누군가 김권의 여자친구를 불렀고 목소리가 들려온 쪽을 보자 옅은 갈색 머리를 수십 가닥으로 땋은 외국인이 맹렬한 속도로 김권의 여자친구를 향해 다가오고 있었다. 그는 열정적으로 김권의 여자친구를 껴안았다. 난 풀을 찾았다. 그가 보이지 않았다.

온통 소란스러웠다. 우르르 몰려왔다가 사라지는 사람들. 난 어리둥절했고, 긴장했고, 약간은 설렜다. 그리고 음악 소리. 그 빠르게 쿵쿵거리는 소리가 내 심장 소리인지 음악 소리인지 알 수 없었다. 나는 두번째 베란다에서 풀을 찾아냈다. 그는 혼자서 담배를 피우고 있었다. 나는 풀을 껴안았다.

—여기서 혼자 뭐 하니?

—담배 피운다.

—괜찮아? 여기 있는 거?

—어.

—안 불편해?

—아니, 재밌는데.

풀은 그렇게 말하고는 씩 웃어 보였다. 오늘 풀은 좀 귀엽군. 난 생각했다.

우리는 거실로 돌아왔다. 김권이 거기 있었다. 배가 고프면 부엌에 가서 먹을 것을 가져다 먹으라고 했다. 물론, 우리는 배가 몹시 고팠다, 언제나처럼. 그리고 아아, 부엌은 천국이었다. 난 마음속으로 김권을 용서했다. 난 접시 가득 먹을 것들을 쌓아올렸다. 거실로 돌아오자 외국인과 선글라스를 쓴 남자가 노트북과 앰프 사이를 오가며 심각한 표정으로 이야기를 나누고 있었다. 김권의 여자친구가 다가와 내 손을 잡았다.

—안녕하세요!

나는 엉겁결에 다시 한번 인사를 했다.

—네! 안녕하세요! 저는 안나라고 해요! 여기 있는 사람들 잘 모르시죠? 제가 소개해드릴게요!

선글라스를 쓴 남자는 김권의 고등학교 때 친구였다. 외국인은 선글라스의 친구인데 안나는 자기도 이제 두번째 만나는 거라서 잘 모르는 사람이라고 했다. 그 남자는 평일에는 목동에 있는 초등학교에서 영어를 가르치고 주말에는 이태원의 클럽에서 디제잉을 한다고 했다. 보라색 옷을 입은 여자는 안나의 하우스메이트였다. 그리고 내내 김권에게 딱 달라붙어 떨어지지 않는 커트 머리 여자와 김권만큼 마른 긴 갈색 머리 남자는 김권과 같은 과에 다니는 사람들이라고 했다.

—김권씨가 친구가 많으신가봐요.

—얘가 좀 푼수라서 아무하고나 잘 놀아요.

그녀는 그렇게 말하고 김권에게 갔다.

커트 머리 여자가 거실 창을 열었다. 신선한 바람이 거실을 가득 채웠다. 풀은 음악에 맞춰 손가락을 까딱거리며 쉬지 않고 담배를 피워댔다. 음악은 근사했고, 난 기분이 좋았다. 나는 세번째 맥주를 따고 풀의 어깨에 기댔다.

—있잖아, 풀.

—응?

—어젯밤에 우리 섹스할 때 내가 무슨 생각 했는지 알아?

풀은 당황했다. 내 목소리가 너무 컸기 때문이다. 사람들의 시선이 나에게 꽂혔다. 그렇다. 나는 또 바보 같은 짓을 벌이려고 하고 있었다.

사실 나는 오늘 이곳에서 우리가 파괴적으로 멋지게 보여야 한다는 이상한 의무감에 사로잡혀 있었다. 왜냐하면 모두가 우리에게 그런 걸 기대하고 있는 거라는 생각이 들었기 때문이다. 갤러리에서처럼 말이다. 나는 김권이 우릴 여기 데려온 것이 바로 그 때문이라고 생각했다. 모두가 그 순간을 기다리고 있는 거라고.

난 그게 이곳에 도착한 뒤로 줄곧 느꼈던 기분 나쁜 느낌의 실체라고 생각했다. 하지만 사실 그건 그냥 처음 만난 사람들 앞에서 누구나 느끼는 약간의 초조함과 설렘, 어색함 같은 거였다. 그게 사람들로 가득한 곳에서 내가 언제나 느끼는 이상한 의무감의 진짜 정체였다. 난 또 한번 그 의무감에 짓눌리고 있었다. 뭐라도 해야 했다. 누군가를 때리거나, 욕을 하고, 뛰어내린다고 위협하고, 천박한 농담을 늘어놓고, 소리를 지르며 울어야 했다. 왜냐하면 지금 이 순간 사람들이 나에게 원하는 게 그것이라는 확신이 들었기 때문이다. 다들 내가 즐거운 파티를 망치고 웃음거리가 되어 자기들을 지루하지 않게 해주기를 바라고 있는 것이다. 그렇다면 그렇게 해주겠다. 물론 그건 나만의 망상이었다. 아무도 내가 그러기를 원하지 않았다. 아니 사실 사람들은 내가 무슨 짓을 저지르건 아무 관심도 없었다. 하지만 이 느낌은 뭐지? 너무나 진짜 같잖아. 사람들의 눈빛은 호기심으로 가득했고, 다음 장면을 재촉하고 있었다. 그리고, 그 장면은 극적이어야 했다.

나는 풀의 손을 움켜잡았다. 풀이 내 눈을 똑바로 바라보았다. 그만두라는 경고였다. 그리고 나는 그걸 계속하라는 신호로 받아들였다.

—김권씨랑 셋이 하면 어떨까? 어때, 재미있을 것 같지 않아? 아니면 김권씨 여자친구도 같이 하자. 아니 말 나온 김에 여기서 할까? 어때? 지금 옷 벗을까? 어때? 콘돔은 갖고 왔지? 어때?

나는 풀의 얼굴이 허물어지는 것을 실시간으로 볼 수 있었다. 갑자기 주위가 조용해졌고, 난 도저히 멈출 수가 없었다. 도저히.

—어떻게 생각하세요, 김권씨?

난 김권을 향해 물었다. 난 그의 얼굴이 일그러지는 것을 보고 싶었다. 그가 화를 내고 실망한 표정으로 날 쫓아내는 걸 보고 싶었다. 그러나 그의 얼굴은 일그러지는 대신 미소로 매끈하게 다려졌다.

—잠깐만요. 음악 좀 바꾸고 올게요.

그리고 그는 내 어깨를 가볍게 치고는 일어섰다. 나는 당황하여 주위를 둘러보았다. 이미 아무도 날 보고 있지 않았다. 멀리서 누군가 소리쳤고 사람들이 우르르 그쪽으로 몰려나갔다. 이제 거실에는 나와 풀뿐이었다. 도대체 뭐가 잘못된 거지? 난 풀을 봤다.

정신을 차렸을 때 거긴 베란다였다. 풀이 마지막 담배를 꺼내어 입에 물더니 빈 담뱃갑을 구겨서 난간 너머로 던져버렸다. 그리고 담배에 불을 붙인 다음 베란다에서 나갔다. 미안해! 난 소리쳤지만 풀은 대답이 없었다. 난간 아래를 내려다보았다. 떨어져 죽기엔 애매한 높이였다.

한참 뒤 돌아왔을 때 풀은 거실에 없었다. 풀은 부엌에서 청소를 하고 있었다. 김권과 다른 남자들과 함께였다. 그들은 즐거워 보였고 풀은 그들과 한 무리로 보였다. 그건 아주 낯선 광경이었다. 나는 조용히 맥주 하나를 집어 거실로 돌아왔다. 소파엔 아무도 없었고 대신 카펫 한가운데 아트 잡지가 놓여 있었다. 난 소파에 앉아 그걸 읽기 시작했다.

누군가 내 이름을 불러 난 잡지에서 눈을 뗐다. 사람들이 입구 쪽에 몰려 있었다. 커트 머리 여자와 갈색 머리 남자가 집으로 돌아가려는 것 같았다. 난 자리에서 일어났다. 커트 머리 여자와 눈이 마주쳤고 그녀가 내 쪽으로 다가왔다. 피할 새도 없이 그녀가 날 덥석 껴안았다. **사랑해**. 그녀가 내 귀에 대고 속삭였다. 여자한테서는 술냄새가 아주 많이 났다. 남자가 여자의 어깨를 잡아끌었다. 그들은 서로를 꼭 껴안고 떠나갔다. 나는 풀을 찾아나섰다. 그는 여전히 부엌에 있었다. 이번엔 혼자였다. 반가워서 말을 걸려고 하는데 냉장고 옆에서 김권이 불쑥 튀어나왔다.

—그럼 캔버스도 직접 만드는 거야? 그것도 책 보고 혼자 배웠어?

—아니, 그건 고등학교 때 문 짜는 법을 배웠거든.

—뭐, 문을……?

그리고 김권이 날 발견했다.

—어디 계셨어요? 계속 찾았었는데!

김권이 내 팔을 덥석 잡았다.

—거실에……

—뭐 했어요?

—그냥……

그가 웃었다. 그리고 다시 풀을 향해 물었다.

—근데 뭐? 문을 짠다고? 진짜 문 말이야?

—어.

—대단한데! 문을 짠단 말이지?

—풀, 집에 안 가?

내가 끼어들었다.

—가시려고요? 벌써?

—차가 끊길 거 같아서요.

—여기 홍대 가는 버스 새벽까지 있어요. 정류장 이 근처에 있어요. 가까워요. 그거 번호가 뭐더라? 안나가 알아요. 제가 이따가 알려드릴게요.

난 무시하고 풀에게 물었다.

—언제 갈 거냐니까.

—가고 싶어?

—약속 있으세요?

김권이 물었다.

—아뇨.

—근데 왜?

난 대답하지 않고 김권을 빤히 쳐다봤다. 그때 누군가 김권을 불렀다. 선글라스였다.

—잠깐만요. 가지 말고 기다려요.

김권은 그렇게 말하고는 쏜살같이 사라졌다. 나는 풀을 보았다.

—목이 빨개.

—그래?

—술 많이 마셨구나.

풀이 잔뜩 풀어진 미소를 지어 보였다.

—너는 여기 더 있고 싶지?

풀이 고개를 끄덕였다. 난 한숨을 쉬었다.

—그럼 있어.

—고마워.

풀이 나를 꽉 끌어안았다. 아, 나는 내가 가여웠다. 하지만 가끔은 착한 짓을 하는 것도 나쁘진 않겠지. 김권이 풀을 불렀다. 우리는 거실로 갔다.

돌아온 거실은 아까와는 분위기가 좀 달랐다. 음악은 부드럽고 나른한 것으로 바뀌어 있었고 탁자 가득 향이 타오르고 있었다. 양귀비꽃 향이래. 안나가 말했다. 양귀비라고? 그렇다니까. 좋지 않아? 우리가 소파에 앉으려는 찰나 외국인이 화장실에서 튀어나왔다. 벌써 가는 거야? 왜? 영어 과외가 있대. 사람들이 일어섰다. 그는 해맑게 웃으며 거기 있는 모든 사람들을 한 명씩 껴안으며 인사한 다음 김권과 선글라스와 함께 밖으로 나갔다. 사람들이 다시 자리에 앉았다. 풀과 나도 앉았다. 잠시 뒤 김권과 선글라스가 돌아왔다. 선글라스는 한 손에 뭔가를 들고 있었다. 그건 돌돌

말린 작고 납작한 투명 비닐봉투였는데, 안에 초록색 털뭉치 같은 게 들어 있었다. 선글라스는 소파에 앉았다. 그리고 봉투를 열어 사람들을 향해 내밀었다. 그러자 사람들이 그쪽으로 머리를 박고 강아지처럼 킁킁대기 시작했다. 어때, 좋은데? 전에 거랑 다르지 않아? 이게 더 좋은 거래. 어떻게 좋은데? 더 센가? 차이가 있나?

나는 풀에게 속삭였다.

—저게 뭐야?

—뭐?

—저게 뭐냐고.

풀이 떨떠름한 표정으로 나를 보았다.

—저게 뭔지 몰라?

—저게 뭔데?

—마리화나잖아.

나는 눈을 크게 두 번 깜빡이는 것으로 놀라움을 표시했다. 김권이 방에서 커다란 책을 한 권 들고 나왔다. 그건 미로의 화집이었다. 미로 좋지! 선글라스가 화집을 받으며 소리쳤다. 그는 화집을 무릎 위에 올려놓고 봉투에 든 것을 쏟았다.

—모마에서 말야. 그때가 언제였지? 중학교 땐가…… 겨울방학 때 뉴욕에 처음 갔었거든. 그게 처음이었을걸, 미로를 본 게. 죽이더라, 진짜. 그거 제목이 뭐지? 이렇게 작게 해가 뜬 건데……

선글라스는 엄지와 검지를 구부려 작은 동그라미를 만들어 보였다.

—그거 해가 아닌가…… 아무튼 동그라미…… 빨간 동그라미하고 하얀 동그라미하고 검정색 삼각형하고……

—〈세계의 탄생〉.

풀이 말했다.

—맞아, 그거! 고마워요!

그는 풀뭉치를 잘게 부수기 시작했다.

—그거 진짜 좋더라? 삼십 분 동안 서서 그것만 봤는데…… 권아, 마는 종이 너한테 있니?

김권이 주머니에서 작은 상자를 꺼내어 선글라스에게 주었다. 선글라스가 상자를 열어 종이를 한 장 꺼냈다.

—누구 라이터 있는 사람.

선글라스가 말했다.

—나!

안나가 손을 들었다. 그러곤 선글라스를 향해 라이터를 던졌다. 그런데 그게 하필 풀뭉치 위로 떨어졌다. 풀뭉치들이 바닥으로 흩어졌다. 사람들이 비명을 질렀다.

—괜찮아, 괜찮아, 움직이지만 마.

선글라스는 그렇게 말하고는 크게 한숨을 쉬더니 안나를 보고 한 대 쥐어박는 시늉을 했다.

—아니, 난 그냥……

안나가 어깨 속으로 목을 파묻고 귀여운 표정을 지었다.

—그냥 뭐?

—미안.

선글라스가 가만히 화집을 내려놓고 흩어진 부스러기들을 하나하나 조심스럽게 주워모았다. 선글라스는 겉모습과 달리 몹시 꼼꼼해 보였다. 다 주워모은 뒤 그는 종이를 아래 깔고 풀뭉치를 그 위에 한 줄로 가늘게 쌓았다. 그리고 종이 양쪽 끝을 잡고 조심스럽게 말았다. 모두가 숨을 죽이고 그를 바라보고 있었다. 그리고.

—완성. 누가 먼저 피울래?

—나.

안나가 손을 들었다. 선글라스가 그녀에게 그것을 건넸다. 그녀가 그것을 입에 물고 불을 붙여 한 모금 깊이 빨아들였다. 그것의 끝이 붉게 빛나며 타들어갔다. 잠시 후 벌어진 그녀의 입에서 흰 연기가 쏟아져나왔고, 거기선 지독한 풀냄새가 났다. 그녀는 한번 더 깊숙이 빨아들였다. 그리고 그것을 풀에게 건넸다. 다음은 나였다. 난 한 모금 깊이 빨아들이고는 숨을 멈추었다. 목이 간질간질했다. 연기가 폐 속으로 천천히 퍼지는 것이 느껴졌다. 그리고 한번 더. 나는 그것을 김권에게 넘겼다. 난 한껏 신경을 곤두세우고 뭔가가 일어나기를 기다렸다. 그리고.

아—무 일도 일어나지 않았다.

주위를 둘러보니 다들 어색한 표정으로 몸을 비비 꼬고 있었다. 난 무릎 사이에 머리를 박았다. 에이, 이게 뭐야.

그리고 얼마쯤 지났을까. 갑자기 손과 발의 힘이 빠지더니 바닥에 딱 붙어버렸다.

이어서 누군가 웃음을 터뜨렸다. 거의 동시에 나도 웃음을 터뜨렸다. 그러자 또다른 누군가가 웃음을 터뜨렸다. 우린 다 함께 웃기 시작했다. 아무 이유도 없었다. 하지만 그 이유를 정확히 알고 있다는 느낌이 들었다. 처음 느껴보는 기분이었다. 나쁘지 않았다. 아니 굉장히 좋았다. 나는 풀을 보았다. 그의 눈이 살짝 풀려 있었다. 나는 그의 무릎에 누웠다. 순간 음악 소리가 파도처럼 온몸에 밀려왔다. 와우. 그리고 나는 다시 웃음을 터뜨렸다.

나는 눈을 감았다. 그리고 떴다. 다시 감았다. 신기했다. 그러니까 내가 눈을 뜬다는 것이. 내가 눈을 감는다는 것이. 눈을 뜨면 풀이 나를 보며 킥킥거리고 있었다. 나는 풀의 무릎에 동그라미를 그리기 시작했다. 그러다 별안간, 문득, 엄청, 굉장한 생각이! 떠올랐다! 그게 뭔지는 모르겠지만! 그건! 분명! 그리고 다시 웃음이 터져나왔다. 난 다시 눈을 감았다가 떴다. 풀은 똑같이 웃고 있었다. 시간이 이상하게 흘러가고 있었다. 아니, 시간이 흘러가는 것이 아주 조금만 느껴졌다. 시간이 다섯 개씩, 열 개씩 흘러갔다. 아니, 시간이 흘러가지 않고 바닥에 쌓였다. 한 겹, 두 겹…… 나는 세는 것을 포기하고 그것들을 그냥 바라보았다. 손가락으로 톡톡 치면 쌓인 시간이 사르르 무너졌다. 그리고 다시 한 겹, 두 겹…… 도대체 얼마나 시간이 흐른 거지? 한 시간? 두 시간 반? 일어나 시계를 봤다. 삼 분이 지나 있었다. 삼 분. 난 다시 웃음을 터뜨렸다. 김권은 바닥에 커다란 스케치북을 펼쳐놓고 그림을 그리고 있었다. 안나는 김권의 그림 위에 뭔가를 적으면서 낄낄거렸다. 선글라스는 무릎 위에 화집을 올려놓고 새로운 종이를 꺼냈다. 그리고 안나가 스케치북 위로 올라가 춤을 추기 시작했다. 김권의 예의바른 미소는 살짝 흐트러져 있었다. 나는 풀의 무릎을 쿡 찔렀다. 풀이 웃었다.

—웃지 말고!

그리고 나도 따라 웃었다. 한참 뒤 간신히 웃음을 멈추고 난 말했다.

—저 여자 이상해.

나는 풀 옆에 누운 보라색 옷을 입은 여자를 가리켰다.

—모르겠는데?

—머리가 아프다고 중얼거리고 있잖아.

갑자기 그녀가 일어나 앉았다. 우린 웃기 시작했다. 그녀가 마지막으로 한 말은 토할 것 같아, 였다. 그리고 화장실로 달려갔다.

안나는 여전히 춤을 추고 있었다. 김권은 새 마리화나에 불을 붙였다. 선글라스가 흐느적거리는 목소리로 미로의 그림에 대해서 말하기 시작했다. 그러나 아무도 듣고 있지 않았다. 그는 이제 크로넌버그에 대해서 말하고 있었다. 그러더니 갑자기 에리크 로메르에 대해서 말하다가 에리크 로메르와 로베르 브레송의 작품 세계를 비교하더니 결국 둘을 혼동하기 시작했다. 거기에는 아무런 요점도 없었다. 그의 목소리는 점차 사그라들었다. 보라색 옷을 입은 여자가 화장실에서 나와 나 좀 잘래, 하고 외친 뒤 방으로 들어가 문을 닫았다. 안나가 문을 열고 괜 · 찮 · 은 · 거 · 지? 하고 소리쳤다. 나는 좀 걷고 싶었다. 그러나 온몸이 물에 젖은 휴지처럼 힘이 들어가지 않아서 일어날 수가 없었다. 풀은 어디에서 났는지 초록색 크레파스를 들고 자신의 손바닥을 칠하고 있었다. 나는 풀에게 기대어 동그라미에 대해 생각하기 시작했다. 동그라미. 그래. 동그라미. 동그라미. 동그라미. 동그라미. 동그라미. 동그라미. 동그 라 미. 동그　　　라미동　　　그

　라

　　　미　　동

　　　　그

　　　　　　　　　　라

　미미

　미미미미미　　　미미미

　　　미미미미미미미미　　　미미미미미

　미미미미미　　미미미미　　미

　미미미미미

미미미미미미미미미미미미미미미미미미미미   미미미미
미미미미미미미미미미미미미미미미미미미미미미미미미미미미
미미미미 미미미미미미미   미미미미미미미미미미미
미   미미미미   미미미미미미미미미미미미미미미미
미미미미미

벨이 울렸다.

안나가 느릿느릿 일어나 자욱한 연기를 헤치고 인터폰 앞에 섰다. 그녀는 누구냐고 묻지는 않고 인터폰 화면을 한참 동안 들여다보더니 꺄악 하고 소리를 지르고는 현관문으로 달려갔다. 잠시 후 안나가 한 여자를 꼭 껴안고 돌아왔다. 그리고 그 여자는 내가 아는 여자였다.

—앗!

나는 놀라 외쳤다.

—얘 · 알 · 아 · 요?

안나가 물었다.

나는 고개를 끄덕였다.

—아, 얘도 소설 쓰는데. 아, 그래서 아시는구나. 아 그렇구나.

—절 아세요?

여자는 바로 그렇게 물었다.

—기억 안 나세요? 저번에 봄에 시상식에서 뵈었잖아요?

—아.

나는 웃음을 터뜨렸다. 여자가 약간 당황했다.

—죄송해요! 제가 좀 취했어요! 아, 얘도 아시죠? 그때 같이 있었는데!

나는 풀을 가리켰다. 여자는 풀의 얼굴을 들여다보더니 모호한 표정으로 고개를 끄덕였다. 그때였다. 김권이 여자를 뒤에서 덥석 껴안았다.

—너 왜 이제 와? 얼마나 보고 싶었는지 알아?

—웃겨.

여자가 장난스레 이마를 찌푸리며 김권을 떼어놓았다. 선글라스가 여자에게 마리화나를 건넸다. 여자는 그것을 손에 들고 소파에 누웠다. 여자는 그때와 아주 많이 달라 보였다. 나는 여자를 뚫어져라 바라보았다. 여자가 내 시선을 느끼고 나를 보았다.

—왜요?

여자가 물었다.

—안 어울리세요.

내가 말했다.

—뭐라구요?

—이런 데 안 어울리게 생기셨다구요.

여자가 웃음을 터뜨렸다.

—얘 아세요?

선글라스가 물었다.

—저번에 봤는데요. 그때랑 엄청 달라 보이세요.

—너 또 어디서 뭘 한 거야?

—내가 뭘!

—너 또 차밍하게 굴었구나!

—아니라니까!

—진짜 달라 보이세요!

내가 외쳤다. 그 말을 듣고 김권이 웃었다. 그러고는 내 말을 따라 했다.

—진짜 달라 보이세요!

그러자 선글라스도 외쳤다.

—진짜 달라 보이세요!

둘은 함께 외쳤다.

—진짜 달라 보이세요!

그리고 서로를 껴안고 목놓아 웃기 시작했다.

—아 뭐야, 하지 마!

여자가 팔을 휘저었다. 그러자 둘은 더 신이 나서 똑같이 팔을 휘저으며 소리쳤다.

—아 뭐야, 하지 마!

—장난치지 말라니까!

여자는 몹시 부끄러워하며 김권과 선글라스를 때리기 시작했다. 둘은 비명을 질렀다.

—뭔데, 뭔데. 나도 끼워줘.

안나가 여자와 김권 사이로 비집고 들어갔다. 김권과 선글라스는 웃음을 멈추지 못했고 여자가 안나에게 마리화나를 건넸다. 여자가 말했다.

—그런데 두 분 그러고 나서 괜찮으셨어요? 저분이 다시 찾으러 왔었는데.

여자가 풀을 가리켰다.

—아아, 괜찮았어요. 괜찮았어요.

—다행이네요.

여자는 다시 김권과 이야기를 나누기 시작했다. 여자는 나에게 관심이 없어 보였다. 나는 여자가 부러웠다. 뭔지 모르겠지만 나보다 뭐랄까, 우월해 보였다. 둘의 이야기는 길게 이어졌고 아주 진지해 보였고 나는 전혀 알아들을 수가 없었다. 그래도 나는 한마디라도 이해해보려고 귀를 쫑긋 세웠다. 그러는 사이 내 사랑스러운 동그라미들이 사라졌고 동그라미의 신나는 여행도 끝이 났고 시간이 제대로 흘러가기 시작했다…… 김권이 여자에게 물었다.

—그렇다면 네 글은 뭘 위한 건데?

김권이 물었다.

—모든 끝나간 것들을 위한 것. 일종의 추모라고 할 수 있지.

여자가 근엄한 목소리로 말했다.

—우리에게 남은 가능성은 그것이 유일해. 그것 외엔 아무것도 남지 않았어. 남은 건 끝없는 종말뿐이지.

여자가 비장한 표정으로 팔을 긁기 시작했다.

—20세기도 끝장이야. 신자유주의는 실패했어.

언제 나왔는지 보라색 옷을 입은 여자가 끼어들었다. 그녀는 이제 아주 멀쩡해 보였다.

—그래. 하지만 우리는 20세기의 자식들이야. 그건 필연이지. 우리는 거기에서 벗어날 수 없어.

—그러니까 네 말은, 넌 그 벗어날 수 없음에 대해서 쓴다는 거야?

김권이 물었다.

—그래, 그 슬픔.

—그 슬픔에 대하여 쓴다?

—그래. 내가 할 수 있는 건 그것밖에 없어.

그리고 여자는 계속해서 팔을 긁었다.

—나는 노래를 부를 거야.

안나가 말했다. 사람들은 그녀의 말을 무시했다.

—신자유주의. 참으로 아름다운 이데올로기였는데. 성공할 수도 있었어.

보라색 옷을 입은 여자가 말했다.

—공산주의도 성공할 수 있었지.

팔을 긁는 여자가 응수했다.

—안나의 밴드도 성공할 수 있었어.

보라색 옷을 입은 여자가 말했다.

—뭐야? 그럼 실패했다는 거야?

안나가 화를 냈다.

—하지만 끝없는 환멸만이 남아 있을 뿐이야.

여자의 목소리는 계속해서 근엄했다.

—나는 내가 쓰는 게 무에 지나지 않는다고 생각해.

여자는 이번에는 다른 쪽 팔을 긁으며 말했다.

—하지만.

김권이 끼어들었다. 그러나 여자는 멈추지 않았다.

—다시 한번 말하지만, 그래 인정할게. 나는 회의주의자야. 가능성은 존재하지 않아. 세계는 더욱더 나빠지고 있어. 더이상 무엇이 가능하지? 물론 체제 내에서의 이야기야. 하지만 알다시피, 우리는 체제 내 존재야. 삼차원적 동물이라고.

—마치 이차대전 후 탄식하는 유럽인 같군.

김권이 탄식했다.

—그것과는 달라.

—뭐가 다르지?

춤추자!

안나가 소리쳤다.

좀 이따가.

김권이 말했다. 여자는 계속해서 팔을 긁었다.

—왜 그렇게 팔을 긁니?

—모르겠어. 간지러워. 참을 수가 없어. 모기가 있나.

—바셀린을 발라봐.

—그게 어디에 있지?

김권이 여자에게 바셀린을 건넸다.

—고마워.

여자가 빨갛게 부어오른 팔에 바셀린을 바르며 말을 이었다.

—가라타니 고진은 어소시에이션에서 가능성을 찾았지. 하지만 나는 순진하다는 인상을 지울 수가 없어. 그는 제4의 장의 가능성을 지나치게 과장했고 그 위험성을 지나치게 축소했어. 그가 비판하는 포스트모던 철학자들과 다를 게 뭐야. 낡아빠진 아나키즘의 강령을 약간 세련되게 포장하여 들고 나온 것에 불과하잖아. 그 가능성이 열릴 수 있다면 이미 열리고도 남았지. 실패하는 건 다 실패할 이유가 있어서 그런 거야. 새로운 가능성 따위는 없어. 렛츠는 처음부터 실패한 실험이야. 거기에 아는 사람이 하나 있는데……

바셀린을 바른 그녀의 붉게 부풀어오른 팔이 빛을 받아 번들거렸다. 여자의 말은 계속해서 이어졌다. 이어질수록, 더욱 절망적이 되어갔다. 그건 웃기지도 않았고 슬프지도 않았다. 다만 좀 쓸쓸했다. 안나와 보라색 옷을 입은 여자는 폴 토머스 앤더슨에 대한 찬성과 반대로 싸우기 시작했다. 김권은 여자의 부어오른 팔에 큰 관심을 보였다. 여자의 실패한 렛츠에 대한 장황한 설명이 이어졌다. 김권은 그녀의 팔에 바셀린을 바르며 연신 고개를 끄덕였다. 선글라스가 새로 만 마리화나를 들고 이것이 마지막이라고 말했다. 이제 여자의 팔은 거대한 바셀린 덩어리였다. 절망에 가득 찬 바셀린 여자가 담배에 불을 붙이고 고개를 꺾었다. 번들거리는 붉은 팔이 내 눈앞에서 흔들렸다. 문득 더이상 그녀가 부럽지 않았다. 나는 그녀에게 다가갔다.

—헤르만 헤세의 『황야의 이리』에 이런 구절이 있어요. 제가 아주 좋아하는 구절인데요.

여자가 눈을 빛냈다.

그녀의 팔도 역시 빛났다.

난 말했다.

당신은 너무나 불행하십니다. 그러면 안 됩니다. 그건 안 좋아요. 나도 마음이 아프답니다. 마약을 써보세요.

난 미소 지었다. 여자가 바셀린 같은 표정으로 나를 보았다.

—힘을 내세요.

난 다시 한번 힘주어 말했다. 그리고 풀에게로 갔다.

—집에 가자.

—그래.

풀이 내게 초록색이 된 손을 내밀었다.

—연락할게.

김권이 풀의 어깨를 툭 쳤다. 그리고 나에게는 공손히 고개를 숙였다. 그의 머리가 불빛을 받아 주황색으로 반짝거렸다.

—안녕히 가세요.

—네, 안녕히 계세요.

김권의 말대로 버스정류장은 아주 가까웠지만 버스는 아주 늦게 왔다. 우린 버스가 올 때까지 풀의 초록색 손을 들여다보며 낄낄거렸다. 도착한 버스는 텅 비어 있었다. 버스는 텅 빈 도로를 무지막지한 속도로 달렸다. 어둠 속에서 붉은 네온사인들이 빛났다. 그건 여자의 붉은 바셀린 팔처럼 보였다. 내가 말했다.

—그 여자 팔 말이야.

풀은 대답이 없었다.

—풀?

풀은 잠들어 있었다. 나는 풀의 뺨에 손을 대었다. 웃어봐. 난 풀의 입술 양끝을 끌어올려 미소 짓게 했다. 울어봐. 그리고 난 풀의 양쪽 눈꼬리를 끌어내려 울상을 만들었다. 다시 웃어봐. 다시 울어봐. 다시 웃어봐. 그리고 나는 그의 뺨에 키스하고, 그의 팔에 매달린 채 눈을 감았다.

12

13

풀과 김권은 금세 친해졌다. 난 오래갈 거라 생각하지 않았는데 그렇지가 않았다. 풀은 이제 거의 매일 김권을 만나러 갔다. 사실 나는 기뻐해야 했다. 풀에게 멋진 친구가 생겼기 때문이다. 김권은 예의바르고 친절했으며, 무엇보다 풀을 좋아했다. 좋은 학교에 다니고 있으며 풀에게 먹을 것을 사주고 술도 잘 마셨다. 게다가 풀처럼 그림을 그리는 사람이었다. 한마디로 말해 완벽한 친구였다. 그게 문제였다. 나는 믿을 수가 없었다. 아니 믿고 싶지 않았다. 난 풀을 다른 누군가와 나누고 싶지가 않았다. 그래서 나는 늘 하던 대로 온갖 불길한 가능성을 떠올렸다. 돈을 뜯어내려는 게 아닌가. 약을 팔아먹으려는 것은 아닐까. 혹시 둘이 사랑에 빠진 건가? 아니면 풀이 김권의 여자친구를 짝사랑하게 된 건가? 아니면 뭘까. 도대체 왜 풀은 자꾸만 김권을 만나러 가는 걸까. 만나서 뭘 하는 거지? 나는 김권과 풀이 단순한 친구관계란 걸 믿을 수가 없었다. 뭔가 다른 게 있어야 했다.

—김권이 같이 전시회를 열재.

—김권이 자기 작업실에 들어오래.

—김권이 학교에 놀러오래.

—김권이 너도 오래.

풀이 김권의 이야기를 꺼낼 때마다 나는 화를 내지 않기 위해 말없이 노트북에 얼굴을 박았다. 그러면 풀은 잠깐 서성이다가 창고로 가버렸다. 난 노트북을 닫고 울음을 터뜨렸다. 같은 일이 반복되기 시작했다. 김권은 심지어 내 꿈에도 나왔다. 꿈속에서 그가 집으로 찾아와 같이 영화를 보자고 했다. 그러자 나는 영화관에 있었다. 나는 〈킹콩〉을 보고 있었는데 아주 재미있었다. 그런데 갑자기 풀이 없다는 것을 깨달았다. 나는 영화 티켓을 봤다. 그건 비행기 티켓이었다. 보딩 타임이 십오 분이나 지나 있었다. 나는 울면서 공항으로 갔다. 멀리 비행기가 보였다. 거기 풀과 김권이 타고 있었다. 둘은 웃으며 나를 향해 손을 흔들었다. 나는 비명을 지르며 깨어났다. 아직 이른 새벽이었다. 풀은 이미 일을 하러 간 뒤였다. 그때 풀은 일주일에 두세 번씩 주상복합 아파트 건설현장에서 막노동을 하고 있었다. 그날 나는 온종일 꼼짝도 하지 않고 방에 틀어박혀 풀이 돌아오기만을 기다렸고, 그는 열두시가 다 되어 집으로 돌아왔다. 한 손에 비닐봉지가 들려 있었다.

—왜 이렇게 늦게 와?

풀은 대답이 없었다.

—김권 만나고 오는 거지?

난 그를 노려봤다. 그는 내 눈을 피했다.

나는 풀의 손에 들린 비닐봉지를 빼앗아 창밖으로 던지고 풀을 때리기 시작했다. 풀은 가만히 맞고 있었다. 그래서 더 화가 났다.

—니가 어디 가는지 알아! 어디 가서 뭘 하는지 다 알아!

—미안.

—뭐가 미안한데?

—난……

—김권 만나지 마.

—뭐?

—앞으로 김권 만나지 마.

—싫어.

나는 얼어버렸다. 그가 내 말에 거역할 수 있을 거라고는 단 한 번도 생각해본 적이 없었다.

—김권 만나지 마.

—왜?

—왜 꼭 걔를 만나야 돼?

—거기 이유가 필요해?

—난 필요해.

—내가 누굴 만나고 다니든 무슨 상관이야?

—그러면 나도 만나고 다닐 거야.

—마음대로 해.

—아무하고나 만날 거야. 아무하고나 만나서 아무하고나 잘 거야.

—뭐라고?

—너는 니 마음대로 하겠다며. 나도 내 마음대로 할 거야.

—내가 언제 아무하고나 잔다고 그랬어?

—상관하지 말라며?

—내가 언제 아무하고나 잔다고 그랬어?

—안 그랬어. 그래, 좋아. 넌 안 그랬어. 근데 난 그래. 나는 아무하고나 잘 거야.

—그게 뭐야!

—어쩔 건데!

—니 마음대로 해!

—그럴 거야!

풀이 날 노려보았다. 난 다음 순간을 기다렸다. 그가 사과하며 나를 안아줄 바로 그 순간을 말이다. 하지만 그는 그냥 방에서 나가버렸다. 믿을 수가 없었다.

그날 밤 풀은 창고에서 잤다.

다음날 아침 내가 샤워를 하고 나왔는데 방 한가운데 풀이 앉아 있었다. 그가 나를 보더니 벌떡 일어났다.

—나는 이제 김권 만나러 갈 거야!

—그래 잘 가! 나도 이제 아무하고나 자러 나가려고!

풀이 씩씩대며 날 노려보더니 방에서 나갔다. 나는 소리를 지르며 보이는 것들을 닥치는 대로 집어던졌다. 그딴 사기꾼 자식이 우리 사이를 망쳐놓다니! 난 울다 지쳐 잠이 들었고 몇 가지 끔찍한 꿈들을 꾸었다. 깨어나니 밤이었다. 배가 고팠다. 하지만 냉장고에는 먹을 게 하나도 없었다. 다행히 찬장에 술이 남아 있었다. 난 그걸 꺼내 마시기 시작했다. 취기가 오르자 문득 어떤 생각이 떠올랐다.

내가 풀과 헤어질 수 있을까?

아니 그건 불가능한 일이었다.

하지만 그런 일이 일어난다면? 만약 풀이 나와 헤어지려 한다면?

아냐, 풀이 절대 그럴 리가 없었다.

그건 분명했다. 그러나 단지 생각한 것만으로도 나는 완전한 절망에 빠졌다. 만약 그런 일이 일어난다면? 나는 풀을 죽여버리고 말 거다. 그건 결심이 아니었다. 협박도 아니었다. 그냥 일어날 일이었다. 나는 그를 죽여버리고 말 거다. 나는 포기하지 못할 테니까. 그가 이 세상에서 사라져버리지 않는 한, 나는 풀을 죽이고 말 거다. 그런데 죽인다면 어떻게 죽여야 하나. 곰곰이 생각한 끝에 나는 그를 태워 죽이기로 하였다. 그렇게 결심하자 갑자기 눈앞에 타오르는 풀이 나타났다. 아름다웠다. 나는 넋을 잃고 그를 바라보았다. 그의 머리카락은 황금빛으로 출렁거렸고 그의 몸은 석류알같이 반짝거렸다. 그가 나를 향해 고개를 돌렸다. 그의 입가에는 세상에서 가장 달콤한 미소가, 그의 눈에는 에메랄드 같은 초록빛이 떠올라 있었다. 그의 눈이 타오르기 시작했다. 내 눈도 타오르기 시작했다. 타오르는 우리의 눈에서 초록빛 연기가 피어오르기 시작했다. 곧 풀의 눈에서 눈물이 떨어졌다. 그것도 초록빛이었다. 그가 초록빛 연기 속으로 사라지기 시작했다. 나는 그의 입술에 키스했다. 그리고, 주위가 빛으로 가득 채워지기 시작했다. 내 몸이 사라지는 것이 느껴졌다. 난 눈을 감았다. 그리고 다시 눈을 뜨자 난 방에 있었다. 혼자, 초라한 침묵 속에서. 난 울기 시작했다.

14

다음날 아침에도 풀은 내 옆에 없었다. 닫힌 노트북 위에 돈이 만원 놓여 있었다. 그걸로 몽땅 술을 샀다. 술을 마시다 잠이 들었다. 깨어나면 여전히 풀은 없었다. 밤이 되었다. 다시 술을 마셨다. 눈을 뜨면 아침이었다. 노트북 위에 또 만원이 놓여 있었다. 하루가 지나갔다. 나는 계속 술을 마셨다. 그리고 풀은 내 옆에 없었다. 가끔 창고에서 음악 소리가 들려왔다. 그러면 나는 벽에 귀를 대고 그 노래를 따라 부르다가 울었다. 어느 날 잠에서 깨어났는데 욕실에서 물소리가 들려왔다. 나는 욕실로 달려갔다. 거기 풀이 있었다. 난 멍하니 서서 그 물소리를 들었다. 잠시 뒤 소리가 끊겼다. 나는 재빨리 방으로 돌아와 바닥에 누워 눈을 감았다.

15

잠이 오지 않았다.

16

김권에게 전화를 걸어 만나자고 했다. 그는 선뜻 승낙했다. 우리는 한 시간 후 집 근처에 있는 바에서 만나기로 했다.

내가 바에 도착했을 때 김권은 아직 없었다. 나는 구석에 있는 탁자 자리에 앉아 위스키를 스트레이트로 시켰다. 그걸 마시자 아주 약간 정신이 차려지는 것 같았다. 두번째 잔을 주문하려는데 김권이 내 앞에 앉았다.

—일찍 오셨네요.

그는 약간 긴장한 표정이었다. 나는 위스키 대신 맥주를 시켰다.

—잘 지내세요?

—잘 못 지내요. 김권씬요?

—저도 그다지……

김권이 담배를 꺼냈다.

—나도 한 대만 주세요.

그가 미소를 지으며 나에게 담배를 건넸다. 나는 손을 떨다가 담배를 떨어뜨렸다. 그가 담배를 주워 탁자 위에 올려놓았다. 땀인지 눈물인지 알 수 없는 것이 얼굴을 타고 흘러내렸다. 얼른 손으로 문질러 닦아냈고, 담배를 입에 물었다. 그가 멀끔한 얼굴로 라이터를 내밀었다.

—왜 잘 못 지내세요? 글이 잘 안 되나요?

—요즘 풀 자주 만나시죠?

—네, 같이 좀 오시죠. 지난번에 친구들이랑 같이 쓰는 작업실에 갔었는데 좋아하더라구요.

—김권씨는 풀이 어디가 그렇게 좋으세요?

—글쎄요.

그가 이마를 찌푸렸다.

—뭐라고 해야 하지…… 음…… 그러니까…… 좋은 사람인 것 같아요. 진지하고요. 솔직히 말해서 좀 지나치게 진지한 데가 있긴 하지만.

그가 싱긋 웃었다.

—그렇죠. 아시네요.

—그런가요?

그는 여전히 웃고 있었다.

—원래 그렇게 아무 이유 없이 잘 웃으세요?

—네?

—난 그렇게 아무때나 막 웃는 사람이 싫어요. 근데 풀은 안

그러거든요. 그렇게 아무때나 안 웃어요. 정말 웃어야 할 때만 웃어요.

—그래서요?

어느새 그의 얼굴에선 미소가 사라져 있었다.

—그래서 사랑에 빠질 수밖에 없는 거예요.

—많이 좋아하시는군요?

—좋아한다는 말로는 부족하죠.

난 내 머리를 때렸다.

—걔 때문에 돌아버리겠어요.

—에이, 너무 걱정하지 마세요. 두 분 잘 어울려요.

—아뇨, 내가 걔에 비해서 몹시 모자라죠.

—아니에요.

—난요, 풀을 보면 막 이렇게 노래가 들려와요.

—어떤 노래가요?

나는 생각했다.

—바그너?

—바그너요?

나는 고개를 끄덕였다. 그는 알 수 없다는 표정이었다. 사실 나도 마찬가지였다. 바그너라니?

—멋지다.

그가 술을 꿀꺽 삼켰다.

—환청일까요?

—글쎄요.

—병원에 가보는 게 좋을까요?

그가 날 봤다.

—근데 방금 멋지다고 하셨죠?

—네.

—그래서 말인데요.

—네.

—나랑 잘래요?

그가 뜨악한 표정으로 날 봤다.

—혹시 지금……

—나랑 잘래요?

—있죠, 아까부터 계속 물어보고 싶었던 건데……

—왜요? 나랑 자기 싫어요? 왜요? 왜요? 풀이랑 자고 싶어요? 그런 거였어요? 그럼 진작 말씀하시죠. 난 괜찮은데.

나는 김권의 손을 잡았다.

—이거 놓으세요.

그건 지금까지 내가 김권에게서 단 한 번도 들어본 적이 없는 딱딱한 목소리였다. 하지만 난 놓지 않았다. 그러자 그는 망설이다가 내 손목을 잡아 비틀었다.

—아야!

—사람이 왜 그래요?

—제가 뭘요!

—일부러 그러시는 거잖아요, 지금?

—제가 뭘 일부러 그러는데요?

—내가 싫으면 싫다고 내가 남자친구분이랑 만나는 게 싫으면 싫다고 그렇게 말씀을 하세요. 그렇게 말씀하시면 되잖아요?

—그쪽이야말로 왜 사람 말을 그렇게 오해해요. 나는 진짜 김권씨랑 자고 싶어서 그래요.

—아니 진짜 나한테 왜 이래요!

—그러는 그쪽은 왜 그래요! 나랑 자기 싫으면 싫다고 하세요!

—그런 말이 아니잖아요!

—그럼 뭐예요! 자고 싶다는 거야, 자기 싫다는 거야! 뭐 어쩌자는 거야! 왜 이렇게 말을 빙빙 돌려요? 내가 이래서 김권씨가 싫은 거예요!

—그러니까 결국 내가 싫다는 거네! 아니 처음부터 그렇게 말했으면 되잖아요!

침묵.

—소리질러서 미안해요.

그가 말했다.

—미안해하실 거 없어요.

나는 기어들어가는 목소리로 말했다.

—근데 진짜 나랑 자기 싫어요? 왜요? 잘해줄 수 있는데. 아, 진짜 잘해줄 수 있는데. 아, 진짜 나 지금 멀쩡하거든요. 이거 술주정 아니고……

—진짜 나랑 자고 싶은 거면 이러는 게 아니죠.

—그럼 어떻게 해야 되는데요?

—그만두죠, 네? 집에 가세요, 피곤해 보이시는데……

나는 슬픔이 가득 담긴 눈으로 김권을 보며 말했다.

—그렇게 말하지 마요. 집에 가라고 하지 마요. 이렇게 그냥 혼자 가라고는 하지 마세요. 이대로 집에 갔다가는 무슨 짓이라도 저지를 것 같아요. 그래서 그래요. 그래서…… 그래서……

난 두 손으로 얼굴을 감쌌다.

—울지 마세요.

—안 울어요.

그리고 난 우는 소리를 냈다.

—진짜 왜 이러세요……

난 손을 떼고 그를 보았다. 그는 혼란스러워 보였다. 조금만 더 애원하면 진짜 자줄지도 모른다는 생각이 들었다. 나는 고개를 푹 숙이고 머리를 쥐어뜯기 시작했다.

—죽어버릴지도 몰라요. 이대로 집에 가면.

—아니 왜 사람을 이런 식으로 꼬셔요?

—죄송해요.

—아니……

—제발……

—그러니까 지금 저한테 그쪽이 원하는 게 진짜……

—그렇죠, 자자는 거죠.

—아까 그러셨죠, 진짜 잘해줄 수 있다. 그거 믿을 만한 거예요?

나는 고개를 끄덕였다.

—못 믿겠대도 할 수 없지만요……

그가 담배를 껐다. 그리고 남은 술을 다 비운 다음 내 빈 잔을 들여다보더니 말했다.

—다 드셨으면 일어나죠.

그는 시원스럽게 일어났다. 나는 엉겁결에 따라 일어섰다. 그가 계산서를 들었고 내가 돈이 하나도 없다고 말하려는 찰나 그가 자연스럽게 주머니에서 지갑을 꺼냈다. 그리고 우리는 바에서 나가 걷기 시작했다.

그는 말이 없었다. 정말로 자는 건가? 거리에는 정말 많은 모텔이 있었다. 모텔 간판이 눈에 들어올 때마다 심장이 덜컹거렸다. 난 어디든 좀 들어가고 싶다고 생각했다. 김권과 자고 싶어서가 아니라, 너무 힘들었다. 다리가 후들거리고 머리는 깨질 것 같고 식은땀이 흐르고 속이 쓰리고 게다가 아까 담배를 피운 뒤로는 토할 것 같았다. 며칠째 먹은 거라곤 술뿐이었다. 결국 주저앉으려는 찰나 나는 눈앞에 굉장히 낯익은 건물이 서 있는 것을 발견했다. 풀의 집이었다. 그가 나를 돌아보았다. 아마 십 초쯤 그렇게 멍하니 김권을 쳐다보고 있었던 것 같다. 나는 울음을 터뜨렸다.

—미안해요.

김권이 말했다. 난 더 크게 울었다. 사실 그가 미안해할 것은 하나도 없었다. 하지만…… 그가 내 어깨를 잡았다. 난 뿌리치고 울면서 계단을 올랐다. 쉬세요! 그가 외쳤다.

문을 열자 검은 어둠 속에서 익숙한 냄새가 났다. 술냄새 말이다. 나는 불을 켜지 않고 그대로 바닥에 엎어져 울기 시작했다. 한참이 지나 겨우 눈을 뜨고 고개를 들었다. 나트륨등이 방 한가운데에 커다란 황금빛 네모를 그려놓은 게 보였다. 나는 그 네모 위로 손을 뻗었다. 그러자 내 손도 노랗게 변했다. 다시 손을 빼자 검게 되었다. 난 그것을 몇 번이나 반복했다. 목이 말랐다. 물은 싱크대 위에 있었다. 난 자리에서 일어났고 반대편 벽에 서 있는 풀의 그림을 보았다. 그건 여전히 아름다웠다. 그리고 그 안의 나는 믿을 수 없이 평화로워 보였다. 저런 때가 있었나. 기억이 나지 않았다. 난 다시 울기 시작했다. 난 그림 쪽으로 갔다. 그리고 그림을 껴안았다. 거기선 오래된 기름 냄새가 났다. 그때의 나는 완벽하게 행복했던 것처럼 생각되었다. 그리고 지금의 나는 완벽하게 불행한 것만 같았다. 모든 게 망가진 것처럼 느껴졌다. 아니 난 단지 풀이 보고 싶었다. 난 더 크게 울기 시작했다. 더 크게, 더 크게 울었다.

그리고 주먹을 쥐고 그림을 내리쳤다. 몇 번이나 반복해서. 멈출 수가 없었다. 마지막으로 기억나는 건 뭔가 이상한 소리가 났다는 거다. 정신을 차려보니 그림이 바닥에 넘어져 있었다. 난 놀라 얼른 그걸 일으켜세웠다. 그리고 그림을 봤을 때 난 그대로 굳어버렸다. 그림 한가운데 커다란 구멍이 나 있었다. 그리고 한 손에 뭔가가 들려 있었다. 그건 그림의 구멍난 부분이었다. 난 그림과 내 손을 번갈아 쳐다보다가 마침내 무슨 일이 일어났는지를 깨닫고 손에 든 것들을 떨어뜨렸다. 아주 살짝, 방이 흔들렸다. 이어서 든 생각은 우습게도 목이 마르다는 거였다. 냉장고를 열었다. 맥주가 한 캔 보였다. 손을 뻗은 순간 날카로운 고통이 위장을 꿰뚫고 지나갔다. 생각할 겨를도 없었다. 난 바닥으로 고꾸라졌다.

눈을 떴다. 누군가 내 몸을 흔들고 있었다.

—깼어?

풀이었다.

—어디 아파? 몸이 차가워.

풀의 숨결에서 희미하게 술냄새가 났다.

—어디 갔다 와? 지금 온 거야?

—응.

—김권 만나고 오니?

풀은 대답하지 않고 바닥에 누웠다. 머리가 욱신거렸다. 난 머리를 감싸쥐고 웅크렸다. 하지만 다음 순간 나는 내가 한 짓을 기억해내고는, 자리에서 벌떡 일어났다. 그는 눈을 감고 있었고, 방안은 새까맸다. 그러니까, 아무것도 보이지 않았다. 아플 정도로 가슴이 세게 뛰었다. 다시 자리에 앉았다. 다리에 뭔가 걸렸다. 난 그걸 잡아당겼고, 그 순간 기계음과 함께 노트북 화면에 불이 들어오더니 엄청나게 큰 소리로 섬바디 투 러브*가 흘러나오기 시작했다. 난 재빨리 스피커를 끄고 노트북을 닫았다. 방은 다시 조용해졌다. 하지만 그 짧은 순간 노트북 불빛에 비친 그 그림을, 나는 보았다. 역시 그건 꿈이 아니었다.

—다시 틀어줘.

—어?

—음악 다시 틀어달라고.

풀이 말했다. 그는 여전히 눈을 감고 있었다. 어떻게 해야 하지. 난 숨을 삼켰다. 그는 여전히 움직이지 않았다. 난 여전히 움직이지 못했고, 그가 내 이름을 불렀다. 난 노트북을 향해 손을 뻗었다. 손이 떨렸다. 다시 노트북이 켜졌다. 이어 아무 일도 없었다는 듯 다시 노래가 흘러나오기 시작했다. 난 포기하고 바닥에 누워 몸을 웅크렸다.

---

* Jefferson Airplane, 〈Somebody to Love〉, 'Surrealistic Pillow', 1967.

17

진실이었던 것이 거짓으로 드러나고
네 안에 있던 모든 기쁨이 죽어버렸을 때,

사랑할 사람을 원하지 않니?
사랑할 사람이 필요하지 않니?
사랑할 사람을 바라게 되지 않니?
사랑할 사람을 찾아봐

정원의 꽃들은 모두 죽어버리고,
네 마음은 가득 새빨갛게 물들었지

사랑할 사람을 원하지 않니?
사랑할 사람이 필요하지 않니?
사랑할 사람을 바라게 되지 않니?
사랑할 사람을 찾아봐

네 눈은 말이야 꼭 그의 눈을 닮았어
하지만 정작 너는 그게 어디에 달린 줄도 모르는 것 같아

사랑할 사람을 원하지 않니?
사랑할 사람이 필요하지 않니?
사랑할 사람을 바라게 되지 않니?
사랑할 사람을 찾아봐

눈물이 네 옷을 타고 줄줄 흘러내리고
친구들은 널 마치 손님처럼 대하는구나

사랑할 사람을 원하지 않니?
사랑할 사람이 필요하지 않니?
사랑할 사람을 바라게 되지 않니?
사랑할 사람을 찾아봐

18

풀이 몸을 돌려 나를 껴안았고, 노래가 끝났다. 여전히 귓가에선 노래가 윙윙거렸다. 뭔가 절망적인 기분이었다.

—나 김권 만났어.

내가 말했다. 풀이 눈을 떴다.

—나 김권하고 잤어.

순간 그의 눈이 커졌다. 난 그의 말을, 아니 그의 비난을 기다렸다. 하지만 그게 다였다.

—내 말 안 들려? 나 김권이랑……

풀이 내 허리를 껴안았다. 난 그를 밀쳐내었다.

—미안해.

그건 내가 아닌 풀이 한 말이었다.

—뭐라고?

—미안해.

—풀, 이러지 마……

—미안해.

—하지 말라니까.

—미안해.

그가 내 팔을 잡았고 난 다시 풀을 밀쳐냈다. 그는 순간 당황한 듯 보였지만 웬일인지 웃으며 말했다.

—미안해.

—뭐가 미안한데?

—그냥, 다. 미안해.

—니가 왜? 니가 왜 미안해? 내가 김권이랑 잤다는데 니가 왜……

풀은 여전히 미소를 짓고 있었다. 난 화가 났다.

—너 내 말 안 믿는 거야?

—아냐. 믿어.

—그런데? 그런데 왜 화를 안 내?

—모르겠어.

—뭘?

—화를 내야 돼?

—뭐라고?

—난 너한테 화내기 싫어.

—풀.

—난 너한테 화내기 싫어.

—왜?

—왜냐니?

—이유를 말해봐. 왜 화내기 싫은데.

그때였다. 창밖 가로등에 불이 들어왔다. 난 자리에서 벌떡 일어났다.

—왜 그래?

풀이 물었다.

—아무것도 아냐.

난 다시 자리에 앉았고 한참 동안 우리는 말이 없었다. 풀이 담배에 불을 붙였다. 난 기적을 바라기 시작했다. 어느 때보다도, 더 간절하게. 하지만 결국 기적은 일어나지 않았다.

풀이 자리에서 일어나 불을 켰다. 환한 불빛 아래 드러난 그것은 훨씬 더 처참했다.

—이게…… 왜 이래?

난 대답하지 못했다.

—어떻게 된 거야?

역시, 난 대답하지 못했다.

—어떻게 된 거냐니까. 물어보고 있잖아.

그가 나를 향해 다가왔다. 난 겁이 났다.

—모르겠어.

—뭐라고?

—모르겠다고!

그는 말이 없었다. 대신 팔을 뻗어 그림을 만졌다. 찢어진 부분에 손이 닿자 흠칫 놀랐다. 난 더이상 볼 수가 없어서 고개를 숙였다.

—네가 이런 거야?

풀이 물었다.

—네가 이런 거냐고.

—그런 것 같아.

—그랬다는 거야, 아니라는 거야.

—그런 것 같아.

—왜?

난 고개를 흔들었다. 모르겠어.

무슨 일이 벌어진 거지. 나도 모르겠어.

고개를 들어 그를 봤을 때 그의 표정은 완전히 바스라져 있었다. 이어 그가 울음을 터뜨렸다. 난 그대로 굳어버렸다. 그건 내가 처음 보는 풀의 울음이었다. 끔찍했다. 내가, 그를 그렇게 울게 만든 내가 말이다. 그의 등이 흐느낌으로 흔들렸고 난 숨을 쉴 수가 없었다. 살짝 드러난 그의 얼굴은 새까맣게 타 있었고 축 늘어진 그의 두 팔은 무덤처럼 쌓여 있었다. 그 끝의 손가락들은 고무로 만든 뱀처럼 흔들렸다. 그게 우리 꿈의 마지막 장면이었다. 난 내가 무슨 짓을 저지른 건지 깨달았다. 하지만 난 여전히 그를 바라보고만 있었다. 그게 내가 봐선 안 되는 장면이라는 걸 알았지만 어쩔 수가 없었다. 난 고개를 돌리지 못했다. 손을 내밀지도 못했다. 사과하지도, 그를 끌어안지도 못했다. 그저 가만히 서서 정말로 모든 것이 끝장나는 것을 바라보고 있었다. 마치 죽어가는 생선의 눈동자를 쳐다보듯이. 그의 흐느낌은 계속해서 이어졌고, 어쩌면 더 높아가는 것 같았다. 그리고 난 여전히 움직일 수 없었다. 모든 게 끝나버렸다는 생각이 날 무력하게 만들었다. 아니, 난 그 상황에서 벗어나고 싶었다. 난 뒷걸음질치기 시작했다. 곧 뭔가 몸에 닿았고 그건 싱크대였다. 그리고 난 그 위에 놓인 맥주 캔을 발견했다.

순간, 난 모든 걸 잊었다. 그러니까 술과 나, 둘을 빼고 모든 게 지워졌다. 난 그 술을 집어 천천히 뚜껑을 땄다. 그리고 그것을 마시려는 순간, 풀과 눈이 마주쳤다.

그의 당황한 눈은 나에게 고정되어 있었고, 나도 마찬가지였다. 우린 잠깐 동안 그렇게 서로를 바라보았다. 내 손에 들린 맥주 캔이 흔들렸다.

—풀……

난 여전히 맥주를 한 손에 쥔 채로, 한 손으론 눈물을 닦아내며 그를 향해 다가갔다.

—풀……

내가 두 팔을 뻗어 그를 끌어안으려는 순간 그가 날 밀쳐내었다. 난 균형을 잃으며 맥주를 놓쳤다. 그건 바닥에 떨어져 안에 든 것들을 줄줄 토해내기 시작했다.

난 이성을 잃고 소리쳤다.

—그래 다 내 잘못이야! 내가 완전히 돌았어! 그래서, 정신이 나가서, 저렇게 만들었어! 미안해! 진짜 미안해! 다 내 잘못이야! 그래 나는 알코올중독이야! 쓰레기야! 그래! 나는 머리가 나빠서 니 그림도 이해 못해! 김권이라면 훨씬 잘 이해해주겠지! 그래! 나는 글도 못 써! 나는 끝났어! 완전히! 그러니까 가버려! 이제 나도 니가 필요 없어! 나는 술만 있으면 돼! 가버려! 가서 너한테 어울리는 사람들이랑 어울려! 김권 같은 사람들이랑 어울리라고!

난 이제 멈출 수가 없었다. 아니 그러고 싶지 않았다. 그러니까, 난 그림을 부수기 시작했다. 그때 풀이 내 이름을 불렀다. 내가 그의 얼굴을 봤을 때 그의 표정은 아주 슬펐고, 크게 뜬 그의 눈에 뭔가가 떠올라 있었다. 하지만 눈에 가득한 눈물 때문에 모든 것이 흐릿했다. 그가 겉옷 주머니를 더듬었다. 거기엔 검은 비닐봉지가 들어 있었다. 그는 그 안에서 커다란 유리병을 꺼냈다. 유리병엔 녹색 라벨이 붙어 있었고 테레핀이라고 쓰여 있었다. 그는 뚜껑을 따더니 머리 위로 가져가 안에 든 걸 모두 쏟아부었다. 순식간에 일어난 일이었다. 독한 송진 냄새가 방안 가득 퍼졌다. 그의 젖은 머리카락과 젖은 얼굴이 불빛을 받아 반짝거렸다. 그가 주머니에서 라이터를 꺼내 나를 향해 내밀더니 말했다.

—지금 나랑 헤어지려는 거야?

어지러웠다. 냄새 때문이었다. 창문을 열어야겠다고 생각했다. 그러나 풀이 내 팔을 잡고 놓아주지 않았다. 난 그를 보았다. 그의 눈은 여전히 너무나도 슬펐다. 그러나 무엇보다도…… 난 믿을 수가 없었다. 그의 숨소리도, 흐느낌도, 눈물도, 방을 가득 채운 송진 냄새도, 망가진 그림도…… 언제나처럼 나는 여전히 누군가, 아니 무언가가 날 구해주길 바라며 최악의 선택을 하고 있었다. 어떤, 그러니까 신 같은 존재가 날 여기서 꺼내어줄 거라고, 만약 그런 게 있다면. 분명히 그런 일이 일어날 거라고, 난 그렇게 기적을 기다리며 바보 같은 짓을 멈추지 못하고 있었다. 불을 켜. 나는 그렇게 생각했다. 그래, 우리 함께 죽어버리자. 그건 아주 근사할 거야. 물론 난 죽는 게 무서워. 아니 난 내가 죽지 않을 거라고 생각해. 왜냐하면 누군가 날 구해줄 테니까. 그리고 난 그게 풀이었으면 좋겠다고 생각했다. 불을 켜. 난 그렇게 말했다.

그리고 그가 라이터를 든 손을 높이 올렸다. 난 눈을 감고, 숨을 멈추었다. 우리가 함께했던 날들이 머릿속을 빠르게 스쳐지나갔다. 그 모든 것들이 사라지겠지. 모든 게. 끝나버리겠지. 내가 저지른 실수들도 다 없었던 것이 되겠지. 그러니까, 어서, 풀, 어서 이 바보 같은 일들을 끝장내버리자. 되돌릴 자신도, 용서할 수도 없는 것들을, 그냥 삭제해버리는 거야. 그럴 수 있어. 아니 그래야 해. 난 그의 눈에서 흘러내리는 눈물을 보았다. 마지막 순간이었다. 문득 난 기적은 일어나지 않을 거라는 걸 깨달았다. 아무 일도 일어나지 않으리라는 걸. 이게 정말 우리의 마지막 장면이라는 걸. 그가 라이터를 누르려 하고 있었다.

—안 돼!

난 그의 손에서 라이터를 빼앗았다.

—안 돼, 이러면 안 돼. 우린 지금 죽을 수 없어. 아니 우린…… 이건…… 이런 식은 아니야…… 살아야 해. 살아야 해. 알잖아? 널 사랑해. 그러니까 그러니까……

난 그의 뺨을 감싸쥐었다.

풀이 나를 밀쳐냈다.

—나보고 어떻게 하라고!

그가 소리쳤다.

—나보고 어떻게 하라고! 도대체 어떻게 하라고!

난 뒤로 물러섰다. 벽이었다. 더이상 갈 데가 없었다.

—너는 니가 오고 싶어서 왔지? 그리고 다시 가고 싶어지면 갈 거잖아?

이제 그의 얼굴이 내 코끝에 닿아 있었다. 난 움직이지 못했다.

—너는 니가 오고 싶어서 왔지? 그리고 다시 가고 싶어지면 갈 거잖아?

그가 한 글자 한 글자 힘주어서 그 말을 반복했다.

—꺼져. 필요 없어. 너도 똑같아. 결국 나 혼자 남을 거야. 나 혼자. 나. 나. 나. 나. 나. 나. 나. 나. 나. 나. 나. 나. 나. 나……

그러곤 그가 천천히 몸을 돌려 방을 빠져나갔다. 난 깨달았다. 정말로 끝나버렸다는 걸. 내가 정말로 모든 걸 망쳐버렸다는 걸. 하지만 정말 많은 기회들이 있었다는 걸, 내가 흘려보낸 기회들이 우리가 함께 보낸 순간들만큼 많았다는 것을 인정해야 했다. 난 바닥에 주저앉았다. 그것이 우리의 끝이었다.

라고 쓸 수 있다면 얼마나 좋을까.

PART

FOUR

1

그날 밤 풀은 돌아오지 않았다. 머릿속에서는 계속해서 〈섬바디 투 러브〉가 울려퍼졌다. 다음날 종일 기다렸다. 그는 돌아오지 않았다. 그다음날 오후, 나는 짐가방을 꺼냈다.

택시를 잡아타고 집으로 돌아오는 길, 난 결국 울음을 터뜨렸다. 기사가 왜 우느냐고 물었다. 나는 사실대로 말했다. 그는 결국 시간은 흐르고 기억은 모두 희미해진다고 말했다. 맞는 말이었다. 나는 더 크게 울었다.

그날 저녁식사 시간, 가족들이 돌아온 나를 발견했다. 아무도 나에게 말을 걸지 않았다. 하지만 그들은 내가 자신들과 같은 식탁에 앉아 밥을 두 그릇이나 먹도록 내버려두었다. 나는 그들이 나를 절대 내쫓지는 못한다는 것을 알고 있었다. 내 조국의 위대한 점이었다. 이곳의 사람들은 용서하거나 이해하거나 혹은 사랑하지 않으면서도 같이 살아가는 법을 안다.

시간은 어떤 날은 빠르게 어떤 날은 지겹도록 느리게 흘러갔다. 나는 다시 정신과에 다니기 시작했다. 약을 먹자 나는 아주 얌전해졌고 시도 때도 없이 졸렸고 살이 쪘다. 의사는 아주 잘하고 있다고 말했다. 물론 나는 전혀 그렇게 생각하지 않았다. 아파트 단지 입구에 있는 동사무소 지하에는 작은 도서관이 있었다. 나는 매일 거기에 가서 책을 읽었다. 가끔 책에 고개를 박고 울었다. 어느 날 의사가 운동을 하는 게 어떻겠냐고 말했다. 나는 일주일에 세 번씩 동사무소 건너편에 있는 스포츠센터에 가서 수영을 하기 시작했다. 어느 날 어머니가 복학에 대해서 물었다. 나는 학교에 가서 복학 신청을 했다. 돌아오는 길에 레코드 가게에서 제퍼슨 에어플레인을 샀다. 집에 와서 듣다가 울었다.

해는 더욱더 길어지고, 공기는 나른해지고, 잘 익은 딸기 냄새가 나기 시작했다. 봄이 오고 있었다. 머릿속에 엉킨 털뭉치가 잔뜩 들어 있는 느낌이었다. 아주 익숙한 느낌. 나는 약을 끊고 다시 술을 마시기 시작했다.

그리고 폴에게서 전화가 왔다.

2

우리는 천안에 있는 한 대학병원의 장례식장에서 다시 만났다. 그는 우스꽝스러운 검은 양복을 입고 있었고 길게 자란 머리카락은 헝클어져 있었으며 눈은 빨갛게 부어 있었다. 나는 무슨 말을 해야 할지 몰라 한참 동안 그런 풀을 바라보기만 했다. 그가 갑자기 나를 향해 손을 내밀었다. 캔커피였다. 내가 그것을 받아드는 순간 그가 울음을 터뜨렸다. 나는 어쩔 줄 몰라하다가 다가가 그의 손을 잡았다.

우린 밖으로 나와 근처의 벤치로 갔다. 벤치 위엔 어제 내린 눈이 아직 녹지 않고 쌓여 있었다. 난 눈을 치우고 벤치에 앉았다. 풀의 전화가 울렸다.

—여보세요? 네, 근처에 있어요. 친구가 와서요……

풀이 날 봤다.

—금방 들어갈게요.

풀은 조용하고 순하게 말했다. 그런 그의 말투는 처음 들어보는 것이었다. 그가 전화를 끊었다.

—누구야?

—아빠.

—너 아빠가 있었어?

—아빠가 있냐니?

—방금 아빠라며? 너한테 아빠가 있었어?

풀이 전혀 모르겠다는 표정으로 날 봤다.

—그렇잖아. 너 아빠 얘기 한 번도 한 적 없잖아. 너 혹시 그럼 엄마도 있는 거야?

—당연하지! 야, 너 날 뭘로 아는 거야!

—부모님이 살아 계신다고?

—어.

뭔가 속은 기분이었다.

—에이 씨.

—너 오늘 이상하다.

—그래? 이상해 보여? 어디가? 어떻게?

풀은 말하는 대신 날 빤히 쳐다봤다.

—말랐구나.

내가 말했다.

—그래 보여?

—그림은 계속 그리고 있어?

풀은 건성으로 고개를 끄덕였다.

—거기 계속 살고 있는 거야?

—아니, 나왔어. 잠깐 집에 들어갔다가. 다시 나왔지.

풀이 두 손으로 무릎을 문지르기 시작했다.

—요새 고시원에서 살아.

—진짜?

—돈이 없어.

풀이 씩 웃었다. 풀의 웃음에는 전과 달리 뾰족한 데가 있어서 난 놀랐다.

—그래서 집에 들어갔던 거야.

풀이 고개를 끄덕였다.

—그런데 왜 다시 나왔어?

—집에 있기 싫으니까.

풀은 계속해서 두 손으로 무릎을 비볐다.

—부모님이랑 사이가 안 좋아?

—좋을 리가 없잖아.

—왜?

풀은 약간 망설이다가 말했다.

—그 사람들은 날 부끄러워해. 어렸을 때부터 그랬어. 내가 공부 못하는 것도 부끄러워했고 내가 공고에 간 것도 부끄러워했고 내가 대학에 못 간 것도 부끄러워했고 내가 공장에 다니는 것도 부끄러워했고 내가 그림 그리는 것도 그랬어. 그래서 같이 사는 것도 부끄러운 거지. 그 사람들은 나랑 사는 거 싫어해. 내가 잠깐 미쳤었나봐. 왜 다시 집에 들어갔지? 씨발, 고시원에서 살기 싫어. 돈 벌어야 돼. 집 구할 거야. 일하고 있어. 다시 집 구할 거야. 금방 다시 벌 수 있어. 조금만 참으면 돼. 일하고 있어……

그가 내 쪽으로 고개를 돌렸을 때 나는 깜짝 놀랐다. 그의 눈은 마치 뜨겁게 달구어진 새까만 유리구슬 같았다. 그것은 가만히 있지 못하고 이리저리 경련하듯 흔들리고 있었다. 난 겁이 났다. 조심스럽게 그의 어깨를 흔들었다. 그러나 그는 나를 알아보지 못하는 것 같았다. 아니 심지어 자신의 어깨가 흔들리는지도 모르고 있는 것 같았다. 나는 겁에 질려 그를 때리기 시작했다.

—뭐 하는 거야!

그가 소리쳤다. 난 그의 눈을 보았다. 그의 눈동자는 어느새 정상으로 돌아와 있었다.

—이제 됐다.

나는 손을 내려놓고 한숨을 쉬었다.

—야……

나는 풀의 주머니에서 담배를 꺼내 입에 물린 다음 불을 붙여주었다. 뭐 하는 거냐. 그의 눈이 묻고 있었다. 나는 힘을 내어 쾌활한 목소리로 말하기 시작했다.

—어떻게 지내? 아니 난 어떻게 지낼 것 같니? 풀, 나 어때 보여? 좀 나아진 것 같지 않아? 나 술도 끊었는데. 아니 요샌 다시 마시고 있긴 한데…… 그래도 전처럼은 아냐.

—잘됐네.

나는 인상을 썼다.

—야, 그럴 리가 없잖아. 내가 잘 지낼 리가 없잖아.

풀이 난처한 표정을 지었다.

—아냐, 농담이야. 잘 지내. 대충, 그럭저럭. 넌 어때?

—나는…… 고시원에 살지. 아까 말했잖아.

—그럼 그림은? 어디서 그려?

—나 요새 그림 안 그려.

—아까 그린다며?

—아, 그랬나? 그래, 그리긴 그려. 그냥 낙서 같은 거. 종이에다가.

나는 풀이 이상해진 이유를 알 수 있었다. 난 그를 쳐다보았다. 풀, 나도 미칠 것 같아. 우리 다시 같이 살자. 내가 잘할게. 그게 내가 하고 싶은 말이었다. 하지만 말할 수가 없었다. 내가 망쳐버린 일들이 떠올랐다. 나는 다시 평범한 인간으로 돌아와 있었다. 아무런 해도 끼치지 않는, 안전한, 적당히 겁에 질린 평균적인 현대인 말이다.

—김권은? 요새도 만나?

—아니, 안 만나. 좀 됐어. 근데 연락을 하기는 해. 그러기는 해.

풀이 고개를 끄덕였다.

—작업실 같이 쓰자고 했었잖아?

—어, 그랬는데. 그랬는데. 그때 이것저것 자꾸 일이 터져서 자꾸 미루다가, 다른 사람이 들어와버렸어. 돈도 없고. 아, 씨발, 돈 벌어야 되는데. 같이 전시회 하자고도 했는데 그게 학교에서 지원

금이 나오고 또 학교 갤러리에서 하는 거라서 거기 학생이 아니면 안 된대. 근데 나 웃긴 얘기 들었다?

—뭔데?

—나 이제 그쪽 갤러리에서 전시 못한다.

—어디 갤러리?

—있잖아, 우리 그때……

—왜?

—그때 내 그림 냈던 거기 있잖아. 거기가 엄청 크고 유명한 데래. 재벌집 딸이 하는 데래. 그리고 그 여자가 그쪽 미술계 사람들하고 다 잘 안대. 근데 우리가 그때 그랬을 때 그 여자가 봤대. 다 봤대. 근데 우리 보고 완전히 열받았대. 그래서 다시는 이쪽으로 얼씬거리지도 못하게 하라고 했대.

—그 여자는 다다나 초현실주의 같은 거 모른대?

—알 게 뭐야. 웃기지 않냐.

—그럼 이제 아무데서도 전시 못하는 거야?

—글쎄. 뭐 그쪽 말고 딴 데서는 할 수 있겠지.

—에이, 괜히 걱정했잖아. 야, 받지 말라고 해! 하기 싫으면 하지 말라고 해! 무서울 거 하나도 없네!

—그치?

—응.

—그런데 좀 무서워.

풀이 다시 두 손으로 무릎을 문지르기 시작했다.

—작은아버지네 공장에서 이제 맡겨놓은 그림 가져가래.

—이제 못 맡아준대?

—응, 자리가 없대. 원래도 자리 차지하고 사람들이 걸리적거린다고 싫어했는데 작은아버지가 억지로 놔두라고 해서 놔준 거였거든. 근데 이제 뭐 다 끝났지. 다 태워버려야지. 어차피 쓰레긴데 뭐. 작은아버지가 나한테 진짜 잘해주셨는데. 솔직히 이유를 모르겠는데…… 아무튼 잘해주셨어. 그런데 나는,

풀의 눈에 다시 눈물이 고였다.

—나는 하나도 못했지. 씨발, 나가 뒈져야 돼.

그가 두 손에 얼굴을 파묻고 흐느끼기 시작했다.

나는 아무 말도 할 수가 없었다. 모든 게 내 탓인 것 같았다. 풀이 이렇게까지 나빠진 것도 다 내 탓이라는 생각이 들었다. 하지만 내가 할 수 있는 건 아무것도 없었다. 그때 택시기사의 말대로였다. 시간이 바꿔놓는 것은 계절과 거리의 색깔뿐이 아니었다. 모든 것은 절대 그때로 되돌아갈 수 없을 만큼씩, 달라져 있었다.

지하철을 타고 돌아오는 길, 풀의 모습이 눈앞에서 떠나지 않았다. 무릎을 문지르던 두 손, 쏟아져나오던 말들, 표정이 사라진 얼굴, 그 새까만 눈동자. 내가 풀을 망쳐놓았다. 아무리 생각해도 결론은 같았다.

집으로 돌아왔을 때는 늦은 밤이었다. 가족들은 함께 모여 텔레

비전을 보고 있었다. 나는 수면제를 먹고 침대로 기어들어갔다.

3

며칠 뒤 우리는 다시 만났다. 우리가 걸었던 거리, 그 하늘, 그 계절, 모든 게 즐거웠던 그때를 떠오르게 했다. 그래서 더욱 비참했다. 걷는 게 지겨워졌을 때 우리는 노래방에 들어가 섹스를 했다. 섹스를 하고 나서 노래를 불렀다. 노래방에서 나오자 거리는 밤이었고 사람들로 가득했다. 우린 근처의 공원으로 갔다. 풀은 밤에는 잠을 잘 수가 없다면서 그네에 앉아 졸았다. 나는 그가 차가워지지 않도록 꼭 안고 있었다. 열시가 되자 풀은 일을 하러 갔다.

모든 것이 끝난 뒤에도 삶은 이어졌다. 그것이 영원히 지속되리라는 걸, 우리는 마침내 깨달아버렸다. 아무 일도 일어나지 않은 채로, 더이상 어떤 기쁨도 놀라움도 설렘도 없이, 영원히, 이어질 것이다. 끝내 우리는 아무것도 이루지 못한 채로 늙어갈 것이다. 그는 끝내 아무것도 그리지 못할 것이다. 나는 끝내 아무것도 쓰지 못할 것이다. 아무도 우리를 기억하지 못하는 채로 우리는 두 마리의 거북이나 염소처럼 시시하게 늙어갈 것이다. 삶은 끝났다. 그런데 우리는 여전히 살아 있었다. 남은 것은 그 삶을 견딜 수 있을 정도의 뻔뻔함뿐이었다. 우리는 이제 서로 외에는 아무도 없다는 것을, 손을 잡아줄 사람은 서로뿐이라는 것을 깨닫고 있었다. 그건 끔찍한 깨달음이었다. 우린 단지 너무 외로워서 서로의 손을 꼭 잡고 있었다. 잡아줄 손이, 그 손을 올려놓을 어깨가 필요했다. 아니 그저 살아 있는 것이 필요했다. 그게 거북이건 염소건 상관없었다. 하지만 사람이라면 더이상 바랄 게 없다고 생각했다.

4

그리고 진짜 봄이 왔다. 겨우내 굳어 있던 도시가 깨어났다. 북쪽에서 날아온 흙먼지들이 깨어난 도시를 가득 채웠다. 햇살 아래 드러난 모든 것이 추했다. 도시 어디에도 아름다움은 없었다. 봄은 서울에 어울리는 계절이 아니었다.

그리고 우리는 정확히 일 년 전과 같은 거리에 있었다. 뿌연 하늘 속으로 오후 두시의 햇살이 탁하게 번져가고 있었다. 풀은 끊임없이 담배를 피웠고 나는 끊임없이 맥주를 마셨다. 나는 거의 아무 말도 하지 않았고 가끔은 우리가 함께 걷고 있다는 사실도 잊었다. 우리는 각자 아무런 가능성이 없었고 그건 함께여도 마찬가지였다. 우리는 그냥 걸었다. 그러는 동안 해는 떠올랐을 것이고 다시 가라앉았을 것이고 아마도 다시 떠올랐을 것이다. 아마도 밤이 왔을 거고 아마도 다시 낮이 왔을 거고 어김없이 같은 시간 해와 달은 자리를 바꾸었을 것이다. 그리고 우리는 여전히 같은 거리에 있었다. 더이상 나는 미래에 대해서 생각하지 않았다. 그건 존재하지 않으니까. 그러자 공포가 사라졌다. 더이상 무서울 것이 없었다. 난 자유였다. 그것은 아무도 없는 왕복 팔차선 거리를 가로지를 때 떠오른 생각이었다. 난 어디든 갈 수가 있었다. 그리고 아무데도 가지 않을 수도. 나는 멈춰 섰다. 모든 것이 자유다. 그러니까 자동차에겐 나를 칠 자유가 있을 게 분명했다. 내게 차에 치여 죽을 자유가 있듯이 말이다. 신호가 깜빡거리기 시작했다. 풀은 이미 건너편에 도착해 있었다. 풀이 날 봤고, 나는 웃었다. 잘 봐. 이게 내 자유다. 그가 내 이름을 불렀다. 신호가 바뀌었고, 내 앞에 선 차가 경적을 울렸다. 난 양손으로 귀를 막았다. 풀이 날 향해 다가오기 시작했다. 젠장. 난 길을 건너기 시작했다.

—뭐가 또 불만이야.

—불만 없어. 맥주 사게 돈이나 줘.

그가 주머니에서 돈을 꺼냈다.

—너도 이제 네 돈으로 사먹어.

난 고개를 끄덕이고 돈을 받아들었다.

—나 일 그만뒀어.

—왜?

—몰라. 모르겠어.

우린 다시 걷기 시작했다. 코너를 돌자 편의점이 나왔다. 난 맥주를, 풀은 담배를 샀다.

—낮부터 차가 왜 이렇게 많아?

편의점에서 나오자마자 풀이 차도를 보며 화를 냈다.

—다들 갈 데가 많아서 그래.

—난 없는데.

—풀.

—나 사실 생각해봤다? 그림 안 그리면 앞으로 뭐 하지. 다시 공장에 나갈까. 돈을 벌어야 하니까. 할 줄 아는 건 그거밖에 없으니까. 그런데 그러다가 다시 그림이 그리고 싶어지면 어떡하지? 그럼 다시 그리면 되나? 다시 공장 때려치우고? 그러다가 다시 그리기 싫어지면 어떡해? 다시 그만둬? 정말 그림 그리는 게 좋았는데. 근데 그게 언제였지? 씨발, 기억도 안 나. 어떻게 이렇게 싫어질 수가 있지? 겁이 나. 결국 이렇게 아무것도 못하고 어정쩡하게 살다가 죽어버리면 어쩌지.

—너무 그러지 마. 다들 그렇게 살잖아.

—그런 식으로 좀 말하지 마. 다들이 누구야? 다들이 어딨어?

—미안.

—아냐, 소리질러서 미안해.

—근데 왜 그림이 그리기 싫어졌어?

—사실…… 아니 솔직히 싫은 게 아니야. 근데, 그냥, 그림을

그리려고 하면 자꾸 화가 나. 그냥 화가 나. 그래서 그림을 그릴 수가 없어. 어떻게 하지, 나?

—전엔 안 그랬어?

—안 그랬어.

—거참 신기하네.

—고시원에서 살기 싫어.

—나와 그럼.

—돈이 없잖아. 돈, 씨발 돈.

풀의 목소리가 다시 높아졌다.

—진짜 싫어. 차라리 감옥이 낫겠어. 잘 데가 없다고 훔치고 감옥 가는 거 드라마에나 나오는 유치한 짓이라고 생각했는데 가만히 생각해보니까 아니야. 이렇게 거지같은 데서 돈 내고 사느니 차라리…… 이건 진짜 인간이 살 수 있는 곳이 아니야. 진짜 인간은 대단한 거 같아. 모든 걸 참아내잖아. 근데 왜? 이건 사는 게 아니야. 벌을 받는 거라고. 근데 왜 내가 이런 벌을 받아야 돼? 왜? 나 진짜 열심히 살았단 말이야. 아니 열심히 산 건 아닐지도 몰라. 그래도 잘못한 건 없잖아? 이런 벌을 받을 정도로 내가 뭘 그렇게 잘못했어? 내가 그림 그린 게 잘못이야? 내가 하고 싶은 거 한 거, 그게 잘못이야? 난 진짜 모르겠어. 내가 그래, 씨발 그림에 재능이 없을지도 몰라. 하지만 나는 열심히 했단 말이야. 그런데 왜 이래? 왜 앞이 안 보여? 왜 이렇게 살아야 돼? 그래 나는 돈도 없고 머리

도 나쁘고 재능도 없어. 그러면 이렇게 살아야 되는 거야? 하고 싶은 것도 못하고 이렇게 사천원짜리 알바나 하면서 평생 고시원에서 살아야 되는 거야? 나는 그냥 솔직하게 산 것 같은데. 그림 그리고 싶어서 그린 건데. 일해야 돼서 일도 했어. 근데.

일을 하러 가면 다들 나를 말이 통하는 청소기나 생각할 능력 같은 거 없는 병신 취급해. 돈을 쥐여줄 때는 내가 왜 이런 병신 청소기한테 돈을 줘야 하는지 모르겠다는 표정을 지어. 말 안 하면 모를 것 같아? 집에 와서 밤에 침대에 누워 눈을 감으면 옆방 남자가 자위를 하는 소리가 들려. 그 사람은 소리를 안 내려고 입을 꾹 다물고 손도 가만가만 움직여. 그 소리가 얼마나 슬픈지 알아? 매일 밤 그 소리를 들어봐. 나 진짜 돌아버릴 것 같아. 더이상 못 견디겠어.

작은아버지도 죽었지. 착한 사람들은 다 죽었어.

그때 풀이 멈춰 섰다. 그는 뭔가를 바라보고 있었다. 나는 그쪽으로 고개를 돌렸다. 길 건너편에 어마어마하게 많은 사람들이 몰려들어 있었다. 거긴 새로 오픈한 삼층짜리 프랜차이즈 도넛 가게였다. 와우. 진짜 대단했다. 온 도시의 사람들이 다 이곳에 모여든 것 같았다. 구석에서는 흰색 탱크톱에 미니스커트를 입은 여자들이 확성기에 대고 무료 커피 무료 도넛을 외치고 있었다.

—우와.

—그러게.

—공짜래.

—그러게.

—우리도 먹으러 갈까.

—사람이 너무 많은데.

—배고파.

—편의점 가서 라면 먹자. 내가 사줄게.

—싫어.

—그럼 만두 먹자.

—저거 먹자. 저거 공짜잖아.

—근데 사람이 진짜 너무…… 어어…… 어어……

갑자기 풀의 눈이 커지더니 **으악** 비명을 질렀다. 이어서 뭔가 깨지는 소리가 났고 사람들이 비명을 질렀다. 난 고개를 돌렸다. 입구의 유리문이 박살이 나 있었다. 경보음이 울려퍼지기 시작했다. 사람들이 한꺼번에 우르르 찻길로 몰려나왔고, 차들이 경적을 울리며 급하게 멈춰 섰다. **저 새끼 잡아**! 누군가 그렇게 소리쳤다. 그러자 한 사람의 걸음이 빨라지는 게 보였다. 회색 교복을 입은 비쩍 마른 남자아이였다. 또다른 사람들이 그를 가리키며 소리를 질렀다. 그는 얼마 못 가고 잡혔다. 그는 한 손엔 케로로가 그려진 가방을 들고 있었고, 울고 있었다.

—쟤가 벽돌 같은 걸 던졌어.

풀이 멍한 표정으로 말했다.

—왜 그런 거야?

풀은 대답이 없었다. 그는 여전히 멍한 표정을 짓고 있었다.

—풀?

—뭐라고?

—아니야.

잠시 뒤 멀리서 사이렌 소리가 들려오기 시작했다.

—갈까?

내가 말했다. 풀이 고개를 끄덕였다. 하지만 그는 여전히 가만히 서 있었다. 난 그의 팔을 잡아끌었다.

우리는 결국 근처의 허름한 중국식당으로 갔다. 벽에는 금빛 플라스틱 용이 걸려 있었다. 텔레비전에서는 가정방문 학습지 광고가 나오고 있었다. 그건 수입의 절반을 자녀의 교육에 쏟아붓는 삶의 방식을 권하는 내용이었다. 연이어 남은 수입을 브랜드 아파트, 자동차, 보험에 쏟아붓는 삶의 방식을 권하는 광고가 이어졌다. 그리고 뉴스가 시작되었다. 첫번째 뉴스는 대통령과 대기업 총수와의 만남에 대한 것이었다. 대통령이 손을 내밀자 대기업 총수가 허리를 굽혔고 그 순간 카메라 플래시가 터졌다. 그들은 백치처럼 환하게 웃었다. 그 순간 묵묵히 만둣국을 먹던 옆자리의 남자가 젓가락을 휘저으며 대통령에게 욕을 퍼부었다. 이어 환율 급등과 주가 폭락에 대한 뉴스가 나왔다. 그다음은 경제 위기에 따른 시민들의 반응에 대한 것이었다. 노조위원장은 파업을 일으키겠다고 말했고, 택시기사는 얼굴을 찡그리고 담배를 피워댔으며 시장 상인은 고사리를 손에 들고 울었다. 이어 시내 중심가에서 화가 난 아저씨들이 보도블록을 깨어 전경들을 향해 던지고 있는 장면이 나왔다. 다음은 국회의원들이 서로의 값비싼 슈트를 잡아당기며 싸우는 장면이었다. 난 풀에게 물었다.

—너 아이엠에프 때 기억나?

—아이엠에프?

난 고개를 끄덕였다.

—뭐 대충.

—사실 난 잘 기억 안 나.

—사실 나도 그래.

풀이 웃었다. 난 만두를 우물거리며 말을 이었다.

—근데 사람들은 그게 이 나라를 완전히 바꿔놨다고 하잖아.

—그런가.

—근데 나는 그렇게 생각 안 해. 그전에도 세상은 똑같이 개 같았어. 부자는 부자고 거지는 거지였어. 사람들은 다 똑같이 말했어. 공부해라. 일등 해라. 대학 가라. 취직해라. 돈 벌어라. 부자 돼라. 부자 돼라. 부자 돼라. 부자 돼라. 그게 전부야. 우리가 배운 건 그게 다야. 그러니 모두들 한 번쯤 그런 일이 터지기를 기다리고 있었는지도 몰라. 모두가 즐겁고 행복한 그런 세상이 오는 걸 바

라는 사람은 사실 없어. 다들 세상이 영원토록 불공평하고 고통으로 가득차 있기를 바라. 계속해서 부자는 잘 먹고 잘살고 가난한 사람들은 배가 고파 빵을 훔치는 그런 세상이기를 바라는 거야. 왜냐하면 그래야만 하니까. 그게 옳은 거니까. 게으른 건 잘못이니까. 멍청한 것도. 그런 사람들은 벌을 받아야 하니까. 거지가 되지 않으려면 죽도록 열심히 노력해야 해. 그게 옳은 거니까. 사람들이 자꾸만 가난했던 지난 시절을 추억하는 이유가 뭘 거 같아? 그때가 좋았다고 하는 이유가 뭐겠어? 진짜로 그때가 그리운 거야. 거리에 거지가 넘쳐나고 부잣집 딸은 벨벳 원피스를 입고 학교에 가고 대통령을 욕하면 잡혀가던 그때가 말이야. 그러니까 아이엠에프는 좋은 일이었을지도 몰라. 진짜 다시 그때로 돌아갈 수 있게 되었잖아. 보기 싫은 구십구 퍼센트를 다시 쫓아낼 훌륭한 구실이 생긴 거잖아. 사람들은 모두 부자가 되길 바라지만 잘 생각해봐. 거지가 없으면 부자도 없어. 부자에게 필요한 건 더 많은 돈이 아니야. 부자에게 필요한 건 더 많은 거지야. 그런데 위기가 찾아오면 거지가 늘어나지. 그래서 부자들은 위기를 사랑해. 그들은 문제를 해결할 생각이 전혀 없어. 그들이 원하는 건 끊임없이 문제를 일으키는 거야. 그래야 더 큰 부자가 될 수 있으니까. 그래서 세상이 위기로 넘치는 거야. 근데 최고의 위기가 뭔지 알아? 전쟁이야. 더이상 사소한 위기 정도로 부족하게 될 때. 더이상 사람들이 그런 것에 속지 않게 될 때. 그땐 피가 필요하게 될 거야. 우런 지금 그런 결말을 향해 나아가고 있어.

나는 텔레비전을 가리켰다. 거기엔 여전히 어두운 뉴스가 계속되고 있었다.

—그러니까 나는 저따위 이야기들에 아무런 관심이 없어. 저런 건 아무런 의미도 없어. 난 믿지 않아. 다 똑같이 개 같아. 그러니까 나는……

—너 지금 그때 그 여자처럼 말하고 있는 거 알아?

풀이 내 말을 끊었다.

—어떤 여자?

—그때 그 여자 있잖아. 김권 여자친구네 집에서. 그때 니가 불행해 보이니까 마약을 하라고 했던 그 여자 있잖아.

—내가 지금 그렇게 말하고 있어?

—어.

—설마.

—근데 그거 알아? 나도 요새 좀 그래. 존나 다 짜증나. 옛날엔 안 그랬던 거 같은데. 그리고 나 이제 그 여자가 왜 그랬는지 좀 이해가 돼.

—사실 난 그때도 이해가 갔어. 그래서 더 싫었단 말이야.

난 한숨을 쉬었다.

—이해 가는 거 이거 안 좋은 거지?

—내 생각은 그래.

—어떡하지?

—몰라.

—난 근데……

—우울해.

—우울해하지 마.

—우울한데 어떻게 안 우울해해?

—음.

풀이 살짝 찌푸린 얼굴로 생각에 잠겼다. 나는 턱을 괴고 그런 풀을 바라보았다. 갑자기 풀의 얼굴이 약간 빨개졌다.

—야, 너 무슨 생각 했어?

이제 그의 얼굴은 완전히 빨개져 있었다.

—어, 이것 봐. 완전 새빨개.

나는 웃음을 터뜨렸다.

—너 오늘 그렇게 웃는 거 처음 봐.

—진짜?

—어.

—그런가…… 근데 너 무슨 말 하려고 한 거 아냐?

풀의 얼굴이 다시 빨개졌다.

—말해봐.

—아니…… 우리…… 저기…… 거기……

—아니 우리 저기 거기 뭐?

—아 씨, 못 말하겠어.

풀이 부끄러워하며 온몸을 비비 꼬았다.

—야…… 너 나 지금 꼬시는 거지?

—아냐!

—근데 왜 자꾸 귀여운 척하지?

—내가 언제!

—뭔데 그래? 말해보라니까.

—우리 전에 살던 데 가보지 않을래?

—풀……

—아니, 싫으면 다른 거……

—아냐 안 싫어!

—진짜?

—어.

—아냐 괜찮아. 싫으면 가지 마. 딴 거 해.

난 풀의 손을 잡았다.

—나 가고 싶어. 정말이야.

난 풀을 보았다. 그리고 난 알았다. 우린 같은 생각을 하고 있었다.

우린 동시에 자리에서 일어나 돈을 내던지듯 카운터에 올려놓고 계단을 뛰어내려왔다. 우린 아무것도 말하지 않고 서로를 바라보지도 않았지만 이미 같은 걸 느끼고 있었다. 그러니까, 그때처럼, 그와 나의 순간이 하나로 겹쳐졌다. 이어 아주 많은 것들이 잊혀졌고, 또 되돌아왔다. 우리가 처음 만났을 때. 그때 느꼈던 것들. 그 순간, 처음으로 우리의 순간이 하나로 겹쳐졌던 순간. 그러자 순식간에 삶이, 사랑이, 그리고 기쁨이 되돌아왔다. 난 알았다. 이 감정이 지속되지 않으리라는 걸. 이 믿을 수 없는 두근거림이 행복한 결말을 약속하지 않는다는 걸. 우리는 매번 같은 실망속에서 깨어나리라는 걸. 하지만 상관없었다. 아무리 많은 실망도이 두근거림을 멈추게 하지는 못할 것이다. 난 살아 있으니까. 난매번 더 깊이 후회할 것이고, 그러나 또다시 기적을 바랄 것이다. 순식간에 우린 풀의 고시원에 도착했다. 풀이 계단을 뛰어올라갔다. 해가 빠른 속도로 가라앉고 있었다. 거리를 채웠던 따스한 오렌지색은 순식간에 핏빛으로, 푸른색을 거쳐 검은 어둠으로 바뀌고 있었다. 돌아온 풀은 스피커를 안고 있었다. 우린 다시 뛰기 시작했고 그러나 얼마 안 가 멈춰야 했다. 엄청난 인파가 우리를 향해 몰려오고 있었다. 도넛 가게에서 봤던 사람들의 수십 배는 되는 것 같았다. 그러나 그들은 도넛과 커피 대신 피켓과 플래카드를 들고 있었다. 그들은 시위대였다.

순식간에 거리는 그들로 메워졌다. 그건 굉장했다. 온 거리가 그들 앞에서 힘을 잃고 흔들리고 있었다. 그 순간 거리의 주인공은 그들이었다. 난 그들의 얼굴을 들여다보았고, 이내 충격을 받았다. 그들이 너무나도 행복해 보였기 때문이다. 더 놀라운 건 그게 지금 내가 느끼는 행복과 정확히 같은 것이었다는 점이다. 우리들의 심장은 같은 박자로 두근거리고 있었다. 우리의 피는 같은 온도로 데워져 있었다. 우리의 뺨은 같은 기쁨으로 물들어 있었다. 그리고 어쩌면 우린 같은 걸 원하고 있었다. 우리가 가려는 곳은 같은 곳이었다. 나는 문득 그들 중 하나가 되고 싶다는 생각을 했다. 그들과 함께 노을을 바라보고 싶다고. 그건 상상할 수 없이 근사할 거라는 생각이 들었다. 하지만 그럴 수 없었다. 우리는 헤어져야 했다. 난 가만히 서서 점차 멀어지는 그들을 보았다. 그리고 잠시 후 거리는 아무 일도 없었다는 듯이 무표정한 힘을 되찾았다. 순식간에 또다른 사람들이 밀려들었다. 그러나 그들은 부서질 듯이 연약해 보였고 표정은 불안으로 가득차 있었다.

우린 다시 달리기 시작했다.

옥상에 올라선 순간, 거대한 어둠이 덮치듯이 우리를 껴안았다. 우리는 생각할 겨를도 없이 서로를 끌어안았다. 나는 시간이 소용돌이치는 소리를, 다시 오지 않는 순간들이 영원히 흘러가는 소리를 들었다. 믿을 수 없었다. 내가 이 순간을 평생 지우지 못할 거라는 것도. 풀이 내 두 팔 안에 있다는 것도 마찬가지였다. 우리는 가까스로 서로에게서 떨어져나와 주위를 둘러보았다. 나는 맥주를 바닥에 내려놓았다. 아무도 없는 것 같아. 그런가봐. 풀이 스피커를 꺼냈다. 어둠 속에서 풀은 어렴풋이 빛나며 미끄러지듯이 움직였다. 그리고 스피커에서 제퍼슨 에어플레인*이 흘러나오기 시작했다.

나는 바닥에 앉아 맥주 캔을 땄다.

—조금만 더 일찍 왔으면 좋았는데. 해가 다 져버렸어.

풀이 말했다.

나는 담배에 불을 붙였고 풀은 맥주를 마시기 시작했다.

—풀, 우리 도망가자. 여기에 있으면 우리 둘 다 불행해질 거야. 날씨 좋은 데로. 매일 춤출 수 있는 데로 도망가자. 그런 데가 분명히 어딘가에 있을 거야. 거기서 넌 다시 그림을 그리고, 난 다시 글을 쓰고, 그럼 우린……

—그래.

—정말이지?

풀이 고개를 끄덕였다. 난 소리내어 웃었다. 그가 두번째 맥주 캔을 땄다.

—나 너 처음 봤을 때 솔직히.

—응?

—나 너 처음 봤을 때 솔직히 미친 사람인 줄 알았어.

—뭐라고?

—그렇잖아. 솔직히……

---

* Jefferson Airplane, 〈Today〉, 'Surrealistic Pillow', 1967.

—야, 그럼 왜 만났냐? 미친 사람을.

—재밌잖아.

—뭐!

—진짜야. 재밌길래. 하는 짓이. 보고 있으니까.

—야, 솔직히 진짜 미친 사람 같은 건 너였지.

—내가?

—어.

—내가 왜?

—왜냐면.

풀이 날 봤다. 난 풀에게 키스했다.

—이것 봐. 키스도 미친 사람처럼 하잖아.

풀이 웃었다.

—우린 안 미쳤어.

—맞아.

—우리 어디로 도망갈까?

풀은 생각했다.

—빨리 대답해.

—왜.

—내일 아침 떠날 거니까.

—진짜?

—그럼.

—음, 이스탄불?

—그래.

—아냐, 오키나와.

—이스탄불로 하자.

—왜?

—몰라.

난 바닥에 누워 눈을 감았다. 〈섬바디 투 러브〉가 흘러나오기 시작했다.

—근데 풀.

풀은 대답이 없었다.

—풀—

여전히 대답이 없었다. 난 눈을 떴다. 그는 자리에 없었다. 그는, 춤을 추고 있었다.

아니 그건 춤이 아니었다. 하지만 지금까지 내가 본 어떤 춤보다도 춤다웠다. 살아 있다는 말의 기원을 거슬러올라가면 분명 거기 풀의 춤이 있을 거란 생각이 들었다. 춤은 점점 괴상해졌고 그럴수록 더 아름다워졌다. 그의 얼굴은 흠뻑 젖어 있었는데, 그가 가까이 다가왔을 때 나는 그게 땀이 아니라 눈물이라는 것을 알았다. 나는 그를 향해 손을 뻗었고, 그가 내 팔을 낚아챘다. 우리는 서로를 꽉 껴안은 채 돌기 시작했다. 하늘엔 실같이 가는 달이 떠 있었다. 난 고개를 젖히고 그걸 바라보았다. 그건 우리를 따라 빙글빙글 돌았다. 빙글빙글 돌던 달은 어느새 상앗빛 구멍이 되어 있었다. 그건 점점 커져 어둠을 집어삼키고 그다음 검붉은 구름을 집어삼키고 급기야 온 도시를 덮었다. 순식간에 벌어진 일이었다. 하늘은 거대한 상앗빛 달이 되었다. 난 풀을 놓았다. 그가 파도처럼 멀어졌다. 갑자기 온몸이 타는 듯이 뜨거워졌다. 온몸을 덮은 열기가 차츰 더 강해졌다. 결국 난 참지 못하고 옷을 벗기 시작했다. 더이상 음악 소리가 들리지 않았다. 단지 뭔가 바스락거리는 소리가 들렸다. 그건 풀이 창고 문을 걷어차는 소리였다. 나는 웃음을 터뜨렸다. 몸이 풍선처럼 가벼워지는 게 느껴졌다. 눈을 뜨자 주위는 하늘을 덮은 상앗빛 달뿐이었다. 난 놀라 버둥거렸지만 발에 아무것도 닿지가 않았다. 난 한참을 두리번거리다가 겨우 깨달았다. 난 하늘로 떠오르고 있었다! 난 고개를 숙이고 풀을 찾았다. 그는 바로 내 발 아래 있었고 신기한 듯 날 바라보고 있었다. 난 손을 뻗어 그의 머리카락을 만졌다. 그러자 그의 귀에서 풀이 돋아나기 시작했다. 그는 순식간에 풀로 뒤덮였다. 이어 그의 주위도 모두 풀로 뒤덮였다. 순식간에 옥상이, 아니 온 도시가 풀로 뒤덮였다. 거대한 달—하늘 아래 펼쳐진 끝도 없는 초록빛 들판 위로 나는 떠오르고 있었다. 풀이 파도처럼 넘실거렸다. 이제 도시, 아니 세상은 초록빛 바다였다. 그리고 창고가 열렸다. 풀이 창고 안으로 사라졌다. 그리고 잠시 뒤 풀이 그 안에 가득 쌓인 상자들을 밖으로 던지기 시작했다. 갑자기 주위가 환해졌다. 풀이

상자에 불을 놓고 있었다. 일렁이는 불빛에 비친 풀의 얼굴은 잔뜩 일그러져 있었고 그래서 난 그가 웃고 있는 건지 울고 있는 건지 알 수가 없었다. 순식간에 모든 것이 타오르기 시작했다. 그리고 그 환한 불길 속에서 풀이 돋아나기 시작했다. 그것은 순식간에 자라나 오렌지색 꽃을 피웠다. 이제 세상은 바다라기보다는 여름밤 같았다. 난 여름밤 하늘에서 별이 돋아나듯이 피어나는 수천 개의 꽃들에 둘러싸여 있었다. 난 그중 가장 커다란 꽃을 향해 손을 뻗었다. 그건 뜨거웠다. 난 세상에서 가장 아름다운 그 꽃을 향해 속삭였다. 기분이 어때?

기분이 어때?

행복해?

얼마나?

믿을 수 있어?

믿을 수 있어?

풀,

기분이 어때?

기분이 어때?

지금 기분이 어때?

그리고 우리는 오렌지와 초록 빛깔로 된 벌판에 있었다 우리의 입에선 아름다운 노래가 우리의 몸에선 아름다운 춤이 생겨났다 그리고 노을이 다가오기 시작했다 그것이 붉게 우리의 춤과 노래를 물들였다 우리는 붉은 춤이 되어갔다 붉게 더욱 붉게 우리는 붉은 노래가 되어갔고 마침내 붉은 노을과 다를 것이 없어졌다 그리고 한꺼번에 꽃들이 시들었다 시든 꽃 너머로 어둠이 밀려왔고 그 어둠 너머에서 오렌지빛으로 번들거리는 얼굴들이 발견되었다 누군가 내 팔을 낚아챘고 난 비명을 질렀다 내 몸에 뭔가 부드럽고 따뜻한 것이 덮였다 나는 풀을 불렀다 누군가 내 입을 막았다 난 그걸 깨물었다 도망가 풀 풀은 옥상 한가운데에 있었다 그의 표정은 이상하게 평온했고 여러 개의 꽃이 그를 둘러싸고 있었다 꽃은 흰색이었다 파란색이었다 노란색이었다 그때 오렌지색 옷을 입은 사람들이 달려왔고 그러자 꽃들이 순식간에 타버렸다 죽어버렸다 짓밟혔다 나는 비명을 질렀다 풀은 여전히 꼼짝도 하지 않고 서서 타버린 꽃들을 바라보았다 도망가 풀 경찰이 그를 향해 다가가기 시작했다 풀이 뒷걸음질치기 시작했다 경찰이 멈춰 서라고 외쳤다 그는 멈추지 않았다 대신 그는 경찰을 향해 타다 남은 의자를 던졌다 그건 바닥에 닿자 이상한 소리를 내며 작은 조각으로 흩어져내렸다 경찰이 풀을 향해 다가가기 시작했다 나는 비명을 질렀다 풀이 멈춰 섰다 경찰이 소리쳤다 침묵 순간 풀이 내 쪽을 보더니 옥상 끝을 향해 뛰기 시작했다 도망가 풀 풀이 난간 위로 올라갔다 모두가 모든 소리가 멈추었다 하지만 멈추지 못한 것이 있었다 그것은 풀이었다 풀이 바닥으로 뛰어내렸다 이어 무거운 자루가 바닥에 떨어지는 것 같은 소리가 이어 거리에서 무서운 비명소리가 들려왔다 난 정신을 잃었다 풀은 즉사했다. 경찰은 그게 자살이라고 말했다. 그러곤 유서라며 작은 쪽지를 하나 내밀었다. 거기에는 이해할 수 없는 낙서가 가득했다. 비타민 C 하루 한 알. 그게 내가 이해한 유일한 문장이었다. 나는 아무 말도 하지 않았고 그들이 아무렇게나 지껄이는 대로 내버려두었다. 조서에 사인을 하고 집으로 돌아왔다. 다음날 인터넷에 풀에 대한 짧은 기사가 올라왔다. 나는 장례식에 가지 않았다.

PART

FIVE

지금 나는 올해의 이백오십번째 노을을 바라보고 있고, 그것은 언제나처럼 빨갛다. 지금 내 손에는 몇 캔째일지 모를 맥주가 들려 있고, 그것은 언제나처럼 차갑다. 언제나 내 머릿속은 풀로 꽉 차 있고 나는 여전히 풀이 왜 죽었는지 모르겠다. 그래서 나는 어쩔 수 없이 풀이 어딘가 살아 있다고 생각하게 된다. 그 생각을 하면 운다. 나는 여전히 술을 끊지 못한 것처럼 여전히 풀을 잊지 못한다. 나는 눈을 깜빡이는 것보다 더 자주 그가 보고 싶다. 노을이 퇴장한다. 나는 눈을 감고 우리가 함께 본 수많은 노을들을 생각한다. 그게 영원히 사라졌다는 사실을 믿을 수가 없다. 그게 다시는 돌아오지 않는다는 사실을 믿을 수가 없다. 나는 그를 사랑한다. 하지만 이제는 그것조차 믿을 수가 없다. 이제 나는 아무것도 믿을 수가 없다. 그가 존재했었다는 것조차 믿을 수가 없다. 내가 풀, 하고 부르면 나를 향해 돌아보는 얼굴이 있었다는 걸 믿을 수가 없다. 나는 매일 운다. 아무것도 하지 않고 울기만 한다. 사람들은 말한다. 결국 시간은 흐르고 기억은 모두 희미해진다. 하지만 그건 틀렸다. 시간은 흐르지 않는다. 어떤 것은 절대 흘러가지 않는다. 나는 그를 보내지 않을 것이다. 왜냐하면 그는 잠시 길을 잃은 것뿐이기 때문이다. 나는 안다. 우리가 다시 만나게 될 것이라는 걸. 매일 완벽한 노을이 찾아오고 언제나 춤을 출 수 있는 곳에서 우리는 다시 만날 것이다. 그곳에서 우리는 영원히 행복할 것이다. 그러니까 이제 나는 그곳으로 간다. 아니 나는 벌써 가고 있다. 매일매일 풀을 생각하며 조금씩 그곳으로 가고 있다. 그곳에서 나는 더이상 울지 않을 것이다. 난 웃으며 풀을 기다릴 것이다. 춤을 추며 풀을 기다릴 것이다. 풀이 돌아올 때까지. 풀이 나에게 돌아올 때까지. 영원히 그를 기다릴 것이다. 그리고 우리는 함께할 것이다. 영원히. 영원히. 영원히. 우리는 그곳에서 돌아오지 않을 것이다.

문학동네 장편소설
풀이 눕는다

1판 1쇄 2009년 11월 25일
2판 1쇄 2017년 8월 15일
2판 8쇄 2024년 7월 23일

지은이 김사과
책임편집 정은진 | 편집 김내리 이성근 이상술
디자인 윤종윤 유현아 | 저작권 박지영 형소진 최은진 오서영
마케팅 정민호 서지화 한민아 이민경 안남영 왕지경 정경주 김수인 김혜원 김하연 김예진
브랜딩 함유지 함근아 박민재 김희숙 이송이 박다솔 조다현 정승민 배진성
제작 강신은 김동욱 이순호 | 제작처 영신사

펴낸곳 (주)문학동네 | 펴낸이 김소영
출판등록 1993년 10월 22일 제2003-000045호
주소 10881 경기도 파주시 회동길 210
전자우편 editor@munhak.com | 대표전화 031) 955-8888 | 팩스 031) 955-8855
문의전화 031) 955-2696(마케팅) 031) 955-1906(편집)
문학동네카페 http://cafe.naver.com/mhdn
인스타그램 @munhakdongne | 트위터 @munhakdongne
북클럽문학동네 http://bookclubmunhak.com

ISBN 978-89-546-4656-7 03810